© Marie Fontaine 2024

Édition : BoD · Books on Demand GmbH, In de Tarpen 42, 22848 Norderstedt (Allemagne)
Impression : Libri Plureos GmbH, Friedensallee 273, 22763 Hamburg (Allemagne)

Couverture : Marie Fontaine
Crédits photos : lifeforstock/jcomp/vladimircech/teksomolika par Freepik
+ denvit par Pixabay
Icônes de couverture : Md Tanvirul Haque & Smashicons par Flaticon.com

ISBN : 978-2-3225-3952-9

Dépôt légal : décembre 2024

Ouvrage entièrement réalisé par une IH (Intelligence Humaine).

En application de l'art. L.137-2.-I. du code de la propriété intellectuelle, toute reproduction et/ou divulgation de parties de l'œuvre dépassant le volume prévu par la loi est expressément interdite.

Dentelles & Rangers

Tome 2

Marie Fontaine

Remerciements

À ma famille.

À mes lecteurs passés, présents ou à venir.

Aux amis qui sans faiblir m'ont encouragée. Mention spéciale à toi, Shawness Youngshkine, auteure de la brûlante saga *Cœur de Magma*, merci pour tes inestimables bouquets de pensées si inspirantes.

À la fillette étrangère que j'étais, exfiltrée de l'incandescence ibérique, parachutée dans une classe de CP un matin de septembre frileux sans connaître un mot de français, et qui à la fin du premier trimestre le parlait et le lisait couramment. À cette gamine, sagement assise dans un coin, passant des heures à s'abîmer les mirettes sur tous les ouvrages qui lui tombaient entre les mains. À cette petiote qui, non contente de lire jusqu'à plus soif, a commencé à écrire des historiettes dès qu'elle a su tenir une plume...

Elle est toujours là, tapie dans son refuge invisible aux autres. Elle me regarde noircir les pages de ma passion, sans relâche. Elle est ma prière lectrice. La plus exigeante.

Anecdote : ces « Remerciements » révèlent un joli lapsus, *ma prière lectrice* au lieu de *ma première lectrice*. C'eût été dommage d'en perdre la trace en le corrigeant... ☺

*À tous ceux qui portent des cicatrices, douloureuses,
et parviennent à les rendre invisibles derrière leurs sourires...*

☙❧☙❧

Il n'y a pas de soleil sans ombre, et il faut connaître la nuit.
Albert Camus, *Le Mythe de Sysiphe* (1942)

1 Week-end à pommes

Abruptement, le dieu du sommeil me lâche les baskets. Mirettes, ouvrez-vous ! Nuit totale. Zut ! Me suis quand même endormie... mais pas les clichés de notre escapade imminente, *so romantic !* Ils reviennent à la charge, émoustillant mon usine à chimères tandis que les paroles d'une célébrissime chanson de James Brown infiltrent mes cellules grises, en harmonie avec la promesse d'évasion, *so exciting !* concoctée par Apollon : *I feel good, I knew that I would, now, [...] So good, so good, I got you...*

Ma dextre gît paume à plat au milieu de la zone Liam. Froide. Désertique. Pas encore rentré ? L'assoupissement ne s'est pas éternisé, tant mieux.

Mmh... Si je profitais du retour à l'état de veille pour passer mentalement en revue les mille et un détails à peaufiner en vue de l'expédition ? Liam gérera l'entière logistique, certes, il n'en demeure pas moins que toute nénette qui se respecte se doit de veiller à une logistique bis : la sienne. Et pour commencer, dois-je avertir mon pote Phil ? Oui ! Il risquerait sinon de ne pas digérer la cachotterie et d'entrer, rebelote, dans une *vraie* colère. L'impair perpétré lors de la singulière séance de maquillage suffit amplement ; hors de question de récidiver.

Un chuintement argentin froisse le silence au moment où je remue bras et jambes pour m'étirer. Quelque chose alourdit mon poignet gauche. Bizarre... À tâtons, j'identifie ce qui semble être une... une menotte ? WTF ? Tirant dessus, je comprends, non sans effarement, qu'elle me garrotte au dosseret.

Oh non, Liam, me dis pas que tu aimes ça, me dis pas que tu fantasmes sur un plan à la *50 Nuances de Grey*, de *regrets* pour ma part, romans et longs-métrages faisant l'apologie d'un érotisme à deux balles pour *Desperate Housewives* en mal de sensations fortes, frustrées de ne donner la main qu'aux manches de leurs casseroles. *Sorry,* pas cliente, du tout, du tout, du tout. Arf... tu te désolais de ta tendance à tout régenter, j'espère que tu n'inclus pas nos ébats dans le lot... et que cette menotte ne constitue pas un avant-goût (détestable) de ce que tu as prévu pour nous ce week-end...

Roulade sur le flanc pour allumer le chevet. Le matelas émet un bruissement incongru. WTF ? On dirait qu'il y a du plastique sous le drap-housse. Décidément, je vogue de surprise en surprise, pas vraiment du genre « très agréable ». De plus, où diable est passé le foutu interrupteur de cette foutue veilleuse ? Je ne le trouve pas ! Volatilisé ? Comment se peut-ce ? Une plaisanterie ? Elle n'aurait rien d'amusant... Dans un flash, je visualise Liam rentrant du gala et profitant de mon sommeil pour me jouer son mauvais tour ; plus gamin que lui, tu meurs. Est-il tapi dans le noir, à s'en repaître ?

— Liam... Ça suffit !

Silence opaque, à peine éraflé par mon soupir exaspéré. Où est ce satané bouton ? Le localiser vire à l'idée fixe. Sous la lumière revenue, à coup sûr, tout s'éclaircira.

En proie à un agacement croissant, je me redresse sur mon séant. La manœuvre propulse le sang sous mon crâne à jets puissants, opprimant la tempe gauche et, cerise sur le radeau, assaillant les orbites de pulsations lancinantes. Pour finir, qui débarque dans la croisière en Absurdie ? La nausée. Non, pitié ! Pas une migraine, pas maintenant. Il me faut allumer ! Bravant la douleur, je m'agenouille. Le changement de station déclenche une nouvelle salve de froufrous. Tâtonnant autour de moi à la recherche du commutateur, je parviens à le dénicher au-dessus de la poupe du pieu... WTF ? Pas son emplacement habituel. Je l'actionne en réprimant un haut-le-cœur. À mon grand soulagement, un puissant flot lumineux arrache la pièce à la nuit.

L'apaisement procuré par l'illumination se révèle hélas de courte durée. Rapide scan à 360° et je me fige, couenne hérissée sous la morsure d'une bise polaire : je ne suis *pas* dans la garçonnière de Liam ; en outre, mon poignet est bel et bien menotté au dossier d'un plumard qui n'est *pas le sien*... Ces infos intégrées, pas agréées, mes battements cardiaques, après avoir raté une paire de marches, s'affolent à tout berzingue tandis que le flux sanguin, s'emballant derechef, cogne à tout rompre dans les artères. Simultanément, les lames d'un ressac furieux se soulèvent à l'intérieur de mon ciboulot, enflent, roulent et se fracassent contre l'occiput.

À l'instar de nuées de moucherons attirés par des fruits mûrs, voire gâtés, des flottilles de picotis noirs entament une valse chaotique devant mes yeux. Le décor se noie dans un remous obscur, vaporeux, me privant d'éléments solides auxquels me cramponner. Confrontées à une situation ô combien anormale, mes méninges n'ont rien dégoté de plus judicieux que boguer à coups d'hallucinations molles à la Dali ? M'égareraient-elles dans le brouillard afin de me ménager (à défaut de me rassurer) avant de me restituer aux reliefs tangibles, acérés, de la réalité ? Avant de m'infliger l'inimaginable ? L'impensable ? Probable : le cerveau humain regorge de ressources infinies, vouées à amortir les traumatismes les plus violents...

Kidnappée.

Le mot s'extrait péniblement de mes pensées en compote.

Kidnappée...

Comment expliquer sinon que je sois attachée comme un clébard, retenue contre mon gré dans un lieu inconnu ?

Le week-end prochain, je te kidnappe.

De longs serpentins visqueux frissonnent de mes orteils à la racine des cheveux. « Le week-end prochain, je te kidnappe. » C'est bien ce qu'il a dit ? Se pourrait-il que... ? Non ! Non ! Je n'y crois pas une seconde. Et pourtant... Si je m'étais plantée en beauté sur son compte ? À ce point-là ? Suis-je aussi *noob* ? Bête à manger du foin, à foncer tête baissée, sans réfléchir, dans le panneau éculé de l'amour qui rend aveugle ? Pas possible. Une autre explication à ce cauchemar, logique, existe forcément.

Des parois impersonnelles, blanches, dépourvues de fenêtres, délimitent le périmètre de la boîte de Pandore au fond de laquelle on m'a balancée. À senestre, une ouverture sur une salle grisée de pénombre. Dans le prolongement, un placard et une chaise, métalliques. Face au pageot, une porte, manifestement celle de la sortie. Elle jouxte une baie vitrée, encastrée telles les glaces sans tain des salles d'interrogatoire dans la moitié supérieure du mur.

Ni une ni deux, faisant fi de la migraine à présent bien incrustée, je m'éjecte du lit pour me précipiter vers cette chance d'évasion. Deux trois pas et me voilà stoppée net ; la chaîne de la menotte, trop courte, m'empêche d'aller plus avant. Qu'à cela ne tienne : je gonfle mes poumons à bloc, fais pivoter le lit puis le tire de toute mon énergie. Un grincement sadique, le fer des pieds labourant le carrelage, me perfore les tympans. Exacerbé par l'ardeur insufflée à mes gesticulations, le tam-tam crânien vire au supplice.

Serre les dents, Daphné. Sois courageuse… Plus que quelques centimètres… Tu y es…

Je tressaille à l'irruption d'un reflet sur la vitre, celui d'une créature pâle et échevelée, l'air complètement à l'ouest : moi ! Je remarque que l'on m'a affublée de l'une de ces impossibles blouses d'hôpital, amples, fendues dans le dos ; pratiques pour le personnel soignant, mais si impudiques pour les patients.

Poignée abaissée…

L'instant suivant, je peste en comprenant que mes efforts héroïques ont été vains : la porte est verrouillée !

Front collé contre la baie, je me dévisse le cou pour tenter de distinguer une bouée de sauvetage, une planche de salut par-delà la frontière du verre. Des nèfles ! Le carreau donne sur un couloir noyé de ténèbres. Pas chat qui vive dans les parages.

Gagnée par un affolement difficilement maîtrisable, je fais volte-face et soumets les lieux à une sommaire inspection visuelle. Pêcher un truc, n'importe quoi, qui me permette de sortir de ce trou, qui me rapatrie fissa dans la case du rationnel.

Vite.

La chaise.

Elle fera l'affaire. Je m'en saisis et essaie de la soulever. Argh… Trop lourde ! Pas évident de la manipuler avec un poignet menotté, qui plus est lesté du poids de la chaîne. Il faut pourtant que j'arrive à l'utiliser comme un projectile.

Réfléchis, Daphné, réfléchis…

Je sais ! Cuisses et mollets vont servir de catapulte.

Jetée en travers du lit, genoux pliés ramenés sur le thorax et voûtes plantaires calées sous l'assise du siège, j'agrippe le dossier de ma main libre et vise le centre du carreau, point censé le plus fragile, comme appris lors de ma formation de cascadeuse. Heureusement que le ridicule ne tue plus, qu'aucun témoin n'assistera à l'attaque burlesque d'une vitre… Sans plus attendre, je lâche prise. Les guiboles se détendent d'un coup sec et envoient valdinguer la torpille *made in Daphné*. Le siège heurte la surface de verre de plein fouet. La vibration de l'impact se propage à tout mon être par ondes brutales. Puis l'obus retombe avec fracas, raclant la pièce de grondements de tonnerre.

La vitre est intacte. *Whaaaat ?*

La rage décuple mon énergie. Je me saisis à nouveau de la chaise et recommence le manège, han ! la bazardant contre l'insolente paroi qui n'en finit pas de me narguer. Une fois. Deux fois. Trois fois… Han ! Je cesse de compter… Souffle en dents de scie… À bout de vaillance et d'endurance, mon pauvre tambourineur se résout à agiter un drapeau blanc. Trêve accordée. Suspension des bombardements. Je mobilise mes dernières forces pour ramper jusqu'à la baie.

Parvenue à sa hauteur, je sursaute à l'apparition d'une gorgone au faciès sinistre. Narines pincées et babines convulsées, elle me dévisage d'un regard mort : mon reflet, encore lui.

Macérant dans le sauna généré par les manœuvres répétées, mon corps entier est en nage. Les cheveux dégoulinent en cascades gluantes, poissent le front, les joues, tandis que les globes oculaires, éraillés de rouge rubis, larmoient sous les coulées acides de la sueur. Pour couronner le tout, lèvres et gosier sont en train de s'effriter de déshydratation à la vitesse grand V.

Un long moment, je demeure en tête-à-tête avec le double monstrueux, mon unique compagnie. Dans l'intervalle, je tâche de rassembler mes esprits et d'assimiler l'inconcevable, tout en m'intimant de reprendre le contrôle de la situation.

Difficile. Voire impossible.

Je n'y arriverai pas... Soyons lucide. Autant s'escrimer à vider la mer avec un dé à coudre : malgré mon ardeur à la pulvériser, la baie n'arbore pas même une minuscule fêlure. Sûrement du vitrage blindé à toute épreuve, bien ma veine.

Cédant à un début de découragement, je retourne m'affaler sur le lit. À quoi bon continuer à m'acharner ? De toute manière, même si la vitre avait volé en éclats, il est clair que je n'aurais pas pu aller bien loin : je me vois mal, en effet, échapper à ce guêpier en trimballant dans mon sillage le pieu auquel on m'a attachée.

Plus qu'à patienter. À la résidence de Liam, ils vont remarquer ma disparition. Obligé. Le chipset fournira à nos amis les *cops* les coordonnées de ma géolocalisation, déclenchant le branle-bas d'une opération sauvetage. Ils ne lambineront pas, accourront illico à mon secours. Je me raccroche à cette bouffée d'espoir, bien réelle : touchée, oui, mais pas sabordée, la Daphné.

Machinalement, je palpe la zone où le mouchard a été implanté. Léger picotement. Relevant la manche, je découvre une fine incision, suturée par un film de colle transparent. Mon sang ne fait qu'un tour. Glacée jusqu'à la moelle, je dois me rendre à l'évidence : pas besoin de sortir de Harvard pour piger que la puce m'a abandonnée, que ma meilleure assurance enlèvement vient d'être révoquée sans préavis ni dédommagement.

Le coup de théâtre m'a scié les jambes, si je n'étais pas assise je me vianderais minablement. Je me sens devenir plus molle qu'une portion de nouilles archi-cuites à mesure que le niveau de ma jauge de vie reflue dans les talons. Les tambours résonnent de plus belle dans mon caisson, ma cervelle va imploser...

Sans m'en rendre compte, je glisse là où s'évanouissent toutes les sensations, là où s'anesthésient toutes les peines : dans les limbes de l'inconscience...

En bref : je chute dans les pommes.

2 My Heart Belongs to Daddy

Eh bien... Sacrée soirée ! Après avoir reposé le bouquin pas très folichon de Camus, malgré la ferme intention de snober Morphée, j'ai piqué un roupillon de marmotte, pelotonnée au creux du matelas bien trop vaste sans Liam. L'assoupissement n'a pas pour autant rempli sa fonction censée réparatrice, et pour cause : un cauchemar m'a happée dans lequel je me débattais contre les affres d'une indicible angoisse. Dans ce mauvais rêve, j'étais prisonnière, menottée, un tam-tam douloureux me martyrisait la tirelire, on avait incisé mon biceps et extrait le traqueur.

L'horreur.

Engourdie de sommeil, je fournis un effort surhumain pour m'évader du scénario pour le moins abracadabrant et remonter à la surface rassurante qui sépare la somnolence de l'éveil. La migraine s'est presque dissipée ; les pulsations persistent et signent, sans toutefois dépasser la limite du supportable... Ouvre tes lucarnes... Blottis-toi contre Liam. Ton bogosse a dû rentrer, maintenant... La chaleur de l'amour guérit tout...

Paupières de plomb soulevées à grand-peine, un vertige fulgurant me chavire, m'ébranle, déphase... OMG... ce n'était pas un mauvais rêve ! Je croupis toujours dans la piaule dépourvue de fenêtres, gisant en travers d'un couchage d'hôpital, poignet ligoté et biceps réellement débarrassé du mouchard. On a remis le lit à sa place et la chaise est de nouveau sur ses pieds.

Je ne me suis pas endormie, je suis tombée dans les pommes !

Combien de temps ai-je traîné dans les vapes ? Quelques minutes ? Des heures ?

Basculant sur le flanc, je me hisse sur un coude, poitrine agitée de hoquets comme si j'allais éclater en sanglots. Pour sûr, chialer un bon coup à chaudes larmes soulagerait une Daphné version « piteuse Madeleine en miettes ». Hélas, conséquence de la frousse sans nom qui recommence à me ronger, mes lampions rivalisent de sécheresse avec les reliefs désertiques de la *Death Valley*, la Vallée de la Mort de sinistre renommée. Je ne suis plus maîtresse d'une réaction organique aussi basique que pleurer. Loin de s'estimer satisfait, l'effroi intensifie son travail de sape. Redoublant de zèle, il s'évertue à annihiler ce qui subsiste de l'armada de mes défenses naturelles, parvient à pétrifier mon corps, à le muer en un copié-collé de parpaing qu'il se délecte à bazarder à la flotte. Résultat : je coule à pic...

Lister des motifs de me cramponner pour enrayer la dégringolade ? Mission on ne peut plus ardue. Il y en a pourtant, dont un particulièrement flagrant : qui que soient mes ravisseurs, ils ne m'ont pas butée. Ils ne m'ont pas non plus maltraitée ; mis à part l'incision pour dégager la puce, absence de marques de violence. *Tant qu'il y a de la vie, il y a de l'espoir* ; un adage éculé devient en cette circonstance cauchemardesque l'unique lueur éclairant le trou dans lequel on m'a précipitée.

Pourquoi suis-je encore de ce monde ? Pourquoi cette pièce évoque-t-elle une chambre d'hôpital ? Pourquoi m'a-t-on ôté mon pyjama pour m'affubler à la place d'un chiffon ridicule ? Vais-je servir de cobaye aux expériences maudites d'un savant diabolique ? Mais b*$#%¤... ! Qu'attend-on au juste de moi ?

Les réponses à la farandole des questions qui me tarabustent ne vont pas tarder à se matérialiser ; le corridor vient en effet de s'illuminer. J'entends la serrure cliqueter. Mon tam-tam perso, déjà bien bousculé, relance une cavalcade effrénée. Les anneaux d'une terreur sourde se referment sur mes côtes, m'oppressent d'une étreinte écrasante ; euh... plus très sûre de vouloir connaître ce que l'on me réserve.

Pourvu que ce ne soit pas Liam... Pourvu que ce ne soit pas lui... Exaucez ma prière : que ce ne soit pas lui...

Tous les sens en alerte, je me raidis.

La porte s'ouvre... et... un parfait inconnu se présente dans l'encadrement.

Énormissime ouf de soulagement ; ce n'est pas Liam !

L'individu affiche une soixantaine dynamique, rehaussée par la sveltesse de la silhouette. Des cheveux coupés court bordent d'une ligne poivre et sel les traits au scalpel du visage. Derrière les sourcils en broussaille, détail jurant avec le reste de sa physionomie, plutôt distinguée, miroitent des iris d'un bleu infiniment clair, si délavé qu'il en est quasiment sans couleur. L'apparition porte une blouse blanche. L'hypothèse du savant fou grignote du terrain, me glaçant d'épouvante d'autant plus que l'intrus ne bouge pas du seuil, une main dans une poche et l'autre brandissant... un revolver. Je n'en crois pas mes prunelles, irrésistiblement aimantées par la masse de métal argenté, susceptible de blesser ou pire... de donner la mort.

— Bonjour, miss Roussel. Avez-vous bien dormi ?

Le timbre est grave, la locution élégante. Si pareille caste existait, je dirais que j'ai affaire à un spécimen de l'aristocratie ouest-américaine. Piquée, ma curiosité entreprend de se frayer cahin-caha un chemin entre les méandres de l'angoisse.

— Qui... qui... êtes-vous ? Que me... voulez-vous ? parviens-je à bafouiller tant bien que mal.

— Diable, quel empressement à tout savoir, jeune fille ! Tss, tss... L'impatience : principal défaut des gamins d'aujourd'hui. Je décèle en outre un zeste de colère dans votre ton, me trompé-je ?

J'aimerais faire preuve d'un flegme cynique, tel celui qui anime avec tant de naturel les héroïnes du cinéma ou de la littérature, et lui rétorquer, l'air fanfaron : « Non, en effet, vous ne vous trompez pas, cher monsieur. Ça vous étonne ? Mais, me faire enlever sans avoir mon mot à dire, atterrir Dieu sait où, être séparée de ceux que j'aime, ignorer à quelle sauce je vais être assaisonnée... Vous avouerez, n'est-ce pas ? que ce sont d'excellents motifs de se mettre en colère. »

Oui... mais non. J'enrage en mon for intérieur, car je sais quoi dire, oh oui ! mais me révèle bien incapable de débiter la moindre bribe, stupide et figée tel un lapin surpris par les phares aveuglants d'une voiture fonçant sur lui à tombeau ouvert. La tirade restera lettre morte et muette.

— Auriez-vous perdu votre langue ? me demande-t-il, un soupçon de moquerie dans la voix.

Il espère une riposte. Seul mon silence paniqué lui répond.

— Comme vous voudrez... Je ne doute pas que vous finirez par me parler. Comme toutes les autres. Cela dit, rien ne presse : vous êtes mon invitée... à demeure. Faites-vous une raison et prenez sans délai les choses avec philosophie, je vous le conseille vivement.

Je me décompose. Littéralement. Il ne manque pas d'air ! Prendre les choses avec philosophie ? Alors qu'il vient de m'informer, sans prendre de pincettes, de mon statut de recluse à demeure ? Son « invitée »... Pff... à d'autres.

Daphné, ma grande, organise une contre-attaque, *schnell* ! Personne n'a le droit de t'arracher à tes rêves. PERSONNE. Non mais, et puis quoi encore ? Au lieu de moisir dans une chambre sordide sous la menace d'un zigoto se donnant des airs de Dr Jekyll, tu devrais voler tranquilou avec ton Adonis à bord d'un jet à destination d'un îlot paradisiaque. Pas po-ssi-ble ! Oh que non ! Le cauchemar doit cesser. Sur-le-champ. Et toi, tu reprends fissa ton histoire exactement là où ce type s'est permis de débouler, au mépris de ton libre-arbitre. Son ingérence est inacceptable !

Tandis que j'évalue le fâcheux d'un œil critique, la situation bascule soudain sous un angle plus favorable ; je suis Daphné la Badass ou pas ? Pourquoi me laisser impressionner par un toubib de *soap opera* ? Ridicule ! À y regarder de plus près, pas très grand, le gars ; je le dépasse d'un bon cabochon. Pas très musclé non plus. Je pourrais le maîtriser sans problème. À condition qu'il se rapproche. Oui, mais il a un flingue. Pas grave. Je peux avoir le dessus.

Le lapinou ébloui par les pleins phares commence à se secouer et trépigner d'une sourde colère : c'est vrai, quoi, au nom de quoi s'arroge-t-on le droit de le traiter de la sorte ?

Des flots d'adrénaline se déversent dans mes veines, inhibant rapidement l'angoisse. Mon être n'est plus qu'une puissante palpitation pulsant de la plante des pieds vers le sommet du crâne. Les tempes tambourinent. La respiration s'accélère. Ça fourmille dans les guibolles, le bout des doigts, les lèvres. Une irrépressible envie d'agir me démange. Il ne doit surtout pas le remarquer.

— Je… Je… ne me… sens pas b…

En un battement de cils, je chancelle et m'affaisse, minable marionnette dont on aurait brusquement sectionné les fils.

Il accourt à mon chevet, me palpe le front, les joues, le cou.

— Miss Roussel… miss Roussel ! Allons ! Revenez à vous. Vous évanouir ? Une grande fille comme vous ?

Tu sais ce qu'elle te dit, la grande fille ?

Maintenant ! Go !

Des griffes fusent de la serpillère amorphe feignant un étourdissement, visent le poignet armé et l'encerclent, phalanges aussi durement contractées que les mâchoires d'un roquet sur son os chéri.

Un juron étouffé échappe à la blouse blanche.

Tu t'attendais pas à ça, hein ?

De ses doigts libres, il s'escrime à se dégager. Se heurte à ma détermination farouche.

Sans le lâcher, je bondis hors du lit. Solidement campée sur mes jambes, je m'arc-boute de toute ma masse contre ses tentatives de riposte. Dans la foulée, je le plaque au mur d'un violent coup d'épaule, ébranlant sa résistance.

À plusieurs reprises, je tape son poing armé contre la paroi. Gémissements de douleur de la blouse blanche. Sa mainmise se distend, le revolver se dérobe, chute mollement. Je l'attrape au vol et le dirige aussi sec contre son propriétaire, canon pointé au milieu du front. Là, je peux chaudement remercier la formation de cascadeuse au cours de laquelle j'ai appris à manipuler divers calibres.

— Les clefs ! Vite !

— Les clefs ? répète-t-il sur un ton narquois. Vous me croyez assez stupide pour me présenter à vous avec celle de vos menottes sur moi ?

Aargh... Pas une seconde je n'ai envisagé ce cas de figure ! Cinglante déception. Débâcle imminente. Sauve qui peut... L'adrénaline reflue à un train d'enfer. Mes forces capitulent et battent en retraite, inexorablement. Désorientée, vidée de la formidable décharge d'énergie qui m'a poussée à attaquer, je vacille. Pourvu qu'il ne s'en rende pas compte.

Et maintenant ? Je fais quoi ? J'ai pris le dessus, oui, et ensuite ? Je ne vais quand même pas le dégommer... Je me connais : incapable de tuer un être vivant de sang-froid, même les mouches, je les épargne.

Ses yeux cherchent les miens, dans l'intention délibérée de me provoquer. Par bravade ? Défi illico relevé : je soutiens l'incursion des billes bleu cristal, tente de lire en elles. En vain. Aucune peur n'en trouble la limpidité. Ni aucun autre sentiment. L'absence totale d'émotion dans un regard censé appartenir à un échantillon de l'espèce humaine me déstabilise de plus belle.

— Eh bien, jeune sotte ? Allez-y, appuyez sur la détente. Facile, vous verrez…

Pourquoi cette impression qu'il ne demanderait pas mieux ? Bordel ! Mais qui est ce type ?

— Bon sang ! Vous êtes qui ?

Des éclats de mica réfrigèrent ses pupilles, une moue de dédain durcit les commissures.

— Qui je suis importe peu, mais je vais quand même vous le dire, si cela peut vous rassurer.

Il n'enchaîne pas immédiatement, ménage ses effets… à la manière d'un avocat. Du diable ?

— Je me nomme Christian Turner, crache-t-il enfin, et j'exerce en tant que chirurgien aux urgences du Cedars-Sinai.

— Chirurgien… ? *(Ça cogite à plein tube dans mes neurones.)* Comme… comme… le père de Claudia ?

Le mica se réchauffe. La moue s'adoucit.

— Pas « comme ». Je suis le papa de Claudia.

3 Sang

La révélation de l'identité du kidnappeur me foudroie sur place alors que ma matière grise carbure comme jamais à démêler l'embrouillamini des échos contradictoires qui s'y bousculent.

— Eh bien ? Allez-vous, oui ou non, vous décider à tirer ?

— Vous... vous voudriez... mourir ?

— Que je le veuille ou pas, quelle importance ? Je suis, pour ainsi dire, déjà mort...

Qu'entend-il par-là ? Qu'il est insensible comme la pierre, hermétique aux émotions ? En un mot, inhumain ? Cela expliquerait pourquoi je n'ai rien décelé au fond de ses prunelles quand les rôles se sont inversés. L'arme pèse des tonnes, la tenir vire à l'épreuve d'haltérophilie.

— Cela dit, ajoute-t-il, admettons que vous parveniez à m'éliminer... reste à concevoir le moyen de vous échapper. Comme vous pouvez le constater par vous-même, impossible, enchaînée, de quitter la pièce. À moins de vous amputer la main. Mais je doute que vous en ayez le courage. Eh bien ? Mmh... une idée ?

Contrairement à moi, il s'exprime avec naturel et aisance. On jurerait qu'il converse avec une invitée lambda au cours d'une soirée mondaine et que la gueule du canon sur son front l'importune autant qu'un moucheron. À mon grand dam, il remporte une manche. Un sort de moins en moins réjouissant se profile, j'en ai les genoux qui flageolent. Une pichenette et pouf ! je m'écroule.

— Vous ne dites rien ? Mmh... Laissez-moi deviner... Vous commencez, n'est-ce pas ? à comprendre que me tuer ne vous avancerait pas à grand-chose, que vous n'aboutiriez à rien d'autre que vous condamner à une fin ô combien atroce...

La fatalité prophétisée par ses propos achève de me chambouler. Je peine à refouler une horripilation à fleur de nuque, électrisant poils et cheveux à la racine. Lentement, j'abaisse le flingue, sans toutefois renoncer à emprisonner le poignet de l'ennemi. Il ne cherche même pas à se libérer ni me désarmer. Comme s'il connaissait par avance l'issue de la confrontation, forcément à son avantage exclusif. Comme si la défiance s'était carapatée aux abonnés absents. Un zeste de patience lui suffira pour me cueillir à point, il le sait, il en est convaincu.

— On... On va me chercher... On me cherche, j'en suis sûre... On... On va me trouver ! Obligé.

— Vous croyez ça ?

Il hausse un sourcil méprisant. Je me déballonne à grande vitesse.

— On pourrait, en effet, vous retrouver, concède-t-il. Mais... vivante ? Permettez-moi d'en douter, très chère. Figurez-vous que les locaux sont piégés : des pains de plastic, disséminés çà et là. Un compte à rebours s'enclenche dès qu'on entre et s'annule dès qu'on sort. S'il n'est pas reconduit au bout d'une heure, boum ! Imaginez-vous le tableau ? Nul besoin de vous faire un dessin, n'est-ce pas ?

Sa brève clarification enfonce le clou. Il n'a donc rien cédé au hasard ? Comment contrer pareil esprit retors ? À quoi bon ? Mais non ! Je refuse de croire que tout espoir est anéanti. D'une façon ou d'une autre, il faut que je sorte d'ici... Il le faut ! Dehors, il y a trop de gens que j'aime, et qui m'aiment, qui comptent sur mon retour, pour m'avouer si vite vaincue...

Je me reprends, galvanisée par un soubresaut de bravoure, durcis mon étreinte.

— Je... Je peux vous envoyer... *ad patres.* Et... Et... tant pis si ces foutues bombes explosent... Au moins, vous... vous n'aurez pas gagné la partie !

— Tss, tss... Vous feriez un piètre joueur au poker, raille-t-il. Si vous étiez capable de tuer, vous seriez passée à l'acte depuis belle lurette. Au lieu de cela, nous voici à papoter telles de vieilles connaissances.

Il lit en moi bien mieux que je ne lis en lui. Christian Turner sait qu'il va continuer à vivre. Des jours et des jours. Bien plus beaux que les miens. Parce que mon index n'actionnera pas la fichue détente. Jamais. Parce que je n'ai rien d'une tueuse pure et dure. Il le sait.

Bordel ! Que faire ? Vers quelque voie que je me tourne, quelle rage de n'aboutir qu'à une impasse ! Malgré un furieux désir de décamper au plus tôt, pas d'autre choix que me résoudre à abdiquer, trop découragée pour m'entêter dans une lutte inégale. J'essaie néanmoins de me persuader que le match n'est que remis... qu'à la reprise, une solution miracle se pointera et m'accordera la victoire.

Mon bras armé amorce un fléchissement puis finit par retomber, plombé de lassitude, tandis que mes doigts se décrispent. En douceur, Turner se dégage et frictionne le bracelet de peau endolorie lui cerclant le poignet. Ensuite, toujours avec des gestes suaves, il subtilise le revolver et le glisse dans son dos. À pas titubants, je recule m'affaler sur le lit.

— Bien. *Good girl !* s'exclame-t-il en venant me tapoter l'épaule d'un mécanisme de papa content.

Papa... Je me remémore ses paroles lorsqu'il a décliné son identité. J'aimerais me convaincre qu'il a prononcé ces deux syllabes avec un brin de tendresse dans la voix... Cela signifierait qu'en dépit de sa froideur affichée de machine, il possède un soupçon d'âme et que, par conséquent, je pourrais le toucher. Je me raccroche à cette éventualité, infime lueur d'espoir, espoir quand même. Je veux croire qu'il n'a pas muselé toute humanité en lui, que sous le masque de pierre palpite la douleur d'avoir perdu Claudia. Un orgueil démesuré le pousserait-il à nier la souffrance... ?

— Je... Je vous plains. Désolée... pour votre fille...

Perdre son enfant, le voir mort, sans doute la pire des épreuves infligées par la vie. Un drame d'une cruauté innommable dont nul n'est hélas à l'abri, un drame qui relève de la fatalité, des choses qui malheureusement arrivent et sur lesquelles nous sommes incapables d'exercer le moindre pouvoir où contrôle. Unique option proposée, non négociable, notre lot à tous : subir sans moufter. Conclusion, même si Turner s'avère, comme je me plais à le supposer, un homme meurtri à l'égal des millions de victimes frappées par le hasard depuis la nuit des temps, cela ne lui accorde nullement le droit de régler ses comptes en s'en prenant à une innocente. En aucun cas je ne suis responsable du tragique accident qui a emporté Claudia... Je ne mérite pas de croupir ici pour expier la faute du destin ! Non !

Une ombre éphémère a rembruni ses traits. J'ai vu juste ? L'impression était si fugace... Ses poings s'enfoncent dans les poches de la blouse, le tissu se tend à craquer aux épaules. Il me dévisage à présent, front haut en signe de supériorité. Le regard cristallin me harponne et me ramène sans ménagement dans la réalité de son aliénation mentale.

— Vous me plaignez ? Vous ? Je vous en prie, épargnez-moi votre pitié, persifle-t-il d'un ton glacial. Ridicule ! Vous vous estimez meilleure que moi, c'est ça ? Plus... humaine ? Quelle prétention, venant d'une insignifiante créature !

— Non... Je...

Subitement, à son tour de me saisir par les poignets et de les presser avec dureté. Je réprime une grimace de douleur.

— Vous croyez détenir le pouvoir de m'amadouer ? me crache-t-il à la figure en me secouant. Inutile de jouer à ce petit jeu avec moi. Je vous le répète : je suis déjà mort ! Enfoncez-vous ça dans le crâne... Il... y a...

Il se tait, hésitant à poursuivre, prend sur lui afin de se dominer, récupère un semblant de flegme.

— Il y a des pertes auxquelles on ne survit pas, martèle-t-il soudain. Des pertes qui vous obligent à faire le deuil de la personne que vous étiez.

Sa froideur en intégralité recouvrée, il ne renonce pas pour autant à son emprise, persistant à me broyer les poignets.

— Je me lève chaque matin pour une énième journée, je marche, je respire, je bois, je mange, je ris... mais ça ne veut pas dire que je vis, vous entendez, stupide écervelée ? N'essayez pas de détecter une faille, non, n'essayez pas ! ce serait peine perdue : on ne peut pas attendrir un mort.

Sa fille adorée lui a été arrachée de la façon la plus brutale qui soit... Cruel, il y a de quoi en vouloir à la terre entière, je l'admets. Néanmoins, au-delà du malheur qui a percuté son existence subsiste un prolongement, bien vivant, de l'essence et de la chair de l'être qu'il chérissait... Pourquoi l'ignorer ? Je m'insurge malgré moi, animée par le souvenir si frais des beaux moments partagés avec l'enfant de Claudia.

— Mais... et Neil ? Il y a ce merveilleux garçonnet ! Vous... Vous n'êtes pas seul !

Il desserre sa mainmise d'un geste excédé et se redresse.

— Merveilleux ? ricane-t-il. Ai-je bien entendu ? Ce vilain canard estropié qui n'a plus rien à espérer de la vie ? Mmh... Il n'est plus digne des Turner. À l'époque, il n'aurait tenu qu'à moi, j'aurais immédiatement mis fin à son calvaire.

Un rictus de dégoût sur les lèvres, il a asséné la dernière phrase avec un sombre accent, en prenant soin d'articuler chaque mot. Le scud a atteint son objectif, aussi violent qu'un uppercut décoché en plein sternum.

— Si nous passions aux choses sérieuses ? propose-t-il sans transition. Vous êtes ici pour m'aider à honorer la mémoire de Claudia. Soyez-en fière. Ensemble, nous allons perpétuer son rêve...

Le rêve de Claudia ? Lequel, bordel ? Je n'ose le demander... La bonne nouvelle : il n'a pas l'intention de me supprimer, du moins pas dans l'immédiat. Ce délai jouera-t-il en ma faveur ? La mauvaise : mon avenir s'apparente à un trou noir.

— Dès que mes collaborateurs se libéreront, ils viendront prendre un peu de votre sang à des fins d'analyse. Vous me semblez jouir d'une excellente santé, les résultats le confirmeront, je n'en doute pas.

Collaborateurs ? Nous ?

Ainsi, ils opèrent à plusieurs... Qui d'autre est impliqué dans sa clique ? Pitié ! Pas Liam... Pas Liam...

Une consternation muette me tétanise. Pétrifiée en plein délire éveillé, je voudrais réagir, mais ma carcasse ne l'entend pas de cette oreille. J'écoute cet homme et reçois ses paroles bouche bée, sans manifester plus de réaction qu'un sac de patates. Seules les pensées, boules de flipper affolées, échappent à la fossilisation et ricochent partout dans ma caboche. *Analyses ?* Bordel ! Dans quel traquenard suis-je tombée ?

Turner me tourne le dos et se dirige vers la sortie, s'arrête, extrait un sachet de papier kraft d'une mallette posée sur la chaise que je me suis auparavant évertuée à transformer en projectile, puis revient vers moi.

L'objet calé sur le chevet, il le désigne de la pointe du menton à mon attention.

— Je vous ai apporté de quoi vous sustenter. Cela devrait suffire d'ici la venue de mes assistants. Des questions ?

À l'instar d'un interlocuteur courtois, Doctor No ne souffle plus mot, offrant une parenthèse insonore à l'expression de mes éventuelles interrogations. Je n'en profiterai pas, incapable de me ressaisir et formuler à haute et intelligible voix la flopée d'élucubrations qui caracolent dans mon ciboulot.

Long et profond soupir de l'énergumène. Déplore-t-il mon inertie ? Probable. Visiblement agacé, il se contente cependant de hocher la trogne à la façon d'un diable jailli de sa boîte, avant de se résoudre à débarrasser le plancher.

La porte presque atteinte, il interrompt son élan et volte brusquement vers moi, l'air de se rappeler un détail essentiel.

— Au fait *(il écarte un pan de la blouse et fouille dans les poches arrière de son pantalon)*, vous aviez raison *(il brandit un trousseau)* ; je garde bien sur moi les clefs de vos menottes. Il fallait insister, très chère, les rôles auraient pu si facilement s'inverser...

Un sourire carnassier en coin, il m'informe que le sésame de ma délivrance sera dorénavant casé en lieu sûr, loin de moi. Il jubile à la pensée de sa captive jetée en pâture à un désespoir inéluctable, privée de toute chance d'évasion vers l'extérieur.

Je l'entends verrouiller la geôle, toujours sans réagir... Après son départ, le temps se traîne, interminable, blindé d'un silence effroyable.

Je traverse en solitaire un insondable Sahara sensoriel avec, pour maigre preuve de mon appartenance au monde des vivants, mes tempes battant un tempo effréné sur fond de bourdonnement d'essaims belliqueux dans les tympans.

Enfin, électrisée sans crier gare par un accès de furie, je m'éjecte du couchage, attrape le sachet de vivres, l'envoie valdinguer dans les airs et l'explose à coups de talon rageurs sitôt qu'il s'écrase au sol. Derechef figée, je contemple longuement les auréoles huileuses s'épanouissant à vue d'œil sur les lambeaux de l'infortunée pochette kraft éparpillés à mes pieds.

Une éternité plus tard, membres raidis à craquer, louve piégée au museau désespérément levé vers une lune dont on lui interdit la vision, je m'abandonne à un solo de hurlements… avant de livrer bataille au mobilier. Primo, boxant des poings avec une hargne féroce, insoupçonnée, j'abats le chevet. Un retentissant fracas ponctue sa rencontre percutante avec le carrelage. Deuzio, j'éventre son stock de boîtes de mouchoirs, arrache par poignées les carrés de cellulose et les disperse aux quatre coins du cachot. Le sol se nappe d'une neige de papier douceur ultra soft. Dans la foulée, je m'attaque au placard. Battants écartelés d'un coup de tatane badass, je le vide de son contenu, linge et affaires de toilette, bombarde les murs avec puis bouscule l'ennemi de métal d'une puissante charge de l'épaule. À peine s'il vacille. Je m'obstine. Han ! Il finit par se renverser dans un vacarme de tous les diables. Sans transition, la chaise entame une courbe aérienne, tutoie le plafond puis se crashe dans un tintamarre assourdissant de casseroles. Au suivant ! Au tour du matelas d'essuyer ma rage de dévastation, décuplée par l'adrénaline.

Le combat ne cesse que lorsque la zone ressemble à un paysage en ruines après le passage d'un ouragan catégorie 5, tel Katrina ou Irma.

Alors seulement, échevelée, moite de sueur et hors d'haleine, je me coule dans un creux plus ou moins épargné par la frénésie de carnage. Là, dos au mur, agitée de tressaillements nerveux, je m'écroule de toute ma masse. Genoux repliés sous le menton, je me recroqueville, pitoyable peau de chagrin exposée à une menace brûlante.

Comme en transe, d'une lente oscillation du buste d'avant en arrière, je me laisse aller à une mélopée plaintive d'animal blessé.

Que ce cauchemar s'arrête...

Que ce cauchemar s'arrête...

Que ce cauchemar s'arrête...

Je veux me réveiller...

Je veux me réveiller...

Je veux me réveiller...

4 Bla bla bla

Des plombes plus tard (... ou des jours ?), un cliquetis dans la serrure me fait dresser l'oreille.

Simultanément, je frémis d'excitation en découvrant qui vient d'entrer et déchante d'une désolation sans nom à la vue de son visage ravagé. L'œil droit est clos, tuméfié, il exhibe une vilaine teinte violacée. La lèvre inférieure a triplé de volume, une entaille à vif la fend verticalement. Les dégâts ne s'arrêtent pas là : une attelle maintient l'avant-bras gauche plaqué coude au corps.

Elle aussi, enlevée ? *Poor nanny*, qui a dû se débattre comme une furie pour écoper de telles blessures ! Je réalise que si je n'avais pas dormi à la résidence la pauvre serait indemne et je m'en veux aussitôt ; si elle a été agressée, c'est à cause de moi.

Je trouve la force de me mettre debout pour aller la serrer dans mes bras. Quelques mètres à peine nous séparent quand la chaîne de la menotte, toujours trop courte, stoppe ma progression. Maudite entrave qui accorde assez de mou pour filer aux toilettes mais m'empêche de goûter la chaleur d'une amie !

Contre toute attente, la nouvelle venue ne bouge pas d'un pouce. Son iris valide, évitant de se braquer sur ma pomme, navigue au fil des dommages occasionnés par la tornade

Daphné. Il scanne le saccage sous tous les angles. Analyse la situation. Avec un détachement à surgeler le sang.

— Consuelo, vous me faites peur...

Elle me dévisage enfin de son œil de cyclope puis, sans daigner m'adresser la parole, se détourne pour héler quelqu'un dans le couloir :

— Qu'est-ce que tu fabriques ? *Ándale*, grouille-toi !

— Ça va, ça va, lui répond une voix qui m'est familière, y a pas le feu au lac, j'arrive.

Des tintements argentins sur chuintement de roulettes caoutchouc retentissent dans le corridor... et Leandro de surgir dans mon champ de vision, poussant devant lui un chariot de soins. Sur le plateau du haut, incongrue parmi un étalage d'ustensiles médicaux, flacons, pansements et compresses, je distingue une arme à feu. WTF ?

Le jeune ambulancier gare son attirail à l'entrée ; pas moyen en effet de circuler plus avant dans le bazar résultant de mon entreprise de démolition. Il observe brièvement le décor et une expression d'incrédulité balaie son bronzage d'hidalgo. Les ravages rapidement listés, dodelinant du chef, il émet un sifflement admiratif.

— Waouh ! La vache ! Elle y est pas allée de main morte.

— Pff ! *Más trabajo*[1], elle nous surcharge de *trabajo*, ronchonne Consuelo. Comme si on n'avait que ça à faire, ranger, nettoyer son fourbi... Elle nous prend pour ses larbins ? Toujours les mêmes qui trinquent !

---

[1] *Más trabajo* : plus de boulot.

Je crains de deviner. Je ne veux pas, je ne peux pas le croire : Leandro et sa vieille tante seraient mêlés à cette sordide affaire ?

Je flanche. Impossible de conserver une seconde de plus la station verticale. Mollets tout ramollos, je recule, regagne mon coin et m'y ratatine de désarroi. On m'aurait râpé le palpitant sur des fils barbelés, je ne ressentirais pas autant de douleur.

— Qu'est-ce que ça veut dire ? parviens-je à demander d'une voix bêlante. Qu'est-ce que vous fichez ici ? Je ne comprends rien de rien...

Je refuse de croire ce que je vois. Il doit y avoir une autre explication à leur présence. Je n'ai pas pu me montrer à ce point naïve, pour ne pas dire débile...

— C'est pourtant évident, s'exclame-t-elle. Je vous croyais plus maligne que ça. *El señor* Turner et moi, nous remettons les choses à leur place. Voilà tout. Quoi ? Vous pensiez qu'on allait vous laisser prendre la place de notre *chiquita querida* sans broncher ? Qu'est-ce que vous imaginez ? Vous n'êtes pas la première dinde, *tonta,* à avoir essayé, elles ont toutes eu des problèmes. *Todas.*

Elles ? Celles qui m'ont précédée dans l'existence de l'Adonis des plateaux ? Turner et Consuelo seraient responsables de leur disparition ? Les morceaux du puzzle commencent à s'emboîter selon une logique implacable.

— Vous... Vous délirez... Claudia est morte ! Liam...

— Liam ? me coupe-t-elle. Hum, c'est sa faute, *su culpa,* tout ça. On lui a pourtant dit et redit que notre belle *princesa* était irremplaçable. Que vouloir aimer quelqu'un d'autre lui porterait malheur. Mais non, il n'écoute jamais. Une vraie tête de mule, *un cabezón.*

Elle crispe les doigts sur sa poitrine, me toise avec une moue de dédain mâtinée de dégoût.

— Insupportable. *Una chica* après l'autre, il cherche à calmer *su dolor,* à soigner ses blessures. Avec vous, c'était le pompon ! Il m'a bassiné avec votre dossier pendant des semaines ! C'est d'une injustice ! Pourquoi il aurait le droit d'être heureux, lui, *mientras que nosotros* [2], le pauvre Christian et moi, nous resterons éternellement inconsolables ?

Comment soupçonner que Consuelo souffrait le martyre du vide engendré par le décès de Claudia ?

— Mais... Mais... Vous m'avez bien accueillie à bras ouverts ? Je n'ai pas rêvé ?

— Ah, oui, *mi casa es su casa,* bla bla bla, bla bla bla. Vous m'avez vraiment crue ? On est au pays du cinéma, non ? Quelle meilleure scène pour jouer *la comedia ?* Vu votre surprise, ça a marché : je suis une excellente actrice.

— Consuelo... Non... Mon Dieu... C'est... C'est un cauchemar ! Et vos blessures ? Fausses ? Du maquillage ?

— Pas du tout ! Elles font partie du prix à payer pour être crédible dans mon rôle de *pobre mamita* amochée. Quand on veut paraître au-dessus de tout soupçon, on ne recule devant aucun sacrifice. Aucun. *Mi Leandro querido* s'est chargé de cette mission délicate. Je suis si fière de lui !

---

[2] Mientras que nosotros : pendant que nous...

Le neveu boit ses paroles, opine sans piper tandis que je chute des nues à chaque révélation inouïe de la *nanny*. Par chance, façon de parler, je suis assise, fesses bien connectées au sol.

Un bref instant, Consuelo couve le garçon d'une pupille tendre, la bien portante, puis une rafale de soupirs courroucés plus tard, elle s'attelle avec son concours à réparer la casse. En deux coups de cuillère à pot, hop ! hop ! le duo, d'une efficacité redoutable, redonne son aspect initial à la chambre. Plus le moindre signe de désordre pour témoigner de ma fureur passagère. Du travail de pro.

Le terrain dégagé, Leandro reprend les commandes du chariot et le manœuvre jusqu'au lit. Il se penche au-dessus de moi, toujours ratatinée dans mon repli, et tend la dextre pour m'aider à me lever. Déterminée à ne pas céder d'un iota, je referme compulsivement les bras autour de mes genoux ramenés contre mon torse et zieute ailleurs.

Baf ! Je perçois le claquement avant de ressentir la brûlure. Consuelo m'a giflée ! Sa silhouette de chat noir hérissé dévore l'intégralité de l'espace. L'oxygène galère à infiltrer mes poumons. J'étouffe. Des picotis acides irritent mes globes oculaires. De violents hoquets soulèvent l'accordéon de mes côtes. Incrédule, je porte une paume tremblante à ma joue en feu.

— Fini de faire la gamine, oui ? s'égosille la mère Fouettard. Debout ! Et plus vite que ça !

Virevoltant sur elle-même, elle s'empare du revolver sur le bloc roulant pour ajouter du poids à son ordre. Visiblement en lutte contre la lourdeur du métal, d'un va-et-vient malhabile, elle agite le feu sous mon nez.

— Sorcière ! *Maldita bruja* [3] *!* vocifère-t-elle sans prévenir, me faisant sursauter. Oui ! Sorcière ! À cause des *brujas* comme vous, à cause de toutes vos ondes diaboliques, des saintes comme notre Claudia meurent ! Vous portez malheur ! Malheur ! Pourquoi le Bon Dieu laisse vivre des monstres pareils ?

Euh… Se faire traiter de sorcière en plein XXIe siècle, ouah, le trip de malade… J'ai beau savoir notre planète infestée d'armées d'obscurantistes, j'étais à des milliers de lieues d'imaginer une confrontation directe avec l'un de ces apôtres dévoués corps et âme à la haine aveugle.

— N'importe quoi ! je m'insurge. Vous… vous êtes folle !

Baf ! Une autre gifle retentit, assenée cette fois de la main gauche. Parfaitement ambidextre, la *nanny* d'enfer.

— Folle ? Moi, *loca ?* Non. La seule folle, ici, c'est vous !

Choquée, révoltée, je me cabre par réflexe, prête à me dresser contre Consuelo pour en découdre. Le canon tanguant à un cheveu de ma binette m'en décourage illico. Ne jamais contrarier les cinglés… Aurait-elle véritablement le cran de tirer ? Je l'ignore, mieux vaut ne pas courir le risque de le découvrir à mes dépens.

À contrecœur, j'obtempère. J'accepte l'aide du garçon à la chevelure corbeau pour me relever et retourner m'allonger. Tout cela sous la menace de la vieille tante, arme toujours

---

[3] Maldita bruja : maudite sorcière.

braquée sur ma pomme à bout de bras vacillant, néanmoins ferme.

— Leandro va procéder à des ponctions de votre *sangre*[4], annonce-t-elle d'un ton cassant. Laissez-vous faire et il n'y aura pas de problème, compris ?

— Compris... C'est pas comme si j'avais le choix...

Le neveu ôte ses sempiternelles mitaines de cuir, se frictionne les mains avec de la lotion antiseptique et enfile des gants en latex. Prêt à procéder à la ponction, il se poste à mon chevet. Je déglutis péniblement, larynx tapissé de toile émeri, puis m'adresse par-dessus l'écran de son épaule à celle dont je croyais naïvement avoir gagné l'affection.

— Je vous en prie... Consuelo... Rangez ce flingue. Promis, je ne me débattrai pas...

Elle hésite, s'interrogeant sans doute pour déterminer si elle peut m'accorder sa confiance (ce qui serait un comble), avant de lentement abaisser le revolver, son poignet parcouru de légers tremblements.

Leandro déchire un emballage et extirpe une aiguille qu'il visse sur un corps de pompe. Dans la foulée, il sangle mon biceps d'un garrot aux motifs multicolores et me demande d'étendre le bras, poing fermé. Ensuite, au moyen d'une boule de coton imbibée d'alcool, tenue avec une pince, il frictionne la zone dans laquelle il va piquer. Le balayage du tampon humide et froid sur mon épiderme, quoique désagréable, me signale que je suis encore en vie. Une chance ?

---

[4] Sangre : sang.

La seconde suivante, l'aiguille s'enfonce dans la veine gonflée sous la pression de la courroie.

Rien senti ; latino boy a des gestes d'une extrême douceur. En des circonstances différentes, il excellerait dans le métier d'infirmier. Seigneur... quel gâchis...

Les prélèvements se succèdent, dix au total. Entre-temps, le garrot distendu, je peux rouvrir le poing. Quand le dixième tube a fini de se remplir, Leandro retire la pointe et applique à la place une compresse pliée en quatre, maintenue par un sparadrap. J'appuie fortement dessus pour prévenir un saignement.

L'œil de la gouvernante papillonne puis se pose sur moi. Un mince rictus de contentement anime ses commissures avant de lui arracher une grimace de douleur. De sa lèvre fendue perle une minuscule goutte grenat, qu'elle fait disparaître d'un coup de langue prudent.

— Est-ce que *el señor* Turner vous a dit ce qu'il comptait faire de ces échantillons ? me demande-t-elle.

— Non. Il ne m'a pas donné d'explication.

— Dans ce cas, je ne dirai rien moi non plus. Je ne voudrais pas lui couper *la hierba* sous le pied.

Je vois bien qu'elle prend un malin plaisir à jouer avec moi. S'attend-elle à des supplications de ma part pour connaître la finalité des prélèvements ? Elle peut se brosser ; ma bouche demeurera hermétiquement zippée. Face à l'omerta têtue que je lui oppose, elle se déleste d'un soupir irrité et abandonne. Faisant signe du menton à son neveu, elle lui intime qu'ils peuvent déguerpir.

La porte claque.

La serrure cliquète.

Je craque.

Grelottant d'angoisse, quenottes s'entrechoquant au rythme d'un affreux crépitement, je m'effondre dans l'accablante absence de bruit de la bulle de malheur où l'on me retient captive. Je me remémore alors, mystère de la mémoire, les bribes d'un lointain discours, celui d'un gendarme venu dans notre classe de CM2 aborder le problème de la violence, autant physique que verbale : « Les enfants, retenez bien ceci : le premier qui hurle ou qui frappe a toujours tort. Toujours. »

5 Ghetto

Les heures passent.

Sans que je puisse les quantifier ou les situer avec exactitude. Cloîtrée dans la chambre aveugle et sourde, soustraite à l'alternance naturelle du jour et de la nuit, progressivement, je paume les repères temporels.

Pourquoi tout ça m'arrive, à moi ?

Qu'ai-je fait de mal pour mériter pareil châtiment ?

Je ne réalise pas la situation.

Absurde...

Irréelle...

Par moments, une sensation bizarre me pénètre ; il me semble me détacher de mon propre corps et l'observer comme s'il appartenait à une inconnue. L'idée, pour le moins étrange, qu'une Daphné différente endure ces tourments m'aide à tenir le coup, à défaut de me rassurer.

Au cours des intervalles où je réintègre ma personnalité (le dédoublement ne dure pas, hélas), je cède parfois à de subites et irrépressibles fringales de vandalisme, au grand dam de Consuelo, obligée, après chacun de mes saccages en règle, de nettoyer la pièce et remettre le mobilier d'aplomb.

Turner se cantonne quant à lui au rituel qu'il a instauré : rappliquer régulièrement au chevet de son *invitée exclusive* pour procéder au contrôle de ses signes vitaux ; imbu de son autorité de toubib, il met un point d'honneur à me traiter à l'égal d'une patiente ordinaire. Les crises dévastatrices de Daphné la Rebelle, regimbant telle une bête que l'on mènerait à l'abattoir, le laissent de marbre, il y prête autant d'attention qu'à un sparadrap périmé. Le foutoir qui en résulte ? Le cadet de ses soucis. S'abaisser à déblayer, balayer, lessiver, bidouiller, bricoler ? Aucun de ces verbes ne relève de son domaine de compétences.

Notre relation évolue à des années-lumière du syndrome de Stockholm et des liens complices qu'il est présumé tisser entre la victime et son bourreau. Du moins de mon point de vue, car en ce qui le concerne, le climat n'est pas à la haine. En dépit de ma froideur indélébile, monsieur se comporte de plus en plus fréquemment en vieille connaissance, s'essayant à donner à nos séances, à l'origine uniquement médicales, une tournure *amicale.*

Mes constantes une fois vérifiées, validées, il aime à lancer des conversations à bâtons-rompus – plutôt des *monologues* car il est toujours seul à déblatérer. Son *one-man-show* pour spectatrice solo, bibi, devient très vite récurrent. Je note qu'il prend un plaisir extrême à s'écouter discourir, intarissable quand il attaque son chapitre de prédilection : le dévouement dont il se fend, dans le cadre de son métier, envers la vaste humanité souffrante. On jurerait un Martin Luther King de l'univers hospitalier, *I have a dream,* un utopiste qui poursuit un rêve, celui de sa fille, censé profiter à quantité de malheureux.

Outre l'apologie de son sacro-saint sacerdoce, il lui arrive aussi de se perdre en longues digressions sur des livres ou films récemment découverts, lecture et cinéma constituant ses dérivatifs favoris pour supporter, dit-il, la pression inhérente au boulot. D'une œillade s'essayant à un simulacre de connivence, il confesse au cours de l'un de ces entretiens à sens unique sa grande passion pour le septième art français, avec une admiration sans bornes pour l'œuvre de François Truffaut en particulier. Moi-même émerveillée devant la production de ce cinéaste, l'info ne manque pas de me faire grincer des dents. Partager cet engouement avec mon cerbère ? Oh que non ! Je ne veux rien avoir en commun avec lui. Rien. Lui dévoiler mes passions intimes ? Quand les bisons danseront le tango !

Ses jacasseries, verbeuses à rebrousser le poil, ne me sont d'aucune utilité, voire secours, j'éprouve pourtant le besoin de les entendre... Plus fort que moi, je les reçois presque avec joie. D'un côté, parce qu'elles me relient malgré tout au monde du concret, sans quoi j'aurais plongé depuis belle lurette dans une folie sans retour, et de l'autre, parce que tant qu'il s'adresse à moi cela signifie, même s'il proclame haut et fort le contraire, qu'il me considère digne d'intérêt. Je bénéficie ainsi du statut de personne à part entière et plus important, *vivante*.

À l'occasion de l'une de ses représentations, il condescend, entre deux laïus enlevés, à me distiller quelque information sur l'endroit où il me séquestre. Il m'apprend que je *réside* dans le sous-sol d'une centrale électrique désaffectée depuis des lustres, paumée au cœur des basses montagnes entourant Burbank au nord-est. Pas un seul voisin à des miles à la ronde. L'endroit idéal pour claquemurer quelqu'un sans attirer l'attention. Turner en a fait l'acquisition quatre ans auparavant pour une bouchée de pain.

Le secteur aérien a été conservé tel quel, dans un état de délabrement avancé. Le sous-sol, portion clandestine de l'iceberg, a été aménagé en mini-clinique, avec bloc opératoire, salle de réveil et morgue. Une seule chambre accueille les *invités* involontaires, celle que j'occupe. Un blindage et une insonorisation à toute épreuve isolent chacune des pièces souterraines. Si les pains de plastic disséminés partout venaient à exploser, on n'entendrait ni ne ressentirait le moindre écho ou frémissement en surface. Une authentique *panic room,* en version médicalisée.

Mes oreilles se sont dressées aux mots « clinique », « bloc opératoire », « morgue ». Je lève sur Christian Turner les billes épouvantées d'une biche tombée sous les crocs d'un tigre. Le matelas sur lequel j'occupe le plus clair de ma réclusion se change en une gueule béante aux mâchoires acérées, prête à me broyer et engloutir en une seule bouchée.

— Pourquoi cet air effaré ? s'étonne l'homme en blanc. Ne vous ai-je pas dit à quoi je destinais ces locaux ?

Je lui réponds non muettement, toujours incapable de lui adresser la parole.

— Mille excuses, très chère. Tellement de choses à penser, cela me sera sorti de l'esprit. Dans ces locaux...

Pause théâtrale. Il penche la caboche en avant. Le menton se rétracte sur la poitrine, les lunettes glissent sur l'arête du nez. Il me zieute par-dessus les verres, se rengorge à la perspective de m'épater. Toussotement. La tête se redresse, droite dans l'axe du corps. Du bout de son docte index, il remonte ses binocles.

— Dans ces locaux, donc, pontifie-t-il, nous concrétisons le rêve de Claudia : démultiplier la vie pour la redistribuer à des malades désespérés, condamnés à mort. La vôtre ici-bas trouvera bientôt sa voie, sa raison d'être. Vous n'êtes pas née pour rien, très chère ; par votre don, une dizaine de personnes vont renouer avec l'espoir... Leaders politiques, juges, avocats, médecins, musiciens, rock stars, acteurs ou businessmen... tous des hommes et des femmes qui concourent à la bonne marche de la société. Voyez-vous, certaines existences ont plus de valeur que d'autres ; normal de les préserver, non ? Vous éprouverez, je n'en doute pas, le plus admirable des sentiments : celui de vous sentir utile. Si je m'écoutais, je vous envierais...

Mes paumes s'imbibent de moiteur. J'avale ma salive avec peine et cherche ma respiration, cage thoracique écrasée sous les coups de boutoir d'une terreur inopinée. Je viens de percuter... Le fameux rêve de Claudia, Liam m'en avait parlé : permettre à des moribonds de renaître grâce aux greffes d'organes. Cette fois, plus de mystère quant à l'issue de ma séquestration : elle sera fatale.

Sonnée par l'uppercut de la funeste nouvelle, je subis sans réagir la suite des boniments de monsieur Déloyal. Le sursis à rallonge dont je bénéficie ? Dû à son planning honteusement surbooké ! Docteur Maboul s'excuserait presque de me faire poireauter. Il m'explique que prélever proprement des organes, les préparer puis les acheminer vers leurs destinataires respectifs, nécessite de disposer de longues heures sans interruption devant soi, et qu'outrageusement surchargé de boulot aux urgences, il n'a pas encore déniché le bon créneau pour me vider telle une dinde de Thanksgiving. Vous m'en direz tant.

Pourquoi, dans ce cas, m'avoir si vite enlevée, si c'était pour me faire mariner ? Non pas que j'attende le rendez-vous avec la Camarde avec une folle impatience, mais j'aime bien piger... Comme s'il m'avait entendue penser, le ravisseur débordé s'empresse de fournir de plus amples explications.

Après des semaines de méticuleuse filature, ses acolytes ont simplement sauté sur la première occasion où j'étais enfin vulnérable, sans personne pour voler à mon secours. Les précédentes pourvoyeuses d'organes, peu soucieuses de leur sécurité, avaient été nettement plus faciles à cueillir.

Dans ses moments libres, sous couvert de son job, Leandro s'attelait donc à me pister. Très futé : qui soupçonnerait un véhicule aussi commun qu'une ambulance sillonnant les rues à toute heure ? Quand ils n'avaient pas cours à l'université, les cousins, champions de l'entraide familiale, le relayaient en toute discrétion. Décidément, un vrai *family business.*

L'auteur de la bafouille anonyme ? Leandro. Le coursier chargé de la livrer ? Leandro, toujours lui. La missive, bricolée bien avant la soirée chez Gina, guettait le feu vert de Consuelo pour atterrir dans ma boîte aux lettres. Le jour où l'on m'a posé le traceur, le neveu chouchou me filait le train. Élucider les raisons de mon incursion à l'hôpital, un jeu d'enfant pour le latino au sourire trop charmeur. Les infirmières, qui en pincent toutes pour lui, ne lui refusent jamais rien, paraît-il, pff... Un portrait discordant s'esquisse, celui d'un garçon sournois, plus glissant qu'une anguille, capable de se faufiler partout sans attirer l'attention, hormis celle des nanas qu'il souhaite embobiner dans ses filets. Cette révélation me conforte dans l'impression que j'ai eue, ce jour-là, d'être suivie, épiée. En fin de compte, mon intuition était bonne, grossière erreur néanmoins sur le suspect ; bien malgré lui, Steven a fait office de diversion et j'ai foncé tête baissée dans le panneau. Je repense, mortifiée, à la colère de Phil. Il avait mille fois raison de ne pas douter de son *boyfriend* ! Quelle *noob* ! Manipulée en beauté, la Daphné. Bête, oh que oui, telle Blanche Neige, à croquer dans la si alléchante pomme empoisonnée.

— Ce n'est pas que je m'ennuie, mais les tâches qui incombent à mon métier s'accumulent ailleurs, conclut Turner. Je vous quitte, prenez soin de vous, très chère…

What ? Que je prenne soin de moi ? Tu veux dire… de mes yeux, de mes poumons, de mon cœur et de mes reins ? Tu parles d'un magnifique catalogue d'organes haut de gamme pour V.I.P. agonisants…

Glauque…

Les irruptions de Consuelo s'avèrent plus rares. Elle ne peut se permettre une entorse à son organisation, ses absences à la résidence doivent paraître naturelles. Son credo : ne surtout pas éveiller les soupçons.

Avec elle, la communication fonctionne mieux ; elle n'est pas une étrangère, quoique… J'aimerais la percer à jour… Je ne comprends toujours pas par quel tour de passe-passe elle a réussi à me berner. Je me crame les neurones à tenter de me rappeler un détail, même infime, qui aurait dû déclencher la sonnette d'alarme. Par quel odieux maléfice cette femme, si bienveillante et humaine en apparence, a-t-elle versé dans la délinquance ? Comment en est-elle venue à se rendre complice d'un meurtrier ? Quels mobiles l'animent ?

Elle s'affaire pour l'heure à domestiquer des serviettes dans la salle d'eau. Je l'entends chantonner un air allègre de son pays. Aujourd'hui, je ne lui ai fourni aucun motif de piquer une colère ; à son arrivée, la chambre était en ordre. Elle en a soupiré de contentement. Cette fois, elle ne gâcherait pas ses précieux instants à tout replacer. Cette fois, pas la peine d'incarner le personnage de la harpie.

Depuis le lit, je la vois sortir le linge éponge d'un sac de voyage et le disposer sur les étagères en respectant une ordonnance rectiligne. Elle veille avec un soin maniaque à former des piles tirées au cordeau, n'hésitant pas à déplier et replier tout rectangle rétif afin d'adapter ses dimensions à celles du monceau déjà constitué. Au millimètre près.

Les échos guillerets du chant traditionnel ralentissent soudain. Sur la défensive, je tends l'oreille. Graduellement, les notes s'atténuent, finissent par se dissoudre dans un murmure presque inaudible. Un interlude insonore s'installe, que Consuelo met à profit pour réfléchir, du moins je le suppose.

— Pas sûre que vous compreniez, Daphné, dit-elle enfin sans interrompre son empilage. Je vais quand même essayer de vous expliquer.

C'est ça, explique, je ne demande qu'à piger. Prête à boire ses paroles, je ne bouge plus un cil. La roublarde le remarque et retarde délibérément le boniment censé éclairer ma lanterne en me gratifiant d'un interlude insonore bis.

En tragédienne chevronnée, elle se pourlèche à ménager ses effets dans le but d'accaparer mon attention exclusive. Je parie que la scène de Daphné le vermisseau mijotant sagement sans oser moufter la conforte dans un sentiment d'incontestable suprématie ; je ne suis qu'un chiffon de plus, pliable à sa volonté.

Le *statu quo* sans paroles se prolonge. Les minutes défilent, la dresseuse de serviettes demeure imperturbable. Elle ne se résout à déballer son speech qu'au moment où elle me juge mûre à point. Pas trop tôt.

— Pour moi, *el señor* Turner c'est le Bon Dieu en personne, ni plus, ni moins. Je ferais n'importe quoi pour cet *hombre*... N'importe quoi, vous entendez ? S'il me demandait de me jeter dans un feu, je lui obéirais, sans poser de question. *Porqué ?* Je vais vous le dire...

Elle suspend brusquement le discours à peine entamé, heurtée par un détail choquant : une serviette rebelle résiste à la quadrature tatillonne ! D'une paume inflexible, elle s'active à lisser les rides téméraires qui osent déformer le plat du tissu, puis satisfaite de la correction infligée, daigne reprendre le fil de ses propos.

— Je suis née du mauvais bord de la *frontera*, dans un village infesté de miséreux. Tant bien que mal, plutôt mal que bien, j'y ai grandi et j'ai commencé à y vieillir, sans provoquer la moindre minuscule vague ; eh oui, nous autres, *mexicanos*, nous avons la résignation dans le sang...

Consuelo qui expose ses motivations sans que j'aie rien demandé... Tiens donc ! Chercherait-elle à se disculper ? Que je sache, on n'éprouve le besoin de se justifier que si l'on s'estime coupable.

L'opération pliage-rangement convenablement menée à son terme, la gouvernante s'accorde une pause méritée, fière de son triomphe sur le désordre, comblée par la disposition irréprochable du bloc de serviettes. Sans toutefois piper mot. L'ébauche en suspens de ses confidences me laisse sur ma faim... Pourquoi ne poursuit-elle pas ? Bien que je brûle de connaître la suite, mieux vaut lui abandonner l'initiative de reprendre le récit lorsqu'elle le souhaitera ; je sais par expérience que la *nanny* se braque et se réfugie dans un mutisme borné dès qu'on la harcèle de questions.

Elle me rejoint en déambulant d'un pas mollasson entre les meubles, promenant un index à leur surface comme pour s'assurer de leur propreté. Elle se poste derrière la chaise trônant au mitan de la pièce et s'y appuie, l'air accablée. Mains agrippées au dossier, elle lève les yeux au plafond, en quête d'inspiration. Divine ? En réponse, un souffle religieux effleure ses traits tendus. À la faveur d'un éblouissement éclair, j'imagine que le siège se transmute en un vénérable prie-Dieu taillé dans un bois antique molletonné de velours grenat, et que Consuelo, chignon dissimulé sous une mantille de dentelle noire, va s'y agenouiller et prier telle une duègne dévote.

L'espace d'un *Je vous salue Marie,* des flammes noires animent les pupilles de la vieille gouvernante. Le regard de l'idolâtre papillonne, s'égare dans les limbes d'une grâce d'elle seule connue. Je suis exclue du trip, exilée aux portes du mystère

Consuelo. L'espace d'un *Notre Père*, les flammes s'amenuisent, se muent en flammèches vacillantes. Le regard finit par déserter les hauteurs et redescendre vers moi. L'ancienne semble peiner à gonfler ses poumons, ses pommettes luisent d'un faible éclat rosé. Elle joue brièvement des mâchoires, comme si elle ruminait, puis se décide à poursuivre...

— Un jour, à l'aube de mes trente ans, *treinta años,* ça m'a frappée d'un coup, avec une violence terrible : j'ai pris conscience que je n'avais jamais mangé à ma faim, jamais porté de toilette à la bonne odeur de neuf, ou habité dans une maison en dur, profité de jolis meubles. Tout ce que la vie m'avait donné, c'était un manque de tout, immense, terrible, qui me grignotait lentement de l'intérieur, *como los ratones* [5]. J'avais du temps, *mucho tiempo*, mais pour quoi faire ? Pour mourir à petit feu dans le purgatoire miteux de mon village noyé de sable ?

— Oh... Je suis désolée... Je ne savais pas.

Le déballage de Consuelo ridiculise l'apitoiement sur moi-même dans lequel j'ai tendance à baigner avec une grande désinvolture. Moi, la gamine issue d'un milieu où l'on ne manquait de rien, me voilà confrontée à la découverte brutale d'un autre univers, bien moins généreux avec ses enfants. Une réelle pitié pour cette femme et ses frères de pauvreté me submerge, jusqu'à me sentir coupable de ma relative bonne étoile. Mes angoisses d'étudiante, de chercheuse d'emploi ? Pff... Ridicules ! Même fauchée, je menais une existence que Consuelo qualifierait à coup sûr de *rêve*...

---

[5] Como los ratones : comme les rats.

— Bien sûr, *claro* que vous ne savez pas ! s'emporte-t-elle, bousculant mes pensées mortifiées. Comment pourriez-vous savoir, vous qui n'avez jamais mis les pieds du mauvais côté ?

Sa colère me secoue, bien trop légitime pour lui opposer le moindre argument. Sorti de la tirelire d'une gamine *riche*, quelque raisonnement que je tienne serait d'office considéré nul et non avenu. J'essuie la tempête sans broncher.

— C'était décidé, reprend-elle d'un ton étrangement adouci après un bref intermède. Mon anniversaire, le trentième, je le fêterais à des kilomètres de la *frontera*, là où tout brillait comme de l'or, là où tout devenait possible. En échange de mon ticket pour la Terre Promise, j'ai donné le peu que j'avais pu économiser à un passeur, un de ces *malditos coyotes* [6] qui s'enrichissent du malheur des autres. J'ai réussi à atteindre la Californie, je ne savais pas que l'enfer m'y avait suivie puis rattrapée. Je n'avais plus rien que mes rêves et mes espoirs, mais c'était encore beaucoup trop aux yeux *del demonio* [7] ; il ne vous lâche pas aussi facilement une fois ses griffes plantées dans vos chairs.

Elle contourne la chaise et s'y assoit mains jointes sur les genoux, effigie d'un pieux recueillement, si abattue que je crains la fin de la confession pour aujourd'hui. Mais non, elle prend une profonde inspiration et replonge dans le courant amer de son passé…

Elle pensait que rien ne pouvait être pire que la misère de son village. Elle se trompait. Au bout de sa fuite, entre elle et ses

---

[6] Malditos coyotes : maudits coyotes.
[7] Del demonio : du démon.

illusions, se dressait un obstacle de taille : le centre de rétention pouilleux dans lequel on l'avait transférée, à San Diego, juste après s'être fait capturer par une patrouille et avoir été retenue à la frontière durant quatre jours, interminables, dans des conditions qu'on ne réserverait pas à des bêtes... Quatre jours à partager une cellule sans fenêtres avec une vingtaine de ses concitoyens. Quatre jours à grelotter de froid, à coucher par terre avec pour seule protection des couvertures sales, grouillantes de puces, de vermine. Quatre jours à ingurgiter une bouffe infecte. Quatre jours sans pouvoir se laver, à faire ses besoins à même le sol. Elle me dit qu'elle n'est pas près d'oublier l'ignoble puanteur. Ni l'absence totale d'humanité des gardiens à leur égard. Sur le coup, la décision de finalement les reléguer à San Diego lui a fait l'effet d'un broc d'eau fraîche et limpide offert à un rescapé du désert.

Elle a très vite déchanté...

— Le rêve, *el sueño americano* [8], ricane-t-elle, on nous appâte avec, mais on se garde de nous avertir qu'il débute pour beaucoup par un cauchemar sans nom. « Centre de rétention »... Ça sonne mieux que « camp de concentration », hein ? Mais ça ne vaut pas mieux, croyez-moi.

Elle m'assène que ceux qui, comme moi, n'ont jamais été flanqués dans un de ces trous à rat ne savent pas ce que signifie « galérer ». Elle porte à son sein des mains vibrantes de courroux et me dit, chacune de ses phrases ponctuée d'un rictus méprisant, qu'elle m'épargnera les autres détails sordides de cette partie de sa vie, ma pitié étant la dernière

---

[8] Sueño americano : rêve américain.

chose qu'elle recherche. Puis enchaînant sur sa lancée, elle m'assure que le jour où *el señor* Turner a jeté son dévolu sur sa misérable personne, elle a vu, elle, la pauvre parmi les pauvres tel son bien-aimé Seigneur Jésus, une immense et belle lumière avancer à sa rencontre ; comme si le Bon Dieu Lui-même étendait Sa grâce divine sur elle...

Joues en feu, elle observe une parenthèse mutique, paupières mi-closes afin de mieux se remémorer l'irradiation de sa morne existence par le phénomène surnaturel. Une fine sueur perle à son front, à son cou palpitant. Le corsage noir s'est imbibé d'auréoles sombres sous les aisselles ainsi qu'à la naissance des maigres seins. Des relents acides percent sous l'habituelle senteur de savon frais de Consuelo.

Après l'obscurantiste, l'illuminée. Une vraie de vraie. Bien ma veine ; les gens à son image ne se prêtent pas à la discussion, fermés telles des huîtres à tous les arguments autres que ceux sur lesquels repose leur dogme.

Son *querido señor* Turner, ajoute-t-elle, appartient à la chapelle de ces personnes, si nobles et généreuses, qui se soucient véritablement du sort des immigrés dans leur pays. À l'époque, il était membre – il l'est toujours – de l'ONG *Border Angels*. Les Anges de la Frontière, quelle belle expression... Régulièrement, le dévoué bienfaiteur prospectait leur ghetto de San Diego. Il offrait sa chaleur humaine à ses compatriotes, se dépensait sans compter pour eux, les soignait, les aidait à trouver du travail, à remplir les papiers nécessaires pour éviter une expulsion. *Un santo*, *dixit* l'évangile selon Consuelo.

Ce jour-là, il cherchait quelqu'un pour sa propre maisonnée, une gouvernante qui seconderait sa jeune femme enceinte, paix à son âme. Elle se signe rapidement à cette évocation. *Paix à son âme ?* Ai-je bien entendu ? Ce n'est pas un mais deux êtres chers dont le destin aurait amputé cet homme ?

— Hein ? La mère de Claudia est morte ?

Consuelo me transperce d'une œillade sévère, contrariée par mon interruption intempestive.

— Oui. Vous ne le saviez pas ? Un cancer du sein. Une épreuve terrible. Terrible. Pour nous tous… Mais surtout pour Christian et la *chiquita*.

Elle a soufflé les derniers mots avec une tendresse déchirante, trahissant sa douleur à vif. Je n'ose pas l'interroger sur les circonstances qui ont conduit à la perte, si cruelle, d'une épouse, mère, amie. J'aurais trop l'impression de la martyriser. Ce n'est pas parce qu'elle s'adonne à la méchanceté quand ça lui chante que je dois m'abandonner au même penchant.

— Vous permettez que je continue ? maugrée-t-elle après une brève inspiration.

La question relevait plus de l'agacement que de la politesse, car sans attendre ma réponse ni m'accorder le temps de digérer l'info, elle repart dans son histoire…

Le Seigneur Tout-Puissant a voulu qu'il la choisisse, elle. Pour cela, elle louera Son nom pour l'éternité, Son nom animera son ultime souffle. Le glorieux Christian Turner l'a soustraite à son calvaire et depuis, la miraculée se dévoue à lui corps et âme, le traitant à l'égal du Dieu qu'elle vénère par-dessus tout. Elle me répète que quoi qu'il exige, elle l'accomplira. Par gratitude.

Je nage en plein trip hallucinatoire ou quoi ? Par gratitude ? Et puis quoi encore ? Mais qui est cette femme en face de moi, si bornée, refusant de voir le Mal alors même qu'il officie sous son nez depuis toutes ces années ? Je ne reconnais plus la gouvernante des Jensen, au point de me demander si je l'ai jamais connue ; à cet instant précis, rien n'est moins sûr.

Bordel, comment a-t-elle pu si commodément me leurrer ? Daphné et sa copine Perplexité : le retour. Non mais, sérieux, comment n'ai-je rien vu venir, rien soupçonné quand je séjournais chez les jumeaux ? J'avais un bandeau sur les yeux ?

Vite.

Réagir.

Que lui rétorquer ?

Et si je l'attaquais sur son terrain de prédilection, sa sacro-sainte religion ?

— Vous savez, Consuelo, que vous vous rendez complice d'actes que votre Bon Dieu réprouverait ?

D'un bond, la voilà debout, ailes du nez frémissantes, sourcils arqués d'indignation. La chaise s'est vivement éloignée d'elle, raclant le carrelage de ses pieds métalliques et manquant de se renverser sous la brusquerie de la levade.

— Non ! Pour rien au monde *el señor* Turner ne ferait quelque chose de mal, s'offusque-t-elle. Vous ne m'avez pas écoutée ?

— Si, j'ai tout entendu, mais j'ai beaucoup de mal à croire que la prétendue bonté que vous prêtez à cet homme puisse racheter ses crimes.

Elle me contemple d'un air stupéfait, à coup sûr estomaquée par la révélation de mon impiété à l'égard de l'idole.

— Pff… Croyez ce que vous voulez, *niña,* rétorque-t-elle, sa consternation surmontée. Ça m'est bien égal, après tout. Je ne vais pas gaspiller ma salive à essayer de convaincre quelqu'un qui, je le vois bien, ne veut pas être convaincu.

Elle m'oppose en guise de conclusion la mine hermétique des réfractaires, des imperméables au doute, des bondieusards, des dévots profondément ancrés dans une foi sectaire qui les voue à ne jamais accepter, au grand jamais ! que l'on conteste leurs convictions les plus viscérales. Je cherche, sous le masque de sécheresse outrée, le visage, dessiné au lait de la tendresse, de la maman poule que j'ai rencontrée à la résidence.

Je le cherche, mais ne le trouve pas.

6 Écrans

Hormis les visites de Turner ou celles de Consuelo, cette dernière accompagnée ou non des neveux, rien d'autre ne vient troubler le séjour imposé sous terre. Je traverse l'infinité des heures dans une amère solitude... que je n'ai pas choisie.

Le poignet a été libéré, sans que j'aie pour autant regagné une entière liberté de mouvement. Une cheville à son tour entravée, je me déplace à la manière d'un forçat, ou d'un fantôme ? trimballant derrière lui les cliquetis de sa chaîne.

Un four à micro-ondes dans lequel réchauffer les préparations de Consuelo est venu, *dixit* mes geôliers, agrémenter les conditions d'incarcération. Au début je snobais la boustifaille, refusais de m'alimenter. Histoire de nouer plus ample connaissance avec l'épouvantail de la mort promise que l'on agitait devant moi ? De me familiariser avec lui ? Quand ils ne s'envolaient pas en mission de largage de leur contenu au sol, les plats repartaient intacts dans les paniers. Puis l'estomac, en total désaccord avec mon obstination à jeûner, a commencé à se rebiffer. Une impérieuse et dévorante fringale a germé dans le terreau de mon anorexie volontaire et m'a harcelée, faisant gargouiller et grogner les entrailles. L'organisme rechignait à renier, même inconsciemment, ses pulsions vitales... il n'a pas traîné à capituler. Le résultat final, la victoire du squelette encapuchonné d'une pèlerine noire, expert en maniement de la faux, a beau être couru d'avance, la vie ne dépose jamais les armes aussi aisément...

Mes garde-chiourmes croient sans doute m'amadouer en me comblant de prévenances ? Espèrent-ils au bout du compte passer pour sympathiques ? Ils peuvent se brosser ! La rancœur que je nourris à leur égard ne mollit pas, mon cerveau échafaude en boucle le scénario de leur meurtre ; je me transforme en bête féroce, leur saute à la gorge... mes griffes s'enfoncent dans la chair de leurs cous... je serre, je serre... et me délecte à regarder crever ces charognards, leurs yeux exorbités injectés de sang, la peau rougie puis bleuissante, la gueule démesurément béante, en quête d'une ultime goulée d'oxygène... Je ne céderai pourtant pas à la tentation, je ne déborderai pas du cadre de la chimère. Menacée d'être d'un moment à l'autre exécutée, je me sais en effet incapable de passer à l'acte, ne serait-ce que pour me défendre. Quelque chose bloque mon moi organique, l'empêche de concrétiser les divagations suggérées par son pendant spirituel.

Ce « quelque chose » est le garde-fou invisible que nous recelons tous, garant de la dissociation du corps et de l'esprit. Franchir le pas, si mince, séparant l'idée de l'action, implique de pulvériser ce gardien intime ; cette barrière anéantie, plus rien ne s'opposerait à l'exécution docile, par l'être charnel, des basses besognes dictées par la haine et la folie de son homologue mental... Livrée à elle-même, la chair est faible, c'est bien connu. Si le barrage volait en éclats, n'importe quel humain deviendrait susceptible de transgresser les limites...

Mais seuls les assassins véritables ignorent comment stopper avant le geste fatal et rebrousser chemin.

Heureusement, je n'ai rien de commun avec mes cerbères, je ne suis pas une criminelle, je ne le serai jamais ; le béton de mon propre garde-fou résistera toujours, invulnérable aux desseins meurtriers de mon esprit, me gardant de passer à l'acte. Cela n'aide pas beaucoup, mais ne pas ressembler à mes ravisseurs, eux qui n'ont éprouvé aucun scrupule à éliminer au bas mot six innocentes, me procure un certain contentement intérieur...

Mouais, bof... la réclusion ne me réussit pas, voilà que je verse dans la psycho à deux balles, moi, pff...

Autres gadgets venus égayer, façon de parler, le train-train carcéral : un notebook et un téléviseur, apportés par Turner. Une fois le premier branché, un frisson d'incrédulité m'a saisie en découvrant la date et l'heure, affichées dans le coin inférieur droit. D'après un rapide calcul, j'étais retenue prisonnière depuis sept jours.

Une éternité !

Bien entendu, la bécane ne dispose d'aucun accès à Internet, ç'aurait été trop beau, elle ne me sert qu'à combler les plages mornes de l'oisiveté. Mécaniquement, je m'abrutis quasi en non-stop à écumer la panoplie des jeux accessibles : puzzles, cartes, mah-jong, sudokus...

Autre abrutissement : la télévision. En temps normal, je ne concevrais pas consacrer ne serait-ce qu'une rognure de seconde au média impérial dictant horaires et programmes médiocres, mais tous les moyens semblent bons pour éloigner le cauchemar de ma quarantaine. Triste compensation... Je me défends pourtant de faire la fine bouche, car outre son effet hypnotique anesthésiant, la petite lucarne s'avère l'unique fenêtre sur l'extérieur que l'on daigne m'ouvrir depuis le kidnapping. Tant que je pourrai me connecter au monde par ce biais, j'aurai conscience de lui appartenir... J'essaie donc, en m'assommant d'images et de sons, à la fois de suivre l'actualité et atténuer, voire éclipser l'insupportable réalité de ma condition...

Vain effort d'escamotage, bien évidemment, car comment l'ignoble coup du sort se dissiperait-il, telle la grisaille sous les rayons du soleil, quand chacune des apparitions de mes tortionnaires, vêtus des habits de Monsieur & Madame Irréprochable, me renvoie à l'amputation brutale de mon existence en Californie, encore balbutiante mais si riche de belles promesses ?

La noirceur des jours en cellule n'a d'égale que la lumière du souvenir des heures partagées avec mes adorés avant que le rêve ne bascule... Ceux que j'aime, Liam en tête, éclairent les chemins de la perdition de leurs feux de joie lorsque les ténèbres se complaisaient à me tourmenter, instillant la tentation de leur céder, de m'abreuver à leur eau trouble. Sans l'évocation de mes êtres chers pour me retenir, il y a longtemps que j'aurais renoncé à résister et rejoint le côté obscur...

Comme lorsque j'étais môme et que je m'amusais à inventer des personnages inouïs vivant des histoires abracadabrantes, entre deux jeux sur l'ordi, je pare de mille couleurs les reflets fantômes de mes aimés puis les mets en scène dans les films que je projette au plafond, longuement. Je renoue sans peine avec la bonne vieille marotte enfantine de divaguer éveillée, châsses écarquillés sur l'univers en expansion au-dessus du lit.

Ils me manquent tant…

Leur absence endeuille mon âme d'une tristesse au goût de sourire perdu. Sans eux, j'ai froid, je me sens nue, incomplète. Je donnerais cher pour courir me blottir dans leurs bras et me réchauffer à la flamme de leur amour.

Souvent, je m'interroge : que font-ils dans les moments où je pense si fort à eux ? Je les vois parfois avec une douloureuse netteté, aussi réels que le mobilier qui m'entoure, tous morts d'inquiétude à mon sujet. Remuent-ils ciel et terre pour me retrouver ? Et mes parents, ont-ils été prévenus ?

Consuelo s'est vantée, avec une indécence puante, de tromper le jugement de Liam à sa guise. Du gâteau ! *Pan comido.* Jamais il ne la soupçonnerait d'être mêlée de près ou de loin à un quelconque méfait. L'idée de son éventuelle participation à mon enlèvement ne l'a pas même effleuré. Ni lui ni personne d'autre, d'ailleurs ; elle cache si astucieusement son jeu…

Avec un malin plaisir, elle m'a asséné que ses blessures avaient rempli leur rôle à la perfection. Nul n'a flairé l'entourloupe. Un jeu d'enfant pour elle, lors de sa déposition, de faire gober aux enquêteurs un piratage du système d'alarme de la résidence, suivi de l'intrusion de plusieurs individus armés et cagoulés. Qui aurait pu suspecter qu'il s'agissait tout bonnement de ses neveux ?

Un serrement m'empoigne à la pensée de l'implication de ces trois garçons, si talentueux et serviables, promis à un bel avenir... Pourquoi ont-ils avec autant de facilité basculé dans l'illégalité ? Pourquoi s'embarquer dans pareille galère et risquer de foutre leur vie en l'air ? Qu'espèrent-ils gagner à cette loterie périlleuse ? Amasser un max de fric ? Glauque... N'ont-ils pas conscience du désastre qui leur pend au nez ? S'imaginent-ils jouir à l'infini d'une impunité totale de leurs actes ? L'oseille n'a jamais été une magicienne capable de volatiliser les ennuis d'une pincée de poudre de perlimpinpin, fschuiii... Or, des ennuis, ils vont en souper, de très gros ne tarderont pas à leur dégringoler dessus, obligé. Car j'ose croire que la justice est à l'œuvre dans notre société et qu'elle les rattrapera. Tous. Le contraire serait aussi aberrant que révoltant.

Ainsi, Consuelo a réussi à persuader l'auditoire de sa lutte acharnée contre les ravisseurs, *los malditos demonios*[9]. Elle s'est prétendue insomniaque, sensible au moindre léger bruit. L'intrusion ? Elle l'a flairée sur-le-champ. Rester sans réagir ? Pas son genre, voyons ! Une vraie tigresse, galvanisée par une rage justicière. Depuis la nuit fatale, elle passe pour une héroïne, le comble. Je ne garde aucun souvenir du pénible épisode et pour cause : on a profité de mon sommeil pour me faire inhaler un somnifère. Je ne risquais pas de compromettre le plan en me réveillant en sursaut.

Les dires de la gouvernante sont malheureusement confirmés par la téloche. Le plus souvent, je me branche sur ABC, avec

---

[9] Los malditos demonios : les maudits démons.

une prédilection pour le JT *America This Morning*. Je découvre, non sans étonnement, que ma disparition fait l'objet d'un suivi quasi quotidien de la part de ce média. J'apprends que l'interrogatoire des personnes qui me côtoyaient de près ou de loin se poursuit... Elles défilent à l'antenne, interviewées par les reporters attitrés de la chaîne. Des bribes de voix, des physionomies me reviennent, qui se mêlent aux sons et images relayés par la TV...

Liam... *La petite Française, je présume ?*

Evangeline... *Brad, mon chou. Ça va être à nous. Tu devrais aller te changer.*

Jeremy... *Euh... Bah... Grumpf...*

La maquilleuse exclusive de Lady Winter, accourant perchée sur ses semelles compensées d'une hauteur à donner le vertige.

La jeune Black callipyge en lévitation au volant de son bus.

Les caissiers du *deli* et leurs bouquets de mots affables dont gratifier la clientèle...

Gary et Howard les hommes-troncs, portiers des studios...

Phil et sa délicieuse déco anniversaire... Phil et sa mémorable leçon de make-up... *Horrible est un doux euphémisme, chaton.*

Gina... Ses yeux de chat... Sa garde-robe vintage... Son dédain poli...

Steven... *Où courez-vous si vite,* pretty *Daphné ? Auriez-vous un shérif à vos trousses ?*

L'Égyptienne et sa bulle de chewing-gum qui éclate.

Jennifer, ma voisine de palier. On ne s'est rencontrées qu'une paire de fois, pourtant, à l'entendre au JT, elle me connaît par cœur. Vous m'en direz tant.

La moelleuse Molly du *diner* ; elle se souvient très bien de moi, l'une de ses clientes préférées. Ah ouais ?

Et tant d'autres visages, plus ou moins connus... À croire que ma vie se débobine sous la forme d'un trombinoscope.

Les auditions se succèdent donc, sans engendrer le moindre résultat probant. Consuelo a bel et bien été entendue... et lavée de tout soupçon. L'enquête piétine...

Mon palpitant manque un soir de se décrocher en captant une vidéo réalisée à l'initiative de Liam. Par la suite, je remarque que le canal la diffuse régulièrement, à différentes heures. À chacune de ses apparitions, je me précipite vers le poste, trop contente de pouvoir caresser le visage aimé. Malgré l'obstacle du verre, sa tiédeur se transmet à mon épiderme. Ou n'est-ce qu'une hallucination tactile, provoquée par un trop ardent désir de le toucher IRL ? (*In Real Life.* Dans La Vraie Vie, quoi, ou DLVV, en français. Pourquoi diable systématiquement préférer les sigles anglo-saxons ?)

J'ai conscience de n'effleurer qu'une icône, le fruit de la combinaison de millions de pixels, mais pour rien au monde je ne me priverais de cette douce sensation... Et si ce simple contact charnel avec le moniteur détenait le pouvoir magique de me projeter de l'autre côté de cet enfer, de me rendre au réel ? À Liam ?

Je comprends mieux l'état d'esprit des fans, quels qu'ils soient. Ils partagent avec moi la conscience de ne toucher qu'une chimère lorsqu'au prix de mille difficultés, ils parviennent à poser brièvement leurs doigts sur l'idole ; eux non plus ne s'interdiraient pour rien au monde ce geste anodin en apparence, car cet effleurement, pour furtif qu'il soit, les propulse vers un nirvana secret dont les beautés se dévoilent à eux seuls, des beautés capables d'illuminer le quotidien au point de leur arracher les larmes d'une ineffable félicité... À l'avenir, éviter de me moquer des groupies.

Je caresse les joues de Liam, bois ses paroles, m'enivre des légères cassures de sa voix. Il s'adresse aux ravisseurs, les supplie de m'épargner ; paroles relativement optimistes de quelqu'un qui se raccroche à l'espoir fou de me croire toujours en vie. Il marque une pause, déglutit. Un vague sourire, pâle, néanmoins charmeur, éclaire fugacement son visage. Un pli amer froisse sa bouche ; le genre de détail *too cute,* trop mimi, à illico électriser les cohortes d'admiratrices. Un soupir résigné et il ose demander qu'on me relâche avant qu'il ne soit trop tard. Trop tard pour qui ? Puis l'angle supérieur droit s'orne de ma photo. En simultané, un bandeau se déroule au bas de l'écran, sur lequel s'inscrit un numéro d'appel. Quiconque détiendrait des renseignements susceptibles d'éclairer les enquêteurs est prié de le composer. Pour finir, Liam invite une personne hors-champ à le rejoindre.

Encore marquée par ses récentes blessures, Consuelo surgit dans la lucarne, l'air tellement effondrée, éplorée qu'on goberait volontiers qu'elle a perdu sa propre petite-fille, la chair de sa chair, l'air si innocente qu'on lui donnerait son bien-aimé Bon Dieu sans confession... La première fois qu'elle est apparue, j'ai failli succomber à un infarctus. Et Liam qui ne suspecte rien, qui l'enlace par le cou d'un geste affectueux, grrr ! Le tableau me sort de mes gonds. Bordel ! Comment ne pas bouillir de colère ? Pathétique pantin, manipulé par une servante sans scrupules, esclave vouée au Mal... S'il savait... montrerait-il pareille tendresse ? Non ! Bien sûr que non !

À tour de rôle, ils me parlent : « Daphné... où que tu sois... tiens bon. », « *Si,* tenez bon, *chiquita,* on va vous retrouver... », « Tu me manques... » Liam s'efforce de refouler son désarroi, d'arborer bonne figure contre vents et marées. Consuelo s'exprime d'un timbre plaintif, secoué de trémolos... Moi, c'est le poste que j'ai envie de secouer. Au cours des émissions suivantes, je me hâte de zapper avant qu'elle n'intervienne. Je ne veux voir que mon magnifique *boyfriend.* Lui seul.

Outre le tourniquet des trombines et le message de Liam, la chaîne diffuse un documentaire succinct présentant ma courte biographie, dans lequel on me réduit à une poignée de chiffres et de clichés. Sur une carte de France, un sobre repère matérialise la ville dans laquelle j'ai vu le jour. Ainsi, on peut me géolocaliser dans le passé, mais hélas, pas dans le présent ? Je rêve d'un super hacker (pourquoi pas un des potes de Jeremy ?) qui se lancerait le défi insensé de trianguler ma position actuelle à partir de ma dernière localisation connue, au moyen de savants calculs de probabilités et recoupements de trajectoires ou, plus bêtement, par un prodigieux coup de poker. Je crains cependant que mon souhait ne soit jamais exaucé : ce genre de génie n'existe que dans la réalité virtuelle des romans, films ou séries télé...

Nulle référence dans le reportage à mes parents. J'ignore toujours s'ils sont au courant de l'enlèvement.

De temps à autre défilent également des séquences captées devant l'entrée de la résidence des Jensen. À ma grande stupéfaction, le long trottoir a quasiment disparu, enseveli sous une avalanche de photos de moi flanquées de forêts de bougies, bouquets, peluches et autres fariboles. Ces offrandes déposées à mon intention par des inconnus me touchent, même si je ne suis pas dupe de leurs manigances. Se fendraient-ils d'un tel engouement si je n'étais pas la *new girlfriend* de Bradley Hammer, le dieu solaire de leurs pâles existences ?

Les adorateurs gesticulent à l'écran, se bousculent et se piétinent sans une once de pitié au prétexte de décrocher la meilleure place sous l'objectif de la caméra, consumés de ferveur, brûlant que leur manitou remarque les babioles dédiées à sa déesse, brûlant que leur manitou les remarque tout court, eux les fans exemplaires.

Quelle motivation les gouverne ? Que cherchent-ils à prouver ? Qu'ils ont le sacrifice dans la peau ? Qu'ils seront toujours là pour leur beau prince, dans les bons moments comme les mauvais, à l'instar du cercle de ses intimes ? Sans doute fantasment-ils leur intégration au sein du désirable cénacle, propulsés là par les circonstances actuelles, inattendues. Bien gentil de leur part, mais je me méfie de ce chantage affectif aux potentiels effets à retardement ; ils seraient capables d'exiger un jour ou l'autre une lourde rançon en contrepartie de leur sacerdoce sans faille. Je me rappelle comment John Lennon ou Rebecca Schaeffer ont fini... Ces individus n'offrent que pour recevoir en retour, tout juste s'ils ne réclament pas une reconnaissance de dette signée avec le sang de LEUR Bradley chéri-chéri. J'appelle ça un cadeau empoisonné, moi. Ah là là, la défiance qui radine au grand galop…

Le mémorial improvisé m'en rappelle d'autres, beaucoup trop d'autres, érigés dans l'urgence partout où des attentats terroristes sont perpétrés. C'est ça : je suis moi aussi, en quelque sorte, la victime de fanatiques ne reculant devant rien pour accomplir leur œuvre de destruction aveugle. La proie d'une terreur qui ne dévoile pas son nom, qui sévit dans l'ombre, au sein même de notre société bardée de conventions si rassurantes en apparence. Une terreur capable de frapper à l'improviste. Devenue ô combien banale. Propre à notre espèce. Née avec le premier des hommes, elle ne s'éteindra, je le crains, qu'avec le dernier.

Les miens de ravisseurs, que veulent-ils ? Saper mon intégrité physique autant que morale ? et décider à ma place du moment où je mourrai ? De quel droit, bordel ? Depuis qu'ils me séquestrent, je cohabite avec la Peur, fille de la Terreur ; pas la Peur qui joue, éclatante, sur le devant de la scène, oh non… plutôt celle qui officie dans les coulisses, discrète, néanmoins omniprésente et insatiable. Peur qui s'évertue à dissoudre Hier, transforme Aujourd'hui en musée de cire et gomme Demain. Peur qui imite la Mort en lui dérobant son silence figé…

Je dois lui résister. Lui céder reviendrait à faire le jeu de ceux qui en attisent le feu et leur accorderait par conséquent une victoire écrasante. Certes… Si facile à dire quand on n'a rien à redouter…

À cause de cette Peur, je ne serai plus jamais la même.

7 Flash info

Outre le téléviseur, je dispose via l'ordinateur d'un dérivatif supplémentaire : un bloc-notes sur lequel j'ai commencé à consigner mon récent passé, démarré sous de trop bons auspices. Je me suis improvisée écrivain, consciente toutefois que, parfaite anonyme parmi les millions de candidats tentant l'aventure éditoriale, jamais personne ne me lira. Qu'importe. Recréer avec des mots le monde auquel on m'a soustraite me met du baume au cœur. Redonner vie à mes proches sur des pages vierges me rapproche d'eux. Je me sens moins seule et perdue...

Les circonstances qui ont précédé l'apparition de Liam sur le plateau du *Stage 15,* merveilleuses, inoubliables, débutent le récit...

Elle marque une pause...
Elle ? Bah moi, quoi...
Moi, en planque derrière les tentacules enchevêtrés d'un figuier banian, un genou fléchi, l'autre enfoncé dans l'herbe putride.
Sur mes gardes, à l'affût de la moindre anomalie, je tire d'un coup sec sur les lacets de mes Rangers, les resserre à mort.
Dos rond, front bas, doigts écartés en pattes d'araignée sur l'humus, posture du sprinteur dans les starting-blocks.
Ne plus remuer un cil.
Inspirer... Expirer...

Détendre les poumons suffoquant sous la tiédeur moisie exhalée par la décomposition organique.
Inspirer... Expirer...
Ramener le calme dans mon paysage intérieur.
Inspirer... Expirer...
Ignorer la fatigue.
Inspirer... Expirer...
Me redresser enfin. Sonder les alentours. Lentement.
Facultés de perception au taquet.
R.A.S.
Les lignes se sont enchaînées les unes après les autres avec une étonnante fluidité...

— Ça y est, les enchères ont démarré.

Je naviguais dans un univers parallèle, trop absorbée par la rédaction de mes courtes mémoires pour entendre Turner entrer. Ses paroles pénètrent mes portugaises avec un léger décalage. Je perçois leur contenu, sans le comprendre. Devenus hésitants, mes doigts interrompent leur course sur le clavier. Pianissimo, je me détourne de l'écran. L'ennemi se tient debout au pied du pageot avec, comme à son habitude, les poings enfoncés dans les poches.

— Pardon ?

Un ricanement dédaigneux répond à mon air ébahi. Il hausse les épaules. Le tissu des poches se distend à l'extrême sous la pression exagérée des mains serrées en boule.

— Vous n'écoutez pas quand on vous parle, n'est-ce pas ? s'agace-t-il. Ah ! Vous appartenez bien à cette horripilante génération d'inattentifs ; ça rêvasse, ça papillonne d'un sujet à l'autre, ça survole les livres, les films, les œuvres d'art, ça entame mille projets et n'en achève aucun. Et dans une conversation, ça se contente de débiter des laïus sans se demander s'ils répondent de façon judicieuse au discours des autres ; des monologues simultanés qui, telles des lignes parallèles, jamais ne se croisent : voilà à quoi ressemblent les discussions de nos jours.

— Je... J'écrivais...

— Et en plus, ça ose se prendre pour la prochaine Toni Morrison. Lamentable.

— Non... Je...

— Dire que je pensais que, peut-être, vous sortiriez du lot. Mais non, vous ne valez pas mieux. Vous n'êtes toutes que des naines en comparaison de ma Claudia.

À chacun de ses propos, comme pour lui donner raison, je me ratatine de plus belle dans les oreillers, n'osant pas me hisser plus haut que la cheville de sa très chère, de son irremplaçable fifille. Les morts pèsent parfois plus lourd que les vivants sur nos épaules.

— Et cet imbécile de Liam qui s'échine à vouloir remplir le vide de son absence avec la première venue ! Je savais qu'il se trompait, une fois de plus. Quand diable comprendra-t-il que supplanter Claudia relève de l'impossible ? En somme, je lui rends service, à ce corniaud : mieux vaut vivre seul que mal accompagné.

Qu'il la ferme, bordel ! Je ne veux plus l'entendre ! Pourquoi se donner la peine de me parler, s'il m'estime aussi méprisable ? Je parviens à dévier mon attention en m'enfuyant par la pensée à des kilomètres de là. Au soleil... Sur la plage de sable blanc le long de laquelle Liam et moi aurions pu nous promener, tendrement enlacés, si le destin n'en avait pas décidé autrement. Vêtue d'une légère robe à fleurs (oui, bon, ça va que je rêvasse, parce que bibi, affublée d'une robe vaporeuse, euh... comment dire...), je sillonne l'arène en solo à pas lents, orteils chatouillés par la barbe à papa de vaguelettes joueuses.

— Par bonheur, vos organes relèvent le niveau haut la main. De vrais morceaux de roi ; les enchères n'en seront que plus fructueuses.

— Les... Les enchères ?

L'incongruité du terme a ramené dare-dare mon esprit dans la pièce. Ciao ciao soleil, plage, écume... Satisfait d'avoir réussi à capter mon intérêt (il s'en frotterait les pognes), Turner consacre un bref intervalle à se rengorger de son pouvoir avant de daigner éclairer ma lanterne.

— Je gère sur le *darknet* un réseau privé de vente aux enchères d'organes. Humains, cela va sans dire. Quoique... Je ne repousse pas l'éventualité de travailler un jour avec des animaux ; parfois, nos semblables tiennent plus à leurs compagnons à plumes, poils ou écailles qu'à leurs proches ou à eux-mêmes... Voyez-vous, je...

Transporté par l'illumination qui vient de le traverser, il coupe subitement le fil du monologue et se retranche dans les arcanes de son cerveau, arcade sourcilière rêveuse et narine palpitante, presque tendre. Je subodore que l'émule de Victor Frankenstein, au comble de l'exaltation, prendrait volontiers le temps d'explorer et développer les tenants et aboutissants du juteux concept s'il n'était pas déjà accaparé par l'affaire Roussel.

— Allons, ce n'est que partie remise... se raisonne-t-il.

Il se rebranche à la réalité et condescend à s'abaisser à mon niveau de lilliputienne. D'un rictus de Joker maléfique, il s'empresse de jeter aux oubliettes le semblant de douceur dont il s'est incongrûment fendu.

— Vous vous interrogez, n'est-ce pas ? reprend-il. Vous vous demandez sans doute pourquoi ce réseau ? Comment ? Eh bien tout simplement parce que nécessité fait loi, très chère ; ému par la détresse de tous ces pauvres fantômes voués à une mort certaine hantant les unités de transplantation, et plus que jamais fidèle au vœu de Claudia, je me devais de trouver une solution. LA solution.

L'échappatoire offerte à ces agonisants, je ne la connais que trop à présent... J'imagine sans peine la suite du discours, si bien que mon attention derechef se relâche, mais d'un cran seulement. Cela ne décourage pas Turner, au contraire ; les vannes ouvertes, rien ne retient son flux verbal. Condamnée à écouter la pavane d'un vieux coq retors...

Bombant le torse, il entreprend de me détailler par le menu son dévouement de Bon Samaritain. Il se targue d'avoir secouru des dizaines et des dizaines d'infortunés, à tel point qu'à ce jour, son bilan comptable penche sans conteste en faveur de la vie. N'importe qui d'autre se réjouirait d'un si bon score ; pas lui. Il déplore à cor et à cri sa regrettable incapacité à porter assistance à la totalité des malheureux en mal d'organes.

— À mon incommensurable regret, je me vois obligé de trier sur le volet les candidats à ces enchères hors du commun. Impossible de procéder autrement.

Soupir de frustration, massage du front, grattouillage d'un lobe, rajustement des binocles : florilège de l'acteur accablé interprétant la grande scène de l'impuissance.

— Si seulement... Si seulement je pouvais opérer au grand jour... Ah ! Si mon travail était reconnu, encouragé... Je pourrais en sauver tant d'autres...

Mais bien sûr. Sortez les mouchoirs ! Et en assassiner tant d'autres, ordure, t'as oublié ? Pardon de ne pas adhérer spontanément à ton précieux credo ; le droit à la liberté de pensée et de conscience, tu connais ?

Selon ses dires, les bienheureux gagnants à la tombola de la dernière chance comptent de célèbres noms de la scène publique nord-américaine, des pipoles influents, intouchables, prêts à tout sacrifier dans l'espoir de grappiller un ultime délai, pour eux, pour leurs proches. Payer le prix fort ? Pff... le cadet de leurs soucis.

— À court terme, très chère, je ne connais aucun placement plus rentable que le corps humain. Le vôtre dépasse largement mes attentes. Une perfection.

Tiens donc... Monsieur le Philanthrope, qui se gargarise de préserver des vies tout en se gardant d'ébruiter ses crimes, ne cracherait pas sur de substantifiques bénéfices pécuniaires ? Sur son portrait exemplaire de chirurgien émérite dont il se vante avec orgueil, se grefferait celui d'un homme d'affaires de génie opérant dans l'underground clinique ? À l'instar de tant et tant de nos congénères, sous prétexte d'œuvre humanitaire, il vouerait sans vergogne un culte au dieu Pognon ? *Charity-business* bien ordonné commence par soi-même... Le respect de la mémoire de Claudia a bon dos ; la pauvre se retourne sûrement dans sa tombe. Quand je pense qu'il a refusé de communiquer à Liam les informations relatives aux receveurs des organes de sa fille, sous prétexte qu'il ne verserait pas dans l'illégalité...

— Dans une dizaine de jours, conclut-il, je profiterai d'une semaine de vacances pour procéder dès que possible aux prélèvements. Ensuite, je m'octroierai quelques longues heures d'un repos bien mérité. Je vous conseille de vous préparer à dire adieu à notre monde, le temps vous est désormais compté.

Une averse de plomb en fusion s'abat au fond de mon estomac. Abat ? Estomac ? Et pourquoi pas foie, cœur, poumons et reins, tant que j'y suis ? Ééérk... Ambiance gore... Mon enveloppe charnelle, vue de l'extérieur, demeure étrangement calme et mutique alors même qu'un désir brutal de tout casser grogne et cogne sous la carcasse, se débattant avec la furie d'un fauve en cage.

Les épaules du fâcheux, tels de pathétiques soufflés ratés, s'affaissent lentement. Il renâcle de dépit, à coup sûr contrarié par mon absence flagrante de réaction. Tous les artistes, les minables en chœur avec les éminents, vous le diront : rien de pire que de se produire devant un public tiédasse, voire indifférent. Un homme de son intelligence aura forcément remarqué l'attention que je prête à ses visites, tout comme l'importance que j'attache à nos conversations, nonobstant leur déroulement en sens unique. Il n'ignore pas la raison qui m'incite à me comporter de la sorte ; il a deviné que tant qu'il consentira à s'adresser à moi, je m'estimerai digne d'intérêt, me sentirai *vivante*. Alors sans doute s'interroge-t-il sur ce détachement de ma part, maintenant. À l'évidence, un brin de curiosité flatterait l'ego surdimensionné de monsieur ; ainsi obtiendrait-il satisfaction sur tous les plans. Mais bien sûr... Par chicanerie, je me barricade derrière un silence renfrogné, aussi impénétrable qu'un rempart de pesants sacs de sable ; hors de question d'entrer dans son jeu puéril.

Il ne s'avoue pas vaincu, monte au créneau, tente deux trois saillies dans l'intention manifeste de m'extorquer ne serait-ce qu'un début de frémissement. Chercherait-il par ses piques à tester ma résistance, mes limites ? M'exhorterait-il à me rebiffer dans un seul but, celui de mieux prendre son panard au dernier acte ? Le fumier peut se brosser, je ne céderai pas. Ses insuccès finissent par lui arracher un grommellement de frustration. Oh... je comprends sa réaction ; quel plaisir y aurait-il, en effet, à saccager un corps dont l'esprit aurait capitulé, renoncé à se rebeller, et s'offrirait inerte, à moitié clamsé, sur l'autel de sa sacro-sainte mission ?

Il branle le chef tout en serinant des tss, tss, tss navrés, adoptant la mimique typique du prof terriblement déçu par son élève chouchou. Hein ? Non mais, allô quoi, j'hallucine ! C'est moi qu'on devrait blâmer ? Moi qui serais la piètre disciple, l'irrécupérable, le cas désespéré, l'ingrate ignorante de sa trop formidaâable chance, incapable d'apprécier le suprême honneur que Super Toubib lui accorde ? À mourir de rire, ah ah ah ! si je n'avais pas une trouille innommable de la mort.

Dans un effort de volonté herculéen, je parviens à endiguer mon indignation, rien n'en transpire à l'extérieur. Prodigieuse prouesse athlétique. Énième salve de ronchonnements de Doktor Mengele avant de se résoudre, enfin ! à s'évanouir en coulisses. Pas trop tôt.

Des lustres après son évaporation, j'entends encore résonner le glas lugubre de ses élucubrations. En proie à un gros coup de blues, j'appelle mes locataires intérieures à la rescousse, sans obtenir, hélas, une bribe de réponse. Où diable mes puces chéries sont-elles passées ? Depuis que je végète sous terre dans un coffre-fort cadenassé sur un trésor qui n'est autre que ma pomme, elles ont cessé toute communication. Leur silence radio intensifie celui de la chambre, déjà bien oppressant, qui heure après heure, avec une épouvantable lenteur, momifie tout mon être. Les adorables chipies se tapissent-elles, bouche cousue, dans une zone sécurisée de mon ciboulot parce qu'elles crèvent de frousse ? Ça se comprendrait… Elles ne risquent pourtant rien, puisqu'elles n'existent pas. En revanche, moi, si je les entendais à nouveau, je déprimerais moins. Lâcheuses !

Je traverse les trois jours qui suivent vautrée dans un état de profonde hébétude, comme si mes sens se détachaient d'eux-mêmes du réel pour estomper l'angoissante certitude de ma fin prochaine. Les condamnés qui moisissent dans les couloirs de la mort endurent-ils pareille phase de prostration au seuil de l'ultime voyage ?

Je ne goûte pratiquement plus aux plats de Consuelo, je ne joue plus, je n'écris plus, je ne rêve plus...

Je meurs déjà...

Que faire d'autre quand il s'avère flagrant que madame la Chance, cette insolente, a choisi de s'incruster dans le camp adverse, celui des « naturellement insoupçonnables », des normaux en apparence, si banals, transparents ? Comment expliquer sinon que Turner et sa clique opèrent depuis des mois en toute impunité ? Dans le mien de camp, j'ai beau fouiller le moindre recoin à la recherche d'une once de bonne fortune, rien, que dalle ; le despote Malheur y règne sans partage de toute son ironie, convoqué par son supérieur hiérarchique, le Destin, l'unique fautif, celui qui a pris un malin plaisir à placer ces apprentis du Mal en travers de mon chemin. Je me suis trouvée au mauvais endroit, au mauvais moment. *In the wrong place, at the wrong time...* Arf... Monseigneur Destin et ses coups de dés, tantôt heureux, tantôt funestes, toujours aléatoires... Tenter de les contrôler ? Mission impossible. Alors, renoncer, ne plus lutter, me laisser aller ?

Le quatrième jour, pas un chat ne radine pour m'apporter à manger. Pas grave, de toute façon, j'ai envie d'être seule et l'appétit me boude.

La nuit s'écoule, étrangement paisible, tapissée, pour ne pas changer, d'une épaisse insonorité.

Le lendemain, l'absence se répète. Je m'en inquiète, sans pour autant me départir de l'apathie qui freine mes mouvements depuis la dernière visite de Turner.

Allumée quasi en permanence, la téloche cadence l'amalgame des heures de son ronron continuel. La marche confuse du temps se traîne avec une lenteur de limace... À croire qu'il se fige progressivement, comme sur une planète dont la rotation ralentirait avant de stopper...

Le jingle agressif d'un flash spécial hache soudain l'inertie ambiante. Je me redresse, sourcils arqués. Je zieute, j'écoute : hier, dans les Verdugo Mountains, au nord-est de Burbank, un groupe de clandestins salvadoriens a été repéré puis évacué par les escouades de la *Border Patrol* ; une centrale électrique désaffectée servait de refuge aux pauvres diables.

À cette information, une vague de chaleur soulève mes entrailles, submerge mon ventre. Mon sang, jusque-là engourdi, entre en ébullition. Le déferlement s'amplifie, se propage aux extrémités, des impatiences fourmillent dans mes membres. S'agirait-il de la centrale où l'on me retient captive ? Je monte le son et ouvre grand les esgourdes.

Des grappes de reporters gesticulent, micros au poing et oreillettes enfoncées dans les conduits auditifs. Les troupes d'envoyés spéciaux sont parquées à l'extérieur, interdiction d'entrer fouiner. Les cameramen en sont réduits à ne filmer que la procession des clandestins s'égrenant hors de l'édifice, copieusement houspillés par les fédéraux. Les contrevenants aux lois des States ont été débusqués au terme d'une enquête qui n'aura duré qu'une courte semaine. Au total, cent vingt-huit interpellés, dont une vingtaine d'enfants. Visages floutés, pathétiques pantins résignés tenus en respect par les agents armés à outrance, ils trottinent à pas timorés en file indienne puis grimpent dans les fourgons destinés à les transporter au centre de rétention le plus proche, celui de San Diego.

Longs cheveux dorés impeccablement lisses, châsses bleu cristal et lèvres vieux rose scintillant au moindre mot, une journaliste de plateau prend la parole en direct. La *sweet lady* annonce aux chers téléspectateurs que la veille, deux suspects ont été appréhendés au cours de cette énième affaire d'immigration illicite ; un homme de soixante-trois ans de type caucasien et une femme, également sexagénaire, d'origine mexicaine. À leurs noms, mon palpitant rate un battement : Christian Turner et Consuelo Flores. Cette fois, plus de doute : le coup de filet a bel et bien eu lieu dans « ma » centrale.

Tandis que la poupée platine distille les infos, l'écran derrière elle retransmet des images mouvementées : des factions ennemies, des tribus antagonistes rigoureusement encadrées par des cordons de policiers s'affrontent à grand renfort de banderoles sur fond de clameurs haineuses devant le sobre et néanmoins monumental Palais de justice de Los Angeles, le Clara Shortridge Foltz, cube gris géant percé de centaines de fenêtres identiques. Selon les dires de la journaliste, les uns, pro-clandestins impénitents, exigent la relaxe immédiate du duo polémique, les autres réclament des têtes, pour l'exemple. Car rien n'écœure plus ces braves gens que la déferlante des hordes de « saute-murs » ou de *« wet-backs »* [10], ces « culs-terreux » qui infestent leur belle Californie en dépit de l'incessante diligence déployée pour colmater la zone frontalière. À leur vive indignation, leurs adversaires vont

---

[10] Wet-back : littéralement « dos mouillé ». Surnom donné aux clandestins qui traversent le Rio Grande à la nage.

obtenir gain de cause : la libération du couple maléfique ne saurait en effet tarder, l'association des *Border Angels* ayant payé les cautions rubis sur l'ongle.

Blondine au gloss rosé poursuit sur sa lancée. Elle rappelle que les interpellés (Turner et Consuelo, donc) sont des récidivistes en matière de transgression des lois afférentes à l'immigration. Ce qui leur vaut de passer pour des héros aux yeux du clan favorable à la libre circulation, et pour d'abjects criminels à ceux des farouches partisans d'une frontière hermétique. Anges ou démons ? Cela ne dépend, en somme, que de l'angle de vue adopté par le camp que l'on choisit de rallier... Toujours défendus par des avocats hors pair, Consuelo et son dieu vivant n'ont jamais moisi plus de quarante-huit heures consécutives en tôle. Je comprends mieux pourquoi personne n'a mis un pied dans la mienne depuis la veille.

Loin de susciter une *ola* d'enthousiasme, le coup de théâtre a au contraire déchaîné une colère monstre en moi... Comment ? COMMENT ? Les fédéraux étaient là, tout près, et ils n'ont rien décelé ? Rien reniflé, flairé d'autre que la présence irrégulière des migrants ?

La récitation de la commentatrice, débitée sur un ton de mélodrame, m'en apprend un peu plus...

— Le nid de clandestins a été dépisté de façon tout à fait fortuite dans le cadre de l'enquête sur l'enlèvement de Daphné Roussel, qui est, nous vous le rappelons, la doublure d'Evangeline Labrie sur le tournage en cours de *Dentelles & Rangers*, et la dernière petite amie en date de Bradley Hammer, la vedette du *movie*. C'est en effet au cours d'une discrète surveillance par la police des personnes entendues au sujet de l'affaire Roussel, que les soupçons se sont d'abord portés sur ladite Consuelo Flores, ressortissante mexicaine vivant légalement en Californie depuis 1982.

« Lavée dans un premier temps de toute implication dans la disparition de miss Roussel, la sexagénaire a finalement intrigué les enquêteurs du lieutenant Colomba par ses escapades récurrentes, entorses à un planning habituellement rigoureux. Prise en filature, elle les a menés à l'ancienne centrale, propriété du chirurgien Christian Turner. Aussitôt alertés à la découverte des immigrés, les émissaires de la *Border Patrol* ont pris le relais.

« Il s'avère désormais que Consuelo Flores et Christian Turner ne sont coupables que de la dissimulation des sans-papiers salvadoriens. L'enquête sur le kidnapping de la jeune Française demeure en stand-by tandis que les points d'interrogation s'accumulent… Peut-on espérer retrouver miss Roussel en vie ? Que penser de l'absence de demande de rançon ? Cela n'augure-t-il pas d'une fin malheureusement funeste ?

« La suite de l'actualité, après cette coupure…

Sourire de pub pour dentifrice et gracieux hochement de front de la blondinette.

Jingle *America This Morning.*

Seigneur… J'ai peur de comprendre… Turner et sa comparse avaient tout prévu depuis le début… Ils savaient que les agents de Colomba les pisteraient et finiraient par aboutir à la prison-clinique en sous-sol, sauf s'ils plaçaient un leurre sous leur nez, un paravent ingénieux qui occulterait leurs agissements condamnables. Ainsi, certains d'être rapidement relaxés si d'aventure on les pinçait pour ce qu'ils considèrent sans doute une peccadille, ils n'ont pas une seconde hésité à exploiter le désarroi des malheureux Salvadoriens afin d'assurer leurs arrières.

Bon sang ! Après avoir distrait l'attention des enquêteurs avec l'habilité de pickpockets, qu'est-ce qui les empêchera de reprendre en toute tranquillité leur juteux trafic ? Le machiavélisme de ces esprits criminels paraît sans fin ! Je bous d'une rage inextinguible. Quand j'y pense, les gars de la *migra* [11] étaient à peine à deux doigts de me localiser ! Deux doigts ! À coup sûr, l'entrée conduisant au sous-sol est camouflée avec le plus grand soin. Turner le Maudit a dû prendre un maximum de précautions pour la soustraire aux regards trop curieux ; à bien y réfléchir, rien de plus simple : les concepteurs de *panic rooms* et autres bunkers privés rivalisent d'imagination en matière d'entrées secrètes indécelables.

La poisse !

J'entends le malheur, joyeux, se frotter les mains.

Jamais je ne m'en sortirai...

Jamais...

Jamais...

---

[11] La migra : terme utilisé par les populations hispaniques des USA pour désigner les fonctionnaires mandatés afin de faire respecter les lois relatives à l'immigration, telle la douane ou la patrouille de frontière.

8 Prince Vaillant

Tel le bras d'un macchabée, ma colère est retombée, aussitôt remplacée par un cafard insondable. Trois autres journées s'écoulent, pareilles aux flots d'un fleuve obscur et froid qui traverserait un territoire désertique avec la lenteur d'un escargot. Peut-être quatre... Ou cinq ? Plus ? Je ne sais pas ; le jeûne me joue des tours, impossible de me concentrer sur quoi que ce soit. Maudite fringale ! Au moment où j'ai compris que j'allais passer un laps de temps indéterminé sans rien de consistant à me caler sous la dent, j'ai ouvert la cage d'un ogre vorace qui depuis ne me lâche plus. Toujours lorsque quelque chose vient à manquer brutalement, n'est-ce pas ? que l'on prend la réelle mesure de son importance.

Apportés par Consuelo lors de sa dernière venue, quatre sachets de biscuits (ronds, dorés, fourrés d'une moelleuse pâte blanche censée être de la crème à la vanille, miam...) se muent en véritables trésors. Quand la faim déborde des limites du supportable, je m'autorise à puiser dans la précieuse réserve un cookie au parfum affolant de beurre chaud et vanille sucrée, que je fais durer le plus longtemps possible en le grignotant par tout petits bouts.

Heure après heure, je me métamorphose inexorablement en une loque pitoyable, juste bonne à zapper d'un canal à l'autre. Des centaines et des centaines de chaînes disponibles et rien, absolument rien dedans. Du vide pour combler le vide.

Entrecoupées d'interminables intrusions publicitaires à intervalles réguliers et rapprochés, les émissions traînaillent, s'enlisent dans la mélasse des programmations. Des flopées de reflets frénétiques, la plupart du temps bien violents et sanglants, adoucis néanmoins par les brèves apparitions de Liam, impressionnent trop aisément mes rétines rincées, lessivées. Ces visions ininterrompues dont je m'empiffre jusqu'à l'indigestion : fiction ou réalité ? Un mal fou à faire le distinguo, à me repérer dans l'embrouillamini de perceptions troubles.

Saturés d'images et privés de mets consistants, carcasse et esprit entament une lente et éprouvante descente au fond de la mer de la Grande Fatigue.

L'écran du téléviseur constitue désormais mon unique point d'ancrage. Il suffit de le quitter des mirettes, ne serait-ce que l'espace d'un battement de cils, pour que le décor alentour se mette à vaciller, qu'un vertige m'aspire et que je dérive, désorientée, sur les crêtes houleuses de la chambre. Il me faut sans tarder remonter à bord de la nef des pixels hypnotiques pour récupérer un semblant de stabilité.

La marche du temps, qui paraissait ralentir et se figer, s'efface à présent peu à peu. Je n'ai quasiment plus conscience de son existence, seules les dates et les heures serinées par les présentateurs prouvent que les jours persistent à se succéder... Je vivote dans un état second, finissant par croire que je suis douée d'un super pouvoir de téléportation capable de me propulser, via les entrailles numériques du poste, au sein de la *Twilight Zone* [12]. Ce n'est pas pour me déplaire, je l'avoue : l'étrange hallucination prodigue un apaisement qui éclipserait presque les affres de l'internement...

Quatrième ou cinquième journée supplémentaire sans voir âme qui vive... Engluée dans une léthargie de plus en plus profonde, je capte néanmoins un mouvement insolite du coin de l'œil : la poignée de l'entrée qui s'abaisse et se soulève à plusieurs reprises. Quelqu'un essaie d'ouvrir, sans succès. Qui ? QUI ? Chacun de mes ravisseurs dispose d'un passe...

Qui ? Un solide gaillard arborant tignasse et barbe rousses, bretelles tendues par-dessus sa chemise de bûcheron à gros carreaux. Surgi de nulle part, il se met à gesticuler derrière la dalle vitrée. OMG ! OMG ! Liam ! Ou... Ou Jeremy ? Pff ! N'importe quoi, au cas où des doutes subsisteraient, voici la preuve éclatante que je délire à plein tube.

Mes yeux se ferment dans l'intention de chasser l'apparition, forcément irréelle, fruit d'une imagination déréglée par une trop longue carence de boustifaille.

Je les rouvre au prix d'un effort colossal, à croire que des tonnes de fonte lestent mes paupières.

Il est toujours là.

L'état d'intense faiblesse dans lequel je barbote s'amuse à me leurrer de bien odieuse façon. Cillements à la vitesse d'un paresseux se déplaçant sur sa branche... sans réussir à effacer ce qui ne peut être qu'un beau mirage.

---

[12] En français, *La Quatrième Dimension* : série télévisée américaine proposant une anthologie d'histoires fantastiques, étranges, diffusée de 1959 à 1964 aux USA.

De son côté, le géant s'obstine à s'agiter, gesticulant de plus belle. Il remue les lèvres, parle, crie peut-être, mais je n'entends rien. Mollement, je me redresse sur les coudes afin de mieux observer la scène et la vérité, pas à pas, réussit à se frayer un chemin à travers mes synapses déroutées : l'un des jumeaux est *vraiment* là.

À l'électrochoc de cette évidence, une puissance invisible me fouette le sang. Je reçois assez d'énergie pour me lever et bondir vers mon visiteur, inattendu autant qu'inespéré. Enfin, « bondir », un chouïa exagéré ; j'éprouve en fait les plus grandes difficultés à avancer, comme si un vent furieux, au moins 10 d'intensité sur l'échelle de Beaufort, me plaquait les cuisses à la manière d'un rugbyman.

Après des plombes en proie à la désagréable sensation de ne pas progresser d'un pouce, je me retrouve d'un coup nez écrasé contre la baie et paumes soudées à la paroi de verre telles des sangsues. Négligeant l'obstacle vitré, le faux bûcheron copie mon geste, ses mains rejoignent les miennes. Je ris et pleure à la fois, emportée par un ouragan nerveux ; comment ? COMMENT croire ce que je vois ?

Il sourit, me parle encore. Tant bien que mal, je lui signifie l'impossibilité d'une communication verbale. Il comprend rapidement et se lance à la place dans un jeu de mimiques. Sans peine, je déchiffre le message de la pantomime : il va vite me sortir de là.

Il s'éclipse et je vois la poignée s'ébranler en même temps que je perçois un boum-boum sourd, faiblard, émanant de très loin ; facile de deviner qu'il s'escrime à défoncer la porte. Il n'y arrivera pas ; on ne vainc pas ce type de blindage à coups d'épaule, aussi puissants soient-ils.

Comme je le supposais, peine perdue. Les assauts peu à peu s'espacent, fléchissent puis tournent court. Il réapparaît dans mon champ oculaire, une chaise à bout de bras. Avant que j'aie pu l'en dissuader, il matraque la vitre avec, tous ses muscles tendus vers un but unique : me délivrer.

La chaise se disloque alors que le verre, bien entendu, s'avère indestructible. Galvanisé par une rage muette, il catapulte les débris au loin dans le couloir.

Séquence réflexion.

Nouvelle scène sans paroles.

Oh que je n'aime pas la désillusion qui s'ébauche dans un futur imminent (mais quelle autre solution ?) : la mort dans l'âme, il doit se résoudre à me laisser… mais promet de revenir vite, très vite, et avec du renfort.

Résister à l'accablement… Ne pas m'effondrer, surtout, ne pas m'effondrer… Pas maintenant…

Je rassemble le peu de courage qu'il me reste pour opiner ; d'accord avec lui, même si…

Subitement, un voile rubis, moucheté de particules visqueuses, souille la dalle, brouillant l'ovale du cher visage. Liam… ou Jeremy… tressaille comme si la foudre s'était abattue sur lui, penche au ralenti sur le côté puis s'écroule pour finir à terre de tout son long.

Non… Non ! NON ! **NON !**

Étendu sur le dos, une joue collée au sol, on ne distingue que son profil gauche, au milieu duquel s'éteint la lumière d'un œil mi-clos, étrangement fixe. Des filets carmin sourdent d'un cratère noir creusé dans la tempe, dégoulinent le long de l'oreille, s'insinuent dans les poils acajou de la barbe et se répandent sur le cou, imbibant le col de la chemise d'une vague cramoisie.

Ce n'est pas possible ! PAS POSSIBLE !

Je perds mon sang-froid.

Folle à lier, investie d'une violence bestiale, je hurle à la mort en martelant le verre à poings fermés. Encore et encore, mes pauvres phalanges s'éreintent à bombarder la paroi, sans que l'information de la douleur induite par les chocs à répétition ne remonte à la cervelle…

Mais voilà que, pour corser le drame si ça ne suffisait pas, une silhouette armée fait brutalement irruption devant la vision horrifique de la dépouille – celle de Liam, ou celle de Jeremy ? Argh ! Ne pas savoir me rend dingue ! Échauffée par la sinistre apparition, la fureur m'arrache une seconde salve de cris hystériques. Connard ! CONNARD ! Tu l'as buté ! Tu l'as BUTÉ ! Pourquoi ? POURQUOI ?

Hermétique à mon bouillonnement, Turner, sans hâte aucune, se déleste du pistolet dans une poche de sa blouse, puis attrapant sa victime par les pieds, la tire à reculons. Dans le mouvement, les bras du Prince Vaillant qui a tenté en vain de me délivrer s'écartent mollement, formant un angle droit avec le poitrail. Représentation déchirante d'un crucifié.

Je me dévisse le cou dans l'espoir de discerner où Turner l'entraîne. Impossible ; je bute contre un angle mort de part et d'autre de la vitre, sans compter la constellation visqueuse qui... Oh, Seigneur... Je vais vomir...

Bourreau et martyr évanouis dans les coulisses, ne subsiste sur le carrelage qu'une longue bavure, rougeâtre et gluante.

Mes côtes se déchiquètent sous la torture.

Je l'ai tué ! C'est moi, moi seule qui l'ai tué ! S'il n'avait pas accouru à mon secours, ce drame insensé ne se serait jamais produit. Jamais ! Je n'ai pas appuyé sur la détente, pourtant c'est tout comme : je l'ai tué ! TUÉ !

Des larmes acides embrasent mes joues, creusent des sillons ardents au gré de leur parcours corrosif. Que je brûle, oui ! que je brûle tout entière en enfer !

Aussitôt formulé, aussitôt contredit ; une onde douce et fraîche se met à ruisseler sur mon crâne et dévaler le long de mon visage, éteignant sur-le-champ le feu des pleurs. Intriguée, je fixe le plafond : il pleut ! Il pleut des gouttes d'une pluie généreuse, charitable, porteuse d'un triste réconfort.

M'éloignant de la baie, théâtre d'une scène d'épouvante que je voudrais de toutes mes forces exiler de ma mémoire, je tente de regagner le plumard. Expédition démesurée dans mon état. Piteuse marionnette dont on aurait sectionné les fils, je tangue dans tous les sens.

Une poigne de glace me broie les entrailles.

Vertige. Nausée. Le sol se dérobe sous mes pas.

Un rideau noir obscurcit ma conscience...

9 Il était là

— Miss Roussel... Miss Roussel... Daphné ! Par tous les diables ! Réagissez !

Que je réagisse ? Je ne suis qu'un bloc de barbaque engourdie, indolente, un sac de patates aussi vif qu'un paresseux engagé dans une course contre la montre.

Un air écœurant souffle sur ma figure. Lentement, j'ouvre les yeux. Le nez de Turner touche presque le mien. Constatant le réveil de sa cobaye, il relève la tête. Tiens... Pourquoi ces traits inquiets ? Ça ne lui ressemble pas. Monsieur se ferait-il du mouron pour ma pomme ?

Ses griffes plantées dans le gras de mes épaules, il entame une séance de ballottement frénétique, me secouant comme un shaker. Qu'est-ce qu'il lui prend, bordel ?

Sous la brusquerie persistante, le flou de la torpeur finit par se dissiper et déclarer forfait. À présent bien éveillée, le film du meurtre remonte à mon esprit. Sans ménagement. Et l'indicible torture de se raviver.

— Co... Connard ! Enfoiré !

— Hein ? Plaît-il ?

Tentative de gifler l'assassin. Ma main s'élève en oscillant, brasse le vide, chute et atterrit lourdement sur le matelas. Tentative avortée.

Comment ça, « sur le matelas » ?

Je réalise avec stupeur que je suis allongée sur le lit, visage et buste trempés.

Sans complètement desserrer son emprise, Turner cesse de me brimbaler. Je profite de l'accalmie pour jeter un coup d'œil angoissé à la vitre par-dessus son épaule.

Plus propre qu'un dollar flambant neuf.

Eh bien, il n'a pas lambiné pour nettoyer...

Comment me suis-je charriée jusqu'au lit ? Pâtés absorbés par le buvard goulu de l'oubli, des taches noires imprègnent mes souvenirs immédiats. Impossible de me remémorer mes actes juste après l'effroyable assassinat de l'un des frangins. Oh... Non... Mon Dieu... Non... NON ! Par pitié, dites-moi que ce n'est pas arrivé !

Un tremblement incontrôlable me saisit.

— V... Vous... Vous...

J'éprouve les plus grandes difficultés à m'exprimer, encore plus à démêler le fil entortillé de mes pensées.

L'assassin me considère avec gravité, sourcils froncés et lèvres pincées, puis me relâche enfin, se redresse et fourre ses poings dans ses poches, me renvoyant une image familière, pas vraiment rassurante.

— Oui, moi. Eh bien, quoi ? Moi ? s'impatiente-t-il d'une voix cassante.

— V... Vous... l'a... l'avez tué ! parviens-je à lui assener entre deux claquements de dents.

— Ma pauvre fille, vous nagez en plein délire, me rétorque-t-il, les traits soudain détendus, presque amusés. Je n'ai tué personne. Du moins pas encore.

— Per... personne ? Mais... Mais je l'ai vu ! Il... Il était là !

— Qui ça, « il » ?

— Mais Liam... Ou... Ou Jeremy... Je... Je suis sûre que... Que l'un d'eux était là !

— Absolument pas, ma chère. Je vous assure que personne ne se promène dans les parages. Quand je suis entré, vous étiez au lit en train de hurler et gesticuler. Une hystérique ! J'ai tenté de vous calmer. Peine perdue. Comme vous persistiez à crier et vous débattre, je vous ai aspergée d'un verre d'eau et secouée pour vous sortir du coaltar.

Bigre... J'aurais rêvé que Liam ou Jeremy était là ? J'aurais rêvé... cauchemardé le meurtre ? Et là, le délire continue ? Comment m'assurer que je suis maintenant bel et bien réveillée et que la présence de l'ennemi est effective ? La scène du jumeau trucidé était tellement réaliste...

Turner quitte mon chevet et se déplace vers la chaise campée sous la baie. Une sacoche de toubib est posée dessus. D'un coup sec, il en fait sauter le fermoir métallique puis écarte les pans rigides du compartiment principal pour accéder à son contenu. À la hâte, il prélève un assortiment d'instruments de contrôle et radine à mes côtés. Toujours hermétique à mon émoi, il examine yeux, nez, bouche et oreilles, prend la tension, ausculte dos et poitrine, teste les réflexes.

— Bien. Ces quelques jours fâcheux ne semblent pas vous avoir abîmée, constate-t-il. Par conséquent, la marchandise conserve sa précieuse valeur. *Perfect*...

Une chose...

Je ne suis que sa chose... Lui seul mène la danse. Si des doutes planaient encore quant au concret de la situation, le tact de Doktor Mengele, digne de celui d'un pitbull, vient de les pulvériser.

— Avant de revenir, il a fallu attendre que la police ne surveille plus les lieux, se justifie-t-il. Je pensais qu'ils lèveraient le camp plus rapidement que cela, déplaisant contre-temps, n'est-ce pas ? Que voulez-vous ? on ne commande pas aux aléas... Un jeu d'enfant toutefois de mener en bateau ces benêts, ridiculement prévisibles, incapables de flairer le pot aux roses.

Il s'emploie à remballer ses instruments avec un soin méticuleux tout en poursuivant son entretien avec la future disséquée.

— Avec les cookies que Consuelo a eu la clairvoyance de vous apporter, vous aviez heureusement de quoi tenir ; j'espère tout de même que vous n'avez pas eu trop faim... Maintenant, très chère, vous devez...

Il s'opiniâtre à déblatérer. Je ne l'écoute plus, tout entière abandonnée à la vague de soulagement qui a déferlé en moi : rien n'était vrai... Mes sens défaillants à force de jeûne et de claustration sont les seuls artisans de l'épouvantable film auquel j'ai eu la faiblesse de croire. Personne n'est mort, Dieu merci... Si le cauchemar s'était révélé réel, mon cœur aurait fini par abdiquer, aucun doute là-dessus. Le tortionnaire n'aurait plus eu qu'à se servir...

— Miss Roussel ? Miss Roussel ! Vous m'entendez ?

— Hein ? Quoi ?

— Concentrez-vous, que diable ! Je disais que je vous ai apporté un plateau repas, oh rien d'extraordinaire : hot-dog et milk-shake. Nettement moins savoureux que les délices préparées par Consuelo, mais vous comprendrez qu'elle ne puisse plus cuisiner pour vous, n'est-ce pas ?

— Oui...

S'est-il sincèrement fait du souci pour moi ? Cette inquiétude que j'ai discernée sur son faciès à mon réveil ; illusion ou réalité ? Ses traits affichent à présent leur banalité coutumière, le regard qu'il balade sur moi s'apparente à celui d'un cow-boy cupide évaluant les qualités d'une bête avant de la vendre au marché d'Amarillo, Texas. Il se réjouit déjà à l'idée de la confortable fortune que je vais lui rapporter.

— Bien. Profitez au maximum de ce repas, ce sera le dernier... Enfin en vacances ! Je m'occupe de vous dès demain matin. Seul. D'habitude, Leandro vient me seconder, mais cette fois, mieux vaut qu'il vaque normalement à ses occupations, ne tentons pas le diable. Pour vous préparer, je vous laisse cet antiseptique ; vous vous doucherez avec, peau et cheveux. Rien ne doit altérer l'excellence de vos organes, je tiens à ce que mes clients en aient pour leur argent. Simple question d'honnêteté.

Accompagnant ses paroles, son index décrit une courbe et se fixe sur le chevet. Je suis des yeux le mouvement et remarque une paire de flacons rouges.

— Avez-vous bien compris ? martèle-t-il.

Demain, je vais mourir. Bien sûr que j'ai compris, tu me prends pour une *noob* ? Je brave son air un brin pontifiant, plus agaçant que jamais, et susurre un timide « oui » en guise de réponse.

Le soulagement n'aura pas duré. L'envie me reprend de hurler, de tout casser, mais courage et vigueur pointent aux abonnés absents. Seigneur... Où trouver un asile, un havre, une grotte ? Où dénicher un endroit secret, magique, au sein duquel puiser les ressources nécessaires pour survivre ? Je l'ignore.

Je ne veux pas mourir...

Je me heurte de plein fouet à l'inconcevable ; à mon âge, personne n'imagine sa mort...

Incapable de prononcer un seul mot de plus, je me contente de regarder partir mon ravisseur.

Partir...

Lui le peut.

Aller et venir, quand ça lui chante, libre comme l'air....

Lui le peut.

Il s'en va...

Lui le peut !

Parce qu'il l'a décidé.

Parce que rien ni personne ne le contredira, ne le contraindra à quoi que ce soit.

Jamais.

Il s'en va.

Le pas léger.

La cervelle fourmillant de mille et un prétendus projets humanitaires.

Pétri de bonne conscience et animé d'intentions qu'il estimera toujours nobles, même si on lui opposait la preuve éclatante du contraire.

Et moi, je reste...

Piégée.

Condamnée.

Réduite une fois de plus à un face à face avec l'ombre de moi-même.

Dans le silence sépulcral de mon cachot.

Mon ultime demeure.

Le vestibule avant l'enfer ou le paradis.

Je reste...

Je reste.

Il s'en va.

Connard !

10 Balade avec l'Amour et la Mort

Le plancher débarrassé de Turner, je dispose d'un loisir étirable à volonté pour fantasmer dans les moindres détails le déroulé de mon proche avenir... Inlassablement, des visions hallucinées défilent en boucle dans ma caboche... Ma carcasse anesthésiée qui gît sur la table de dissection... Le prédateur qui se présente en blouse verte, ganté et masqué, chevelure dissimulée sous un calot. Je le vois avec une netteté effroyable déplier une trousse chirurgicale et la délester de ses instruments. Il manie pinces et ciseaux dans le vide, soupèse les scalpels, en vérifie le tranchant. Son choix se porte sur le couteau le plus léger... La lame entaille sans broncher la tendreté des chairs, s'y enfonce comme dans du beurre. En chirurgien émérite, le bourreau s'applique, procède proprement, comme il l'a fait avec son enfant...

La certitude que ma dernière heure viendra demain gagne du terrain à chaque instant supplémentaire qu'il m'est accordé de vivre. Si j'avais dû être sauvée, il y a belle lurette que les secours m'auraient retrouvée. Au fond des tripes, je subodore que le destin n'y consentira pas. Jusqu'au bout, le mauvais farceur accordera sa préférence à Turner, le maintenant par une obstination ironique hors d'atteinte de la justice des hommes. Résultat : nous allons, lui et moi, récolter l'inverse de ce que nous avons semé. Illogique. Injuste. C'est pourtant ce qui va advenir... Conserver ma dignité en refusant de me comporter, à l'instar de l'as du bistouri et de ses sbires, en criminelle ? pff... piètre lot de consolation...

Je macère dans un bain de léthargie aux vertus anesthésiantes, pas assez profondément cependant pour endormir le supplice du réel et me résigner à accepter l'inéluctable. Cultiver tout au long de nos vies la sagesse, prônée par la plupart des philosophies, d'apprivoiser la mort, de la considérer telle une vieille amie afin de ne plus la craindre ? Foutaises ! Ces milliers de soi-disant précieux conseils dont les penseurs nous abreuvent depuis des siècles ne représentent en fin de compte que des mots, certes bien choisis, jolis, polis, mais d'une évidente inutilité au moment de la confrontation ultime avec la Faucheuse. Si vivre c'est apprendre à mourir, eh bien je suis définitivement la pire des cancres. Jamais je ne me sentirai prête à mourir.

Jamais.

Une tristesse infinie ronge mon âme à l'idée de quitter le monde. Je ne m'accorde pas pour autant le droit de pleurer sur mon sort. Flagrante futilité des larmes. Aucun prisonnier n'a réussi à s'évader grâce à elles.

In the wrong place, at the wrong time... Au mauvais endroit, au mauvais moment : ça ferait une belle épitaphe. Impeccable résumé de tout l'absurde de la situation.

Je vis les dernières heures dans une sérénité relative, sans rien changer à mes habitudes carcérales : jouer, rêvasser, m'abrutir de télé ou tenter d'écrire. Pour finir, comme docilement promis à Turner, douche vers 23 heures et peu après, extinction des feux.

Très vite, je sombre dans un sommeil étonnamment paisible. Par la magie de l'onirisme, la nuit de l'inconscience se pare des ors et velours d'un théâtre de joie sur la scène duquel se rassemblent toutes les personnes que j'aime, qui importent plus que ma vie elle-même. Elles improvisent la chorégraphie d'une rêverie féerique, ouvrant les bras à tour de rôle pour me bercer sur leur sein au son des notes vibrantes de leur amour. Communion sans paroles. Bonheur de la chaleur humaine. Pouvais-je imaginer meilleure compagnie pour ce dernier bal de nuit avant l'aurore ?

Réveil…

Déjà ?

L'un après l'autre, les chers danseurs s'éclipsent derrière une tenture de brume grise. Ils m'abandonnent. Seule en piste… Effroyable sensation alors que m'accueille dans la dimension du cauchemar la désormais banale silhouette plantée à la proue du plumard. Détail insolite : le *bon* Doktor Mengele arbore sa sempiternelle blouse entièrement déboutonnée. Se la jouerait-il décontracté en cette occasion spéciale, du moins pour lui ?

Depuis quand m'observe-t-il ? Redouterait-il que, par le plus insondable des mystères, je puisse lui faire faux bond ? Arf, si seulement…

Ma gorge se serre, desséchée telle une biscotte. Les images du charcutage reviennent me hanter. Sous le coup de battements laborieux, le palpitant déraille. Un tam-tam frénétique martèle mes tempes. En lutte contre le malaise rampant, tentative de ressusciter la souvenance dorée du cercle de mes intimes. Bardée de la ferveur mystique d'une sainte, j'invoque leur tendre présence à mes côtés. *Où êtes-vous ? J'ai besoin de vous, si vous saviez...* Silence radio. Pourquoi ne répondent-ils pas à ma prière ? Me laisseront-ils achever la partie en solitaire, face à face avec le plus sordide des compagnons : un bourreau ?

— Bonjour, Daphné. Avez-vous bien dormi ?

Déjà entendu cet écho, il y a un bail, la première fois que je me suis réveillée dans la chambre maudite, à une différence près : « Daphné » remplace « miss Roussel ». Le psychopathe s'essaie au registre cordial, dirait-on, comme si nous étions les meilleurs poteaux du monde. Bah, qu'il le croie si ça lui chante, ça m'est bien égal : dorénavant, plus rien ne me touche de sa part, plus rien n'a d'importance.

Papillonnant des cils, je cherche à me déconnecter, à fuir ailleurs par la pensée. Impossible. La pièce s'avère plus hermétique qu'un sarcophage en plomb. Toutes mes tentatives ricochent sur la blancheur des murs et reviennent bredouilles.

— Prête ? Ou souhaitez-vous quelques minutes de plus, avant que... ?

Malgré moi, je braque les yeux sur l'escogriffe. Avant que quoi ? Avant que tu ne me dépèces ? Avant que tu ne signes ma radiation définitive de la liste des vivants ? Pourquoi un sursis ? Une poignée de minutes en plus ou en moins ne pèseront pas bien lourd dans la balance. Pour finir, le résultat sera le même...

— Prête. Faites ce que vous avez à faire.

Il me dévisage avec curiosité, comme si je venais de réciter l'alphabet grec à l'envers, puis :

— Bien, bien. Dois-je en conclure que vous allez vous montrer coopérative ?

— Oui.

Paraissant au comble de la satisfaction, quoiqu'un brin désappointé par ma résistance en berne, il m'offre alors la primeur d'un vrai sourire, profondément chaleureux. Dingue : le dernier sourire que j'aurai reçu avant de partir sera celui, empli d'humanité, d'un monstre.

Je me redresse à moitié dans le pieu. Que débutent les *festivités*... Le monstre en question se retire un court intervalle avant de réapparaître poussant devant lui une civière roulante. À la vue du sinistre tableau, un nuage de givre se forme à l'arrière de mon crâne et se liquéfie en un lacis de ruisselets glacés serpentant le long de la nuque et glissant entre les omoplates. La sensation me hérisse, chamboule, bouscule, m'expulse de la zone « apathie ». Sans crier gare, je renoue avec la crudité du réel. Ça ne peut pas se terminer comme ça ! Non. Pas de cette façon sordide. Je ne veux pas mourir ! Je ne veux pas mourir !

Je ne *dois* pas mourir.

Trouve un moyen de l'attendrir, Daphné... Trouve !

— Attendez...

La manœuvre s'interrompt.

— Tiens ! Auriez-vous changé d'avis, miss ? ricane-t-il. Besoin de parler, n'est-ce pas ? Si humain, après tout...

— Oui... Euh... Non... Enfin...

Larynx en carton et paumes moites, je chiffonne fébrilement le drap qui me recouvre jusqu'au menton. Aguiché par le teaser balbutiant, Turner m'encourage à poursuivre. Je déglutis une salive inexistante, gonfle mes poumons à grand peine puis me jette enfin dans une eau infestée de piranhas.

— Je... Je me demandais... Je ne veux pas... Je ne peux pas croire que vous soyez un homme définitivement sans cœur. Quand on a aimé comme vous avez aimé votre femme et votre fille, il reste forcément quelque chose, une étincelle d'amour, qui vous rattache toujours à vos semblables... à... à moi... et qui ne demande qu'à vous ramener parmi nous. Vous... vous n'êtes pas obligé de continuer, non, vous pouvez changer de cap, il n'est pas trop tard... Pourquoi vous infliger cette douleur ? Car je vois bien que vous souffrez... et... et je vous plains. Oui, je vous plains. Je suis sûre que vous valez tellement plus... Rien ne pourra vous toucher ? Vraiment ?

Sous l'arc en broussaille des sourcils, les iris cristallins ont évité durant mon speech de croiser mes prunelles émeraude. Turner m'a écoutée sans me couper, surpris par le flot soudain des paroles débitées presque d'un trait par une miraculée de la glotte.

Ont-elles atteint le chemin de son âme ?

— Ha ! Cette maudite pitié, s'esclaffe-t-il après une brève pause. Il faut vous croire bien supérieure pour éprouver pareil sentiment. Vous ? Plus importante qu'un chirurgien de mon acabit ? Pff ! À se tordre de rire.

Non, elles se sont égarées en route...

Au comble de l'angoisse, je triture le drap en lançant un appel à l'Intouchable comme on bazarderait une bouteille à la mer.

— Je vous en prie… Pitié… Je… Je ne veux pas mourir…

— Bien sûr que vous ne voulez pas mourir ! Qui le voudrait ? Qui ? Personne ! Mais a-t-on seulement voix au chapitre ? Non ! Cette fatalité est notre lot à tous. Aujourd'hui, demain, dans dix, vingt ou quarante ans. Quelle différence ? Vous en voyez une, vous ?

Je n'ose plus remplir mes poumons, terrifiée par l'impression d'un couperet, affûté à l'extrême, oscillant au-dessus de ma poitrine à la manière d'un pendule et menaçant de me taillader si je respirais trop fort.

Insensible à mon désarroi, le boucher remonte ses binocles d'un index machinal, puis consulte sa montre.

— Allons, très chère, enchaîne-t-il, baigné d'un flegme olympien, je ne serai pas chien. Par je ne sais quel miracle, j'ai de l'avance sur le planning, je peux bien gâcher un instant à répondre à vos interrogations. Tout condamné a droit, après tout, à un dernier vœu…

Il s'agrippe avec fermeté à une barre latérale du brancard. Ses jointures, saillants ergots, blanchissent sous la pression. Le flegme olympien semble refluer. Rapide cillement. Léger raclement de gorge.

— M'émouvoir ? reprend-il. Moi ? Je pensais pourtant avoir été assez clair…

Toussotement. Profonde inspiration.

— J'ai depuis longtemps oublié ce qu'est l'émotion… Je suis mort, vous vous rappelez ? Je doute fort que vous y parveniez, mais essayez donc d'imaginer ce que j'ai ressenti, moi, l'éminent chirurgien unanimement reconnu et célébré par ses pairs, lorsque j'ai compris que la science à laquelle j'avais voué mon existence entière ne pouvait plus rien pour ma femme… Lorsque j'ai compris que le sacrifice de mes années d'étude ne servirait à rien… À rien.

Jamais il ne s'est senti aussi impuissant, me confie-t-il, jamais il n'a aussi bien discerné les limites de la médecine qu'au moment où est tombé l'irréversible verdict… Ensuite, plus rien n'a été comme avant…

La déchéance inexorable de l'une des personnes qu'il aimait le plus, il l'aura bue jusqu'à la lie. Sa douce et précieuse orchidée, il l'aura vue, jour après jour, languir, flétrir, se dessécher puis se racornir. Ses multiples efforts désespérés, conjugués à ceux de ses confrères, n'auront servi à rien ; la vanité thérapeutique au summum de sa splendeur.

La maladie a tout rongé, tout dévoré, lui a tout pris : l'amour, la tendresse, l'âme. Et l'apparence physique de celle qui était sa vie… Vers la fin, il ne reconnaissait même plus sa Caitlyn ; ensevelie dans une chrysalide de douleur, elle s'était peu à peu métamorphosée en une parfaite étrangère. Il l'a perdue deux fois… Double deuil… Supplice abominable. Mais il ne pouvait pas sombrer. Pas encore. Car il lui restait Claudia. Il fallait qu'il soit fort pour elle…

— À présent, imaginez ce que j'ai éprouvé lorsqu'elle m'a été à son tour arrachée, cette fois avec une brutalité immonde.

Il suspend sa déposition, scrute attentivement ma binette en quête d'un indice qui trahirait un intolérable manque d'intérêt de ma part. Il constate que mon attention, au contraire, ne faiblit pas. Un rictus flottant entre mépris et déférence sur son faciès, il daigne continuer.

— Ce jour-là, les fluides qui s'écoulaient de son corps ont emporté avec eux les dernières gouttes de mon humanité… Nul ne peut prétendre comprendre pareil calvaire tant qu'il n'a pas ouvert la poitrine de sa propre enfant, tant qu'il n'a pas entendu le craquement effroyable des côtes qu'on écarte, tant qu'il n'a pas tenu son cœur ni senti s'éteindre son ultime battement au creux de ses mains…

« Surtout, ne remettez pas l'estropié sur le tapis. N'essayez même pas. J'aurais mille fois préféré que ce soit lui qui meure dans l'accident. Aujourd'hui, je serais toujours un père, je pourrais aimer, dorloter ma petite Claudia, mon unique enfant, ma chair, mon sang… Si vous saviez… Son visage était miraculeusement intact. Je m'en souviens… dans les moindres détails. La mort a échoué à lui ravir sa beauté… Mais la vie, elle, m'a tout pris. Tout. Mettre fin à mes jours m'a effleuré à plusieurs reprises. Solution idéale. Oui… Mais je suis bien trop couard pour passer à l'acte et rejoindre mes amours.

« Depuis leur perte, je me contente de faire mon travail du mieux possible, ici ou à l'hôpital. Comme une machine. Les machines ne se posent pas de questions, ne connaissent pas la souffrance… Certains de mes patients sont à réparer, d'autres fournissent les pièces détachées. Peut-on faire plus simple ? En attendant d'y passer à mon tour, cet équilibre-là me convient à la perfection. J'ignore si Dieu existe, si toutefois c'était le cas, j'ose espérer qu'il lui convienne également ; s'il tient une comptabilité, il aura vite noté que je sauve bien plus de vies que je n'en prends. Cela mériterait récompense, vous ne croyez pas ?

Sérieux ? L'incongruité du mot m'offusque au plus haut point.

— Une récompense ? je m'égosille. Carrément ? Mais dans quel monde vous vivez ?

Il empoigne plus fort la barre, me toise du haut de son beffroi d'orgueil.

— Un monde qui ne vaut guère mieux que moi, assène-t-il après un mutisme incisif. Si je suis condamnable, il l'est lui aussi, incontestablement. Je ne vois pas pourquoi je serais le seul coupable. Si vous partagiez ma lucidité, vous vous rangeriez à mon avis.

— Sûrement pas ! Comment vous approuver alors que je vois, moi, un monde si différent, plein d'humanité et d'amour ?

— Humanité ? Amour ? Ha ! Ha ! Laissez-moi rire. Bref, voyez-le comme ça vous chante. Si vous le préférez en version Bisounours, grand bien vous fasse. Quoi qu'il en soit, ce monde-là ne vous sauvera pas. Ce monde-là n'a sauvé ni ma femme ni ma fille… Personne ne peut plus rien pour vous. C'est fini. Acceptez-le !

Il lâche la barre, fait craquer ses phalanges tel un pianiste s'apprêtant à attaquer ses gammes puis rajuste à nouveau ses verres.

— Alors rien ne vous touche ? Je suis déjà morte ? C'est ça ?

Je hurle presque. Il ricane.

— Oui. Je me tue à vous le dire ! *By the way*, dommage pour votre agressivité, elle éclate un peu tard…

Il baisse le front. Une paume désenchantée passe dans ses cheveux, se promène sans hâte, lambine sur le haut du crâne, s'attarde le long de l'occiput, se contracte sur la nuque. Je devine d'ici la pression exercée.

Je peux comprendre la douleur, la rage de cet homme, conjoint et père. Excusent-elles pour autant ses crimes ? Non ! Trop facile. Il s'en tirerait à trop bon compte ; les êtres meurtris ne deviennent pas tous des assassins.

— Soyez fière de ce que vous allez accomplir, ajoute-t-il en relevant la tête. Votre sacrifice vaudra bien celui de ma femme et de ma fille.

— Mais ça n'a rien à voir ! Vous avez décidé pour moi, je n'ai pas le choix...

— Ah... Parce que Caitlyn et Claudia ont eu le choix, elles ? Elles n'avaient pas envie de vivre, peut-être ? Vous croyez qu'elles ont demandé à mourir ?

Que répondre à ça ? Quelle riposte ferait mouche face à de tels propos, indiscutables ?

Ses traits se durcissent. Drapé dans la lie amère de ses souvenirs, il se retranche derrière la muraille d'une affliction infranchissable. Toute protestation de ma part ricocherait sur elle, sans même la fissurer.

Mon silence persistant signe l'abdication.

La balle de la victoire roule dans son camp.

Issue inéluctable.

La Jeune Fille et la Mort.

Adieu, ma Jolie.

Le Grand Sommeil.

— Pas d'autre pitoyable fadaise ? Dans ce cas, que diriez-vous de passer à la suite ? lance-t-il sans transition. Mes coursiers ne souffriront aucun retard. Si je ne remonte pas à la surface à l'heure convenue, l'opération sera annulée. Avouez que ce serait dommage.

Le plateau du brancard réglé à la hauteur du matelas, Doktor Kaputt m'ordonne de m'y installer. Je lui obéis, poupée de chiffon derechef vide de résistance après le dessein avorté de l'atteindre.

Il s'absente encore. Réapparaît aux commandes d'un chariot de soins sur lequel il n'a pas oublié de déposer un flingue. Jusqu'au bout, il se gardera de me faire confiance. C'est pourtant lui qui, depuis le début, règne en position de force. Si la situation ne relevait pas d'un désespoir abyssal, je crois que j'estimerais le détail cocasse.

Captant mon attention rivée sur le pétard, il s'empresse de soustraire l'instrument de mort pour le caler dans sa ceinture.

Tandis qu'il procède à la vérification du matos, il me promet une intervention totalement indolore par le biais d'une anesthésie générale en bonne et due forme, injectée en intraveineuse. Il m'assure qu'il possède de bonnes notions en la matière, suffisantes pour la phase d'endormissement, celle du réveil étant le cadet de ses soucis, vu que mon expédition chez Morphée s'avèrera sans retour. « Comme la *Rivière* [13] », plaisante-t-il. En salle de prélèvement, je serai branchée à une

---

[13] *Rivière sans Retour* : western américain réalisé par Otto Preminger, sorti en 1954.

batterie d'appareils destinés au contrôle des signes vitaux. Il précise que cet attirail ne sera toutefois mis en place que pour la beauté du geste ; grâce aux exercices répétés avec une irréprochable conscience professionnelle sur les précédentes « invitées », il maîtrise en effet si bien sa partie qu'il peut faire fi des protocoles médicaux et opérer les yeux fermés, sans aide aucune, qu'elle provienne d'humains ou de machines. Son incontestable et admirable maestria assurera à mes organes de conserver leur intégrité, de bout en bout.

— Mais je ne suis pas un monstre, ironise-t-il sans que j'arrive à discerner s'il le fait sciemment ou pas. Je ne voudrais pas que les dernières impressions que vous emporterez dans la tombe soient celles d'un bloc sans chaleur, alors je vais vous anesthésier ici même. Ensuite, dès que vous serez profondément endormie, je vous débarrasserai de ces vilaines menottes et procéderai au transfert.

Monsieur Fumier est trop bon. Si je ne le connaissais pas, je me laisserais berner par ses paroles doucereuses.

En boucher émérite, il a pensé à tout. Inexorable, le piège se referme. Avec lenteur. Et indifférence... Tant d'indifférence... Je ne suis qu'une misérable moucheronne engluée dans une toile d'araignée... À quoi bon se débattre ?

Usant des gestes précis et posés d'un infirmier aguerri à son métier, il se désinfecte les mains avec une solution hydro-alcoolique avant de clipper un garrot sur mon avant-bras droit, juste sous le coude. Il enfile dans la foulée des gants en latex et frictionne une large surface au dos de mon poignet avec un coton imbibé d'antiseptique.

Si ma Diablotine chérie, qui me connaît par cœur, était là, la choupinette me conseillerait, histoire de ne pas me ridiculiser en sombrant dans les vapes, de détourner le regard de la suite des opérations. J'obéis à sa voix perdue, exilée dans les limbes de ma pensée.

Je sens une piqûre – aïe ! Turner n'en a cure. Il desserre le garrot et s'en débarrasse, puis recouvre à l'aide d'un sparadrap transparent le cathéter qu'il vient de placer.

— Une bonne chose de faite, s'exclame-t-il d'un ton guilleret. Pour vous, le plus dur est passé. Quant à moi, une fois l'anesthésie opérationnelle, je vais enfin me mettre sérieusement au travail. Allons-y, très chère.

La « très chère » est tellement crispée que marteau et burin ne suffiraient pas à détendre ses muscles et articulations.

Docteur Maboul se saisit d'une seringue. De la pointe, il perce le bouchon en caoutchouc d'un flacon tenu à l'envers, à hauteur de visage, puis aspire le fluide cristallin qui, une fois instillé dans mes veines, m'enverra dans le royaume des rêves.

Définitivement.

On dit qu'à la fin de l'histoire, on voit sa vie défiler *in extenso* en quelques secondes à peine. Moi, je ne revois que le film accéléré des merveilleux moments vécus avec Liam…

Liam me tendant la main pour m'aider à me relever, lors de notre première rencontre sur le plateau.

Liam à la porte de mon studio pour princesse fauchée, caché derrière l'énorme bouquet de roses rouges, le soir de mon anniversaire.

Le trajet en Cherokee.

La soirée insolite chez Gina.
Son premier baiser au retour, si furtif.
Son goût chocolat.
Nos corps s'ouvrant à la découverte l'un de l'autre.
Sa maison.
Sa chambre…
Bousculade d'échos mémoriels. Des images montent à l'assaut de mon cabochon, s'y entrechoquent à la manière de bulles de champagne tour à tour chagrines et mutines, chacune d'elles insufflant au mental une bouffée à la fois désespérée et galvanisante.
Je ne veux pas mourir.
Turner a reposé le flacon d'anesthésiant sur le chariot. À fond dans son rôle de démiurge détenant droit de vie et de mort sur moi, il connecte au cathéter la seringue emplie de l'élixir de nuit éternelle. Pouce fermement positionné sur le poussoir, il s'apprête à l'enfoncer.
Je ne veux pas mourir…
Je ne veux pas mourir…

11 Les clefs

Je ne veux pas mourir.

Qui es-tu ?

Euh... Daphné... Roussel...

QUI ES-TU, BORDEL ?

Une louve paumée, acculée, encerclée, pattes en suspens au-dessus des crocs acérés d'un piège béant. (Oulah... Qu'est-ce que je raconte ? Si Diablotine m'entendait, elle s'empresserait de m'assener que la comparaison est vraiment nawak, voire *too, too much.*)

Qui je suis ? Daphné... la Badass ! LA BADASS !

Je réagis *in extremis*. Libéré des profondeurs de mon être, l'instinct de survie rejaillit enfin. Agressif. Combatif. Il s'empare des rênes. Doté d'une puissance inouïe, il crève la surface de la résignation sous laquelle je croyais m'être engloutie pour toujours. L'esprit capitule sans discussion ni conditions. La chair prend la relève.

D'un bond, éjection hors de la civière.

Ne plus hésiter. Sauter à la gorge de Turner. Planter les griffes dans la faille de son cou à nu.

Je ne veux pas mourir !

L'attaque surprise le déstabilise. Sous la poussée, il percute violemment le chariot, le renverse en tentant de s'y retenir, tangue au milieu du tintamarre des ustensiles chambardés puis s'écroule en m'entraînant dans sa chute. Sans desserrer mon étau, je m'abats à califourchon sur le nuisible et emprisonne, pur réflexe animal, son torse entre mes cuisses. Cliquetis de pluie métallique. Les maillons de ma chaîne coulissent le long de ses jambes. Le serpent d'acier patine, chavire et s'affale sur le carrelage.

L'étreinte se durcit. Bras tendus à craquer, je serre, serre... Que cette ordure crève étouffée, yeux exorbités, injectés de sang, peau rougie puis bleuissante, gueule béante en quête d'une dernière goulée d'air...

Immonde rat pris au piège, Turner se débat. Il se cramponne convulsivement à mes poignets, les griffe pour me faire lâcher prise. Fi de la sensation de brûlure ! Je tiens bon, boostée par la vigueur surhumaine qui m'éperonne en continu. Lui, en revanche, commence à céder du terrain.

Peu à peu, les soubresauts de sa résistance s'espacent. Les mains mollissent, se détachent. Si près de la victoire, pas question de flancher, je serre de plus belle. Un long râle récalcitrant s'échappe alors du gosier broyé.

Râle, râle tant que tu veux. Je suis la plus forte.

Une déflagration soudaine me fracasse les portugaises. Peu importe, rien ne m'arrête désormais. Ma jauge d'invincibilité s'abreuve de ma rage, ma barre de vie regrimpe dans le vert à cent pour cent.

Le temps s'écoule à la vitesse d'une goutte d'eau suintant en apesanteur avant que mon ardeur de bête féroce ne succombe d'un coup. La part de l'autre, l'humaine, se ranime et reprend ses droits…

Une brusque quinte de toux me secoue, due à des relents irritants de poudre chaude. Reniflements. Larmoiements. Pouces toujours enfoncés dans la trachée du toubib, je remarque, en dépit de mes mirettes embuées, qu'il ne bouge plus.

Un instant je crois avoir fait erreur sur le client. Un mal fou à le reconnaître. Le visage s'apparente à un masque de dragon chinois, teint barbouillé d'un lacis d'écarlate mêlé d'albâtre, globes oculaires démesurément bombés et constellés de moucherons rouges, rictus de démon sur les lèvres et langue tuméfiée, dardée entre les dents. Je délivre le cou et la tête bascule, masse molle plombée de son propre poids.

Passé la phase de haute tension, décompression brutale. Frissons et tressaillements nerveux ébranlent mon thorax. En lutte contre moi-même pour les maîtriser, j'arpente d'un regard halluciné le décor chaotique engendré par le sursaut inespéré de Daphné la Badass. Non sans effort, mes iris finissent par se focaliser sur le poing de Turner crispé sur la crosse du revolver. Comment est-ce possible ? Rassemble tes souvenirs, ma grande, même pénibles… Rembobinage du film… Arrêt sur la scène dans laquelle il s'empare de l'arme sur le chariot et la cale dans sa ceinture. Voilà, nous y sommes. J'ai simplement zappé cette partie. Dans une ultime tentative pour reprendre le dessus, il a donc réussi à dégager le flingue et m'a tiré dessus avec.

Au niveau de mon épaule gauche, les pétales d'un sombre coquelicot se déploient en accéléré sur le tissu, l'imprégnant d'une viscosité lie-de-vin. Quelques battements plus tard, éclate la douleur ; une lame ardente, corrosive, transperce et fouaille la chair à la manière d'un tortionnaire sadique.

Ça fait trop mal… Je vais mourir… Je n'arrive plus à respirer…

Au ralenti, une nuit de gouache se dessine, englue, engloutit l'image figée de ma révolte. Fondu au noir sur une enchaînée. Je ne vois, n'entends ni ne ressens plus rien… Bienvenue au Nirvana…

Lente dérive sur le ventre. Je flotte dans les ténèbres, bras en croix… Un hiver de marbre ankylose mes membres par vagues glaciales.

De la chaleur.

Du feu.

Je veux du feu, ne serait-ce qu'une étincelle.

Pour me sentir vivante.

Où est le soleil ?

Longtemps, je me bats contre le plomb qui alourdit mes paupières. Lorsqu'enfin je parviens à les rouvrir, un vent de panique me fouette : Turner est là qui me lorgne fixement, son visage proche du mien au point de presque le toucher.

Ma lucidité recouvrée, je réalise que j'ai dû m'évanouir. Je gis toujours à califourchon sur celui que je voulais, de toutes mes forces, étrangler. Électrisée par une terreur sourde, je me redresse d'un mouvement éclair et me rejette sur le côté, délestant sa carcasse de mon poids.

Il ne réagit pas.

Du sang macule son torse. Je me souviens... Pas le sien...

Ma camisole exhale des remugles écœurants ; le haut n'est plus qu'un magma de tissu vineux, gluant. Sans prévenir, la blessure se réveille à son tour, avide de férocité ; par centaines, des aiguilles sadiques se délectent à perforer et triturer le muscle endolori.

Mâchoires contractées, je réprime un spasme de dégoût. Oserai-je me rapprocher du corps de mon ennemi ? Pas d'autre choix pour vérifier si... Souffle oppressé, front surgelé d'une sueur polaire, je m'agenouille et place deux doigts malhabiles sur la jugulaire, à la recherche d'un pouls. Sa couenne est à peine tiède, d'une consistance de cire malléable.

Il demeure insensible aux tâtonnements. En vain, je m'entête à percevoir un battement rassurant. J'en devine très bien la raison, j'ai seulement beaucoup de mal à la croire, encore plus à l'accepter. Mais madame la Vérité s'en moque comme d'une cerise, de mes états d'âme. Pressée d'éclater, elle n'accordera aucun sursis. Pourquoi se voiler la face ? Turner est bel et bien mort...

Et c'est moi qui l'ai tué...

J'ai assassiné un homme...

Je touche son cadavre !

J'écarte vivement la main, comme si une vipère venait d'y planter ses crocs. Une brusque nausée me monte à la gorge et j'ai tout juste le temps de me précipiter vers la cuvette des W.C. pour vomir, talonnée par le sifflement métallique des chaînes.

J'ai tué un homme...

Un être vivant...

Quelle différence désormais avec la clique de ces criminels auxquels j'avais la vaniteuse prétention de ne pas ressembler ?

Crise de flots bilieux. À l'inverse du tonneau des Danaïdes, je me vide à n'en plus finir. Ma faible réserve d'énergie achève de s'épuiser au rythme des soulèvements d'estomac. Seigneur... La torture ne s'arrêtera jamais ? Si. Car rien ne persiste ici-bas. Ni le bon ni le mauvais. Le supplice marque un temps d'arrêt, se tâte, puis se résout à refluer. Les secondes s'effilochent, un semblant d'accalmie durable se profile.

Je me traîne péniblement jusqu'au coin douche pour m'y débarbouiller la binette et rincer à grande eau bouche et gosier saturés d'amertume. Opération exécutée de la main droite en solo ; le bras gauche pendouille lamentablement, chiffe molle rétive à la moindre sollicitation. Les ablutions vaille que vaille menées à terme, je relève la tête au-dessus du lavabo. L'insoutenable misère de mon faciès éclate dans le miroir ; orbites et joues se sont atrocement creusées, le teint arbore une blancheur de craie à faire pâlir de jalousie l'oncle Fétide de la famille Addams et les cheveux ont souscrit un forfait chez Platitude & Inconsistance.

Daphné Roussel, ma mignonne, où es-tu passée ?

Je tire avec précaution sur le tissu rougi et poisseux afin de dégager la chair meurtrie. Loin de s'assourdir, l'élancement se décuple, pulse dans les maxillaires par salves incandescentes. En m'examinant dans la glace, je constate qu'une cavité ourlée de renflements noirs coagule plus ou moins au niveau de la clavicule. Je me retourne et découvre sa jumelle dans l'omoplate. Cela signifie-t-il que la balle est ressortie ?

Le cathéter est toujours fiché au dos du poignet. Pas le courage de m'improviser infirmière pour le retirer. De toute façon, il ne me gêne pas. Priorité à la blessure. Je délace le corsage souillé. Il s'affaisse à mes pieds dans une bouffée douceâtre de fer froid. Munie d'une serviette mouillée, j'entreprends de laver la plaie. Chaque passage du linge sur l'épiderme à vif m'arrache un gémissement. Rinçage après rinçage, le lavabo s'emplit de coulures vermeilles. Je fournis des efforts surhumains pour ne pas retomber dans les vapes.

Le très laborieux nettoyage accompli, je réintègre la chambre. Inspection de l'armoire. J'en extirpe un drap de lit que je défais et étends sur la dépouille de Turner afin d'entièrement la camoufler. Ensuite, prospection du bazar de boîtes éparpillées au sol. Recherche de coton, compresses et antiseptique.

J'agis avec ordre et méthode. Une chose après l'autre. Un flegme étrange, incongru, me soutient, qui passerait pour effrayant dans des circonstances plus banales.

Mâchoires serrées de plus belle, je m'attelle à désinfecter les trous sanguinolents avant de les ensevelir sous une multitude de couches maintenues par du sparadrap découpé *à la one again* avec les dents, dévidoir calé sous le menton.

La lésion sommairement pansée, j'enfile une blouse propre au verso fendu de haut en bas ; pratique quand on ne dispose que d'un bras valide. Une bonne odeur de linge frais m'apporte le premier réconfort de l'effroyable journée : je me sens allégée, quasi purifiée.

Ayant réussi l'exploit de me panser puis me changer sans chavirer, je m'installe au bord du lit et m'autorise à regarder la télé, histoire d'ingérer les sons et les couleurs d'un semblant de vie, pour faire comme si... Comme si quoi, bordel ? J'en sais fichtre rien !

Du calme, ma grande, du calme... Monsieur le Flegme, vous êtes prié de regagner dare-dare votre poste.

Turner est mort. O.K.

Hem... Et maintenant ? La suite des réjouissances ?

Je ne tarde pas à me désintéresser des programmes TV, décidément trop flippants. Pas besoin de ça dans l'immédiat. Méditer ? *Why not ?* Pourquoi pas ? Un zeste d'introspection ne sera pas du luxe pour m'aérer les méninges.

Travail de titan.

Au commencement, je me révèle incapable de laisser filer les wagons qui sillonnent ma matière grise en tous sens, pleins à craquer de pensées morbides ; au lieu de les encourager à poursuivre leur route tranquilou, je les immobilise sur le quai d'une gare imaginaire. Leurs passagères indésirables, litanies obsédantes que je prends un malsain plaisir à ressasser, n'ont alors qu'à ouvrir les portières pour descendre se dégourdir les gambettes et empoisonner l'atmosphère de leurs miasmes.

Je parviens tout de même, bien qu'avec difficulté, à soustraire peu à peu mon esprit à la tentation de se complaire à loisir dans la déprime. Des convois saturés d'élucubrations maladives s'entêtent à défiler sous mon crâne, mais je ne cherche plus à les retenir. Simplement, je constate leur venue, m'attache à n'en plus contrarier la course. Les voitures emportent leur chargement, soigneusement occulté derrière les portes closes. Bonne pioche : ce que l'on ne voit pas ne peut nous atteindre ni nous blesser.

Tout en procédant à l'allègement de mon ciboulot, je cisaille les airs d'un battement machinal des petons. Danse ondoyante de la chaîne, rythmée de bruissements métalliques.

Métalliques... Comme des clefs.

La clef.

Mais oui ! Pourquoi diable n'y ai-je pas pensé plus tôt ? Turner a bien dit qu'il ôterait les menottes après l'anesthésie, non ? Avec un peu de chance, son credo inébranlable de justicier bienfaiteur et son exaltation de cador de la chirurgie, amplifiés par l'impatience de s'attaquer au charcutage, vont jouer en ma faveur ; j'ose espérer que trop confiant en lui-même, il aura embarqué sur lui le sésame de ma libération afin de ne pas gaspiller un temps précieux à courir le quérir ailleurs.

Mon cerveau analyse la donnée inédite avec une exaspérante lenteur, comme s'il n'y croyait pas, après tant et tant de jours voués à tuer l'espoir à petit feu, comme si le scénario brillait par une trop grande facilité. Le palpitant quant à lui, en proie à une euphorie incontrôlable, cognant et caracolant entre mes côtes, rétablit une chaude circulation dans mes veines. Il se persuade tout seul d'un retour imminent à la surface, parmi les vivants. Je n'ose le détromper, l'échauder avec des réserves de victime conditionnée à se résigner.

Je glisse au sol et me rapproche de la dépouille de Turner.

Il gît toujours sous le linceul improvisé.

À jamais inoffensif.

Serpent écrasé à coups de talon rageurs.

J'ai beau savoir tout ça, je ne parviens pas à me dépêtrer d'une forte répugnance à l'idée de le toucher à nouveau. Il faut pourtant t'y coller, Daphné Roussel ; tu dois les trouver, ces putains de clefs ! Allez, on se bouge ! Go ! Go ! Go !

Je cesse de tergiverser et m'accroupis lentement. Une fouille à l'aveuglette commence sous le tissu. Pfffiou... Seigneur... Je n'en mène pas large, vraiment.

Je tapote, palpe, tâte quand... soudain... *what ?* je... je l'entends respirer !

Illico, suspension de l'investigation. Pétrifiée d'effroi, je me bloque au-dessus de la carcasse en position chancelante sur les orteils alors que je voudrais bondir, prendre mes jambes à mon cou et m'enfuir le plus loin possible du caveau maudit.

Comme si percevoir un souffle ne suffisait pas à me propulser dans une terreur indicible, je vois le drap se soulever et s'abaisser sur la poitrine.

Très légèrement.

Il inspire. Expire...

Et moi, me voilà pour ainsi dire emmurée à l'intérieur de mon propre corps, réfractaire à la moindre action.

La résurrection de Lazare : pas tout à fait le genre de miracle que j'escomptais. Oh que non...

Le tortionnaire va se débarrasser du suaire et se relever. Finir ce qu'il a entamé. Ma pauvre Daphné, cette fois, t'es foutue !

12 Les mains coupables

D'interminables minutes se traînent. Rien ne se passe. Rien de neuf sous la crudité des néons. Turner demeure étendu, sa masse de gisant figée et silencieuse. Il n'imite pas un diable jaillissant sans crier gare d'une boîte à ressort – cliché éculé, typique du cinéma d'épouvante –, mon bourreau ne se redresse pas subitement pour achever ce qu'il a commencé.

J'ai rêvé ?

Usant de gestes réfléchis, avec une prudente lenteur d'unau, je me risque à remuer. Abandon de la posture accroupie, désagréablement instable. Assise en tailleur. Dos et cuisses, ankylosés par la station prolongée sur les orteils, me disent merci.

Puis attendre. Sans bouger un cil. Deux précautions valent mieux qu'une.

Toujours pas de manifestation dans le camp adverse. À moitié rassurée, j'ose m'aventurer à frôler un poignet. Tiédasse. Je cherche un pouls ; pas l'ombre d'un frémissement sous mes doigts. J'observe la poitrine ; aucun mouvement respiratoire ne l'abaisse ni la soulève.

Je finis par admettre que je me suis laissé berner par un mirage. Partout où se pose le regard, nous sommes tellement accoutumés à contempler les remous perpétuels de la vie que confrontés à un macchabée, nous peinons à admettre l'immobilité absolue dans laquelle la Camarde l'emmaillote avant de l'embarquer. Tant que l'on croit voir ou entendre quelqu'un respirer, on peut repousser le sentiment d'angoisse lié au terminus imposé par la mort. Pas étonnant que nos sens nous leurrent dans le but unique de nous en préserver.

J'ai rêvé. Clair comme de l'eau de roche. Énorme soulagement. Je regagne l'inconfortable posture accroupie et reprends la fouille, non sans batailler contre le regain de répulsion que l'action ne manque pas de générer.

Afin de me faciliter la tâche, je retrousse le drap sur les épaules de Turner, ne laisse que sa tête recouverte.

Je tombe d'abord sur un objet inespéré. À sa vue, mon cœur s'emballe d'un tam-tam frénétique, survolté par l'espoir, bien réel, que sa coque renferme : un iPhone ! Je m'en saisis, le tourne et retourne de mes paluches tremblantes. Comment ça fonctionne, ces satanés bidules ? Jamais eu l'occasion de me familiariser avec. Arf... J'aurais pu demander à Liam de me faire une démo du sien... Oui, mais non. Nous avions mille choses nettement plus excitantes à expérimenter... Bah, ça ne doit pas beaucoup différer d'un smartphone bien ringard...

Assez perdu de précieuses secondes à tâtonner. Je me décide à actionner ce que je suppose être le bouton *power*, priant tous les dieux de l'univers pour que l'appareil soit en mode veille.

Bonne pioche, l'espoir se refroidit pourtant aussi vite qu'il s'est attisé ; l'iPhone est verrouillé !

Un message sur l'écran invite à composer le code d'accès. La poisse ! Sans trop y croire, je tente quand même ma chance. À plusieurs reprises. L'une après l'autre, les tentatives échouent lamentablement. La bestiole finit par se bloquer : « iPhone indisponible » Ah bravo ! Et maintenant ? La suite de ce merveilleux programme ? Aaargh ! Propulsé par la rage de la frustration, le pavé fuse à travers la pièce, percute la baie, rebondit et atterrit sur le carrelage, intact, sa chute amortie par la protection en silicone. Intact, mais désespérément inutile. Malgré mon dégoût persistant, il ne me reste plus qu'à poursuivre l'exploration...

Réitération des palpations hésitantes, maladroites. Je dégote enfin un trousseau dans une poche arrière du pantalon.

Calme-toi, Daphné... Caaâaalme-toi... Inspire... Expire...

Dans les films, les clefs de menottes sont toujours minuscules. Je choisis la plus insignifiante et l'insère dans la serrure du carcan qui me garrotte la cheville. Bingo ! J'avais raison : Turner était sûr de lui au point de commettre une bourde. LA bourde. Un discret déclic, annonciateur de la délivrance, tinte à mes écoutilles. Doux bruit angélique.

Je n'arrive pas à y croire !

Galvanisée par une décharge d'adrénaline à la perspective d'une potentielle issue, d'un bond, hop ! je suis debout. Sans demander mon reste, je déguerpis, m'évade de la chambre suintant le malheur par tous ses pores. Le couloir m'accueille avec le don d'une bouffée d'oxygène.

Où localiser la sortie ? À droite ou à gauche ? Mon choix se porte sur l'option à dia.

Un pas... deux pas... et je tressaille violemment, surprise par le retentissement d'une alarme stridente, semblable à celle des détecteurs de fumée. D'instinct, je pense au pire du pire : les bombes ! Quoi d'autre déclencherait pareil vacarme ? La sirène hurlante est censée avertir du danger imminent ; je ne dispose probablement que d'un court intervalle avant que le sous-sol n'explose. Comme dans la saga des Bond, un compte à rebours s'égrène à coup sûr quelque part dans les parages. Le dénicher ! Vite ! Et l'annuler dès sa détection opérée ; dans les scénarios dédiés à l'espion favori du septième art, c'est toujours, TOUJOURS possible, même quand il ne reste qu'une infime seconde avant la catastrophe.

La trouille de manquer de temps me botte les fesses ; sans plus réfléchir, je me lance dans la reconnaissance des locaux adjacents à la geôle. Tour à tour, deux volumes se dévoilent. Le premier : un bloc opératoire doté d'une table chirurgicale, de moniteurs et autres divers attirails nécessaires à l'exercice de la boucherie. Quant au suivant... il file la chair de poule. Ma nuque se hérisse d'un long frisson visqueux au moment où j'avise une paroi incrustée d'un trio de caissons frigorifiques, alignés à l'horizontale et scellés par des battants en inox polis comme des miroirs. La morgue.

Le dispositif de décompte avant le big bang ne se trouve dans aucun de ces temples de glace, voués respectivement à la soustraction des organes et à la conservation des cadavres. En revanche, impossible de louper les pains de plastic collés sous les interrupteurs, munis d'un cadran numérique sur lequel décroissent des chiffres rouge fluo ; à en croire ce chapelet à contresens, j'ai moins de trois minutes pour désamorcer le foutu appareil !

Ni une ni deux, je détale de la morgue.

À l'extrémité gauche, le couloir décrit un coude qui bifurque à dextre. Je m'y engage. Au fond, une porte. Blindée. De celles qui protègent les *panic rooms*.

Je m'avance. La pression sanguine martèle mes tempes au rythme des tambours de l'enfer. Pas de serrure, mais un digicode serti dans un châssis d'acier. Et un levier. Je tire dessus, on ne sait jamais, le panneau n'est peut-être pas clos. Ben si, Daphné la Poissarde...

Pas le loisir de lanterner à tester une foule de combinaisons. Repoussant le découragement qui me susurre, d'une voix mielleuse de démon, que tous mes efforts se révéleront vains, je repars au pas de course en sens inverse.

Longeant la cloison de ma cellule, je découvre un volume meublé à la spartiate : bureau sur tréteaux, lit de camp, une paire de fauteuils, table basse et armoire en métal. L'aire de repos des kidnappeurs ?

Une forme rectangulaire sur le plan de travail attire mon attention. Je m'en approche. Eurêka ! L'objet est une tablette ; sur son écran noir défilent les cristaux liquides de chiffres émeraude s'écoulant vers un point de non-retour, le point « badaboum ! ». Un clavier minimaliste complète le dispositif, composé d'une dizaine de touches. Une seule s'avère digne d'intérêt, celle gravée du mot magique « cancel ».

00 : 32...

00 : 31...

Ça urge ! Plus d'hésitation. Plongée en apnée. Pression sur le bouton d'annulation. Au grand soulagement de mes tympans, l'alarme s'interrompt. Simultanément, le chronomètre se fige, hourra ! puis se reprogramme... sur 60 : 00 avant d'enclencher un chapelet à contre-courant. Oh non... c'est reparti pour un tour !

59 : 50...

59 : 49...

59 : 48...

Coup d'œil circulaire. Rapide localisation d'une charge de plastic supplémentaire destinée à piéger la zone détente, placée, à l'instar de ses homologues, sous un interrupteur.

59 : 30...

Le compteur de l'écran fixé sur l'explosif est synchrone avec celui de la tablette : le défilement antagoniste des minutes a bel et bien recommencé. À défaut d'écarter définitivement tout péril, j'ai grappillé une mince heure de répit. J'en profiterai pour achever l'inspection des lieux.

59 : 00...

Je sors et trotte sur la droite jusqu'au terme du corridor sans rencontrer d'autre porte. Cela ne peut signifier qu'une chose : le digicode repéré précédemment contrôle l'unique accès vers l'extérieur. La liberté. Le dénouement du mauvais rêve n'a jamais été aussi proche et lointain à la fois.

Lointain...

Si lointain...

Au ralenti, je pivote sur les talons. En théorie, parcourir la faible distance qui me sépare de l'issue cadenassée devrait être un jeu d'enfant. La réalité en décide autrement. Sensation soudaine d'être lestée d'un poids pachydermique. Chaque foulée s'avère une épreuve. Au lieu de s'amenuiser, l'intervalle s'étire, se mue en un océan dont le courant, insidieusement, me submerge et me repousse. J'éprouve les plus grandes difficultés à le remonter. Le découragement, revenant à la charge, me rattrape.

Je progresse néanmoins. Le pas lourd. Pour m'ancrer au sol. Et ne pas me laisser emporter par un tsunami de désillusion ; à mesure que je me traîne vers une libération de plus en plus hypothétique, les vagues d'une déconvenue annoncée en effet se renforcent. Inexorablement. Du haut de leurs rouleaux, monstrueux à damner l'âme des surfeurs les plus téméraires, elles me narguent en m'éclaboussant de paquets d'embruns. La valse furieuse de leurs crêtes d'écume bouche l'horizon…
Bad vibrations, beach boys…
Je progresse néanmoins.
Goût saumâtre sur la langue…
Senteur iodée dans les narines…
Plus qu'un pas…
J'y suis…
Le digicode poireaute sagement ; il attend, appelle peut-être de ses vœux la formule magique qui le tirera de son sommeil. Combien de touches à taper ? Quatre ? Six ? Plus ? Je commence par des séries de quatre, pianote des dizaines de combinaisons au hasard.

Je ramasse bide sur bide. Chaque test se solde par un bip perçant, narquois en diable : « Perdu ! Essaie encore… » Grrr ! Je ne joue pas, moi ! Il me court sur les nerfs, ce satané bip !

C'est quoi le problème ? Je dérange mister Sésame en pleine sieste, peut-être ?

Arf, te démonte pas pour si peu, Daphné. Keep on going [14] !

Au tour de suites aléatoires avec six caractères.

Fiasco identique.

Les possibilités doivent se chiffrer par milliards ! Voler de la terre à la lune en delta-plane : enfantin en comparaison. Je m'escrime pourtant d'arrache-pied. Jusqu'à ce que la douleur dans l'épaule, devenue insupportablement cuisante, me rappelle à l'ordre.

Entre-temps, la blouse s'est teintée d'une auréole rouge brunâtre à l'emplacement de la blessure. Il faudrait changer le pansement. Mais avant, je dois débarrasser fissa la chambre de l'encombrant Turner ; je me vois mal partager mon espace vital avec un macchabée.

J'abandonne le pavé récalcitrant et repars vers la pièce à laquelle je ne suis, de toute évidence, pas près d'échapper. Mobilisation de toutes les pauvres forces qui me restent pour la regagner. Revenue à son niveau, juste avant d'entrer, je souhaite ardemment que l'ennemi se soit volatilisé. Comme par enchantement. Comme si une bonne fée voletant par là, émue par le tragique de la situation, avait décidé de me venir en aide. Je ne peux que constater, dès le seuil franchi, que mon vœu n'a pas été exaucé.

Je réfléchis à la meilleure façon de transporter la dépouille du chirurgien. L'homme doit peser dans les quatre-vingts kilos.

---

[14] Keep on going ! : Continue !

En temps normal, une telle masse ne poserait pas problème, mais là, avec une épaule en charpie, le soulever à bras-le-corps se révèle mission impossible. Obligée de le traîner.

D'une main, j'agrippe les bas de son pantalon et je tire. *Pour le fissa, tu repasseras, Daphné.* Il n'a pas bougé d'un poil ; je m'éreinterais à déplacer un éléphant mort, le résultat serait identique. Je refuse de m'avouer vaincue, pas question qu'il tape l'incruste dans mon secteur perso. J'appelle mes ressources en réserve à la rescousse, celles censées prendre le relais lorsque les batteries principales ont rendu l'âme, puis, fermement arc-boutée sur mes guiboles, haut du corps tendu en arrière, je me concentre, respire un grand coup et réitère la manœuvre. Cette fois, l'action se couronne de succès ; Turner a glissé, oh, de quelques millimètres à peine, mais il a bougé, c'est le principal. Je m'encourage *in petto*, redouble d'efforts. Pouce par pouce, sans me laisser abattre par la difficulté de la tâche, j'entraîne le boulet inerte hors de la chambre, puis dans le couloir.

Je ne m'interromps qu'un bref instant pour reprendre mon souffle ; plus vite j'aurai fini et plus vite je pourrai retourner dans mon dortoir. Je m'y claquemurerai. Seule... Une fois de plus. Un souci ? Oh non... être seule : ce que je sais faire de mieux, je crois...

Fin de la pause. J'assure ma prise sur le tissu et rassemble mon courage pour parcourir la dernière portion avant la morgue ; c'est là que j'ai décidé de me délester du fardeau. Après un combat acharné contre la défaillance menaçant de survenir à chaque mètre durement avalé, je franchis enfin l'entrée à reculons. Encore un effort, quelques pas et je lâche tout. Les jambes retombent lourdement. Claquement des talons percutant le carrelage.

Respiration syncopée et pulsations frôlant la tachycardie, je balaie d'un coup d'œil circulaire l'endroit froid, immaculé, que j'ai réussi à atteindre cahin-caha en me faisant violence pour outrepasser les limites de l'exténuation. L'idéal serait de hisser la barbaque sur l'un des plateaux coulissants des caissons frigorifiques. Plan par avance voué à l'échec : mes fibres musculaires, anéanties par la rude besogne, se décomposent à la pensée d'une énième sollicitation, même minime. Pas trente-six solutions : Turner demeurera étendu par terre. Sous le drap ? Euh... Je suis dans une morgue, non ? Il doit probablement y avoir quelque part un de ces lugubres sacs mortuaires à zipper.

Hypothèse confirmée : en fourrageant dans les placards, je repère un stock d'enveloppes en épais plastique noir. Plutôt confortable, la réserve de Mad Doctor ; il ne comptait donc pas s'arrêter en si bon chemin...

J'étale une des housses sur le carrelage puis, mue par un regain de vigueur venu du diable Vauvert, je fais rouler le poids mort à l'intérieur en m'aidant des pieds, ce qui ne s'avère pas une mince affaire. Une fois le chargement grosso modo emballé, j'actionne le zip. La fermeture remonte dans un grondement crissant et l'importune présence de ma victime s'évanouit, ensevelie sous le linceul hermétique. Ce que l'on ne voit pas ne peut nous atteindre ni nous blesser...

Boulot accompli, désertion immédiate de la chambre funéraire soigneusement verrouillée derrière moi ; ainsi, je n'aurai plus sous les yeux – et le nez – le sac poubelle géant dans lequel j'ai fourré celui qui n'était qu'une ordure.

Du moins, j'aimerais m'en convaincre…

Car oui, cet homme était une immondice.

Et non, il n'était pas digne de vivre en ce monde.

Oui, il méritait de crever.

Oui, j'ai bien fait de le tuer.

Non, je n'avais pas le choix.

Oui, n'importe qui aurait agi comme moi.

Non, je n'ai pas à le regretter…

Retour dans l'antre débarrassé de l'indésirable. L'épuisement me rattrape. Je rampe péniblement en direction de la salle de bain pour m'occuper du pansement. Ce que je dénude en ôtant les tissus souillés me file la nausée ; un suc épais et brunâtre suinte des blessures, l'épiderme tuméfié tout autour présente un noir violacé qui ne me dit rien qui vaille.

Rouleau de sparadrap coincé sous le menton, je recours à nouveau aux quenottes pour en découper quelques longueurs. Je désinfecte ensuite les plaies et les recouvre de compresses fraîches, usant de gestes délicats, mesurés, pour ne pas tisonner la torture.

L'opération menée à la va-comme-je-te-pousse, je rejoins mon couchage en me tenant au mur. Le décor alentour tangue et se ramollit bizarrement. Craignant de m'effondrer, ou pire, de m'évanouir avant d'avoir pu me remettre au lit, je m'empresse de lisser le drap housse et de caler les oreillers à la verticale ;

je table sur cet agencement pour garder le dos droit en position assise : je crois que je ne résisterais pas à la douleur si je tentais de m'allonger.

Une fois installée (banale opération qui s'est avérée des plus ardues), je m'accorde le droit de souffler. Je constate, non sans soulagement, que le bras gauche a retrouvé un semblant de mobilité.

Mes mains se posent d'elles-mêmes à plat sur les cuisses.

Je les contemple, si sages, si sereines...

Elles qui ont étranglé un homme...

Elles qui ont donné la mort...

Un voile se déchire. D'un coup, la conscience brutale de leur acte irréfléchi me transperce. Comment ai-je pu les laisser faire ?

Comment ?

Je les observe longuement, dans les moindres détails. Peu à peu, une impression pour le moins étrange me pénètre : ces extrémités, chacune d'elles nantie de cinq doigts, ne m'appartiennent pas. Ce sont des mains étrangères. Les mains d'une étrangère.

Elles ne peuvent pas m'appartenir...

D'où sortez-vous ? Vous croyez que vous allez vous prélasser en toute tranquillité ? Comme si de rien n'était après le crime que vous avez commis ? Vous ne méritez aucun repos. Non. Vous êtes coupables !

Dominée par une volonté implacable, je les contrains à se retirer des cuisses. À regret, d'un long et lent glissement, elles retombent avec mollesse sur le matelas. J'imprime alors aux paumes un mouvement de frottement contre le drap, d'abord très léger, modéré, puis s'enfonçant dans le tissu de plus en plus profondément et accélérant enfin jusqu'à la frénésie. Du moins côté dextre. Je ne cesse que lorsque la sensation de brûlure atteint des sommets insupportables.

Suffocation.

Maxillaires tétanisés.

Globes oculaires labourés de larmes d'acide.

Délivrées de leur châtiment, les mains s'élèvent en tremblant, intérieur tourné vers ma fiole. Dociles, elles se soumettent à mon jugement. La paume gauche, pauvre pelure échauffée, arbore une teinte écarlate. L'autre est à vif, une brume de sang rosé colore sa surface.

Je les referme l'une sur l'autre et les berce en douceur sur ma poitrine. Il aura fallu que leur douleur m'embrase pour les reconnaître miennes...

L'alarme du compte à rebours en phase critique choisit précisément la séance de cuisante réconciliation pour retentir derechef.

13 Désert blanc

Qu'elle semble lointaine, la belle époque de l'insouciance où je prenais les choses avec humour, à commencer par ma pomme. J'aimerais tant me moquer encore de mes propres défauts, ma très nette tendance à gaffer entre autres, ou ma trop vive sensibilité, soigneusement dissimulée sous une cuirasse de badass. J'aimerais. Le moment ne se prête hélas pas à l'autodérision. Je lutte depuis de trop nombreuses heures, voire des jours, contre la fièvre qui se répand en moi et me consume, me contraignant à macérer dans un délire éveillé.

Je ne compte plus le nombre de fois où cette fichue alarme m'a réveillée en sursaut, le nombre de fois où je me suis précipitée, puis, peu à peu vidée de ma substance vitale, traînée jusqu'à la salle de repos pour appuyer sur « cancel ». La tentation m'a parfois taraudée de tester les autres touches. Je n'y ai pas cédé ; mes connaissances en matière de Détonateurs & Cie relevant d'une nullité sidérante, j'avais la frousse qu'une manipulation malencontreuse ne déclenche l'explosion. Pour une raison identique, j'ai préféré laisser la tablette à sa place, sur le bureau.

À présent, je meurs de fatigue... Au bout du rouleau, la Daphné Roussel. Vannée, vannée, vannée...

« Cancel » a été actionné il y a peu, je crois. Ce sera la dernière fois. Mes batteries sont complètement à plat, mon stock d'énergie épuisé. Plus la force de relancer un énième décompte ou retourner défier le digicode.

Tant pis si tout saute...

Je devrais me secouer, ne pas renoncer à me battre, au moins pour tous ceux, là, dehors, qui espèrent mon retour. Oui... Mais... Non. Je n'en peux vraiment plus... Et puis, franchement, si on avait dû me retrouver, il y a belle lurette que ce serait fait, non ? Dame Malchance a l'air d'énormément se plaire dans ce maudit sous-sol où elle s'est empressée d'élire domicile ; logée gratis et grassement nourrie, pourquoi manifesterait-elle le désir d'aller porter la poisse ailleurs ?

Le pansement aurait besoin d'un rafraîchissement. Il attendra, même s'il ne sent pas très bon et que des suintements douteux l'imprègnent. Je devrais par ailleurs tenter de retirer le cathéter – la main au dos de laquelle il est toujours fiché augmente de volume à vue d'œil. Ça attendra aussi... Je redoute de chavirer et ne plus pouvoir me relever chaque fois que je déserte le lit... *Ohé, ohé, capitaine abandonné...* Je préfère rester à bord du navire, n'en descendre que pour de courtes pauses pipi... Au beau milieu de mon naufrage, les besoins physiologiques, eux, n'ont pas déclaré forfait...

Je garde l'arme de Turner sous l'oreiller. De temps à autre, la tentation m'asticote de l'utiliser pour mettre un terme définitif au cauchemar. Une simple impulsion sur la détente... Une seule pression... Et ciao. Facile comme bonjour.

Je somnole.

En bruit de fond, le ronron de la télévision que je n'éteins plus.

Le monde continue de tourner.

Sans moi.

Inexorablement.

Aucune catastrophe majeure ne le ralentirait, ne l'empêcherait de poursuivre sa rotation éternelle. Que suis-je à son échelle ? Moins qu'une poussière. Pourquoi changerait-il ses habitudes pour une misérable particule ?

Je somnole.

La fièvre s'acharne à se répandre comme une intox sous ma couenne. Sans répit, je me calcine dans son brasier. Je donnerais n'importe quoi pour un bain de fraîcheur...

Il n'y avait qu'à demander : mon front se drape brusquement d'un nuage glacé. La sensation procure un bien fou...

— Réveillez-vous !

— Mmh... Non, pas maintenant...

Je peine à me désengluer d'un semi-coma.

On me bouscule sans ménagement. La brume réfrigérante s'estompe, se dissout. Et la douleur éclate, plus corrosive que jamais ; la blessure se rebiffe, tisonnant mes pauvres chairs au fer rouge.

Cette fois, je suis bien réveillée.

Enfin, je crois...

Qui est là ? Consuelo. Consuelo endimanchée dans un tailleur austère, ses phalanges osseuses crispées sur la bandoulière d'un imposant sac à main noir église qu'elle porte à l'épaule. Est-ce elle qui m'a effleuré le front d'une paume polaire avant de me secouer comme une boule de loto ?

— Pourquoi vous n'êtes pas morte ?

— Consuelo... Je...

Les phrases se bloquent. Je ne peux que soutenir son regard, le premier à se poser sur moi depuis la mort de Turner. J'y discerne un mélange d'inquiétude et de stupéfaction, sans parvenir à déceler s'il s'agit de ses sentiments ou du reflet des miens.

Une voix émanant du couloir, celle de Leandro, chargée de panique, la hèle soudain : « Ma tante ! Ma tante ! Tu devrais venir voir... »

La carnation de Consuelo se brouille de lividité. Elle pivote la tête au ralenti dans la direction de l'appel. Sa main tremble sur la courroie. Lentement, elle me tourne le dos et sort rejoindre le neveu.

Un cri.

Un seul.

À faire dresser les cheveux sur le caillou.

La plainte suraiguë d'une mère louve blessée à mort.

Machinalement, je tâte l'endroit où je cache le flingue. Vide ! Vertige... Où est passée cette foutue arme ? Il faut que je la récupère ! Une angoisse fébrile m'empoigne. J'entreprends, sans quitter le lit (j'en serais, de toute façon, bien incapable), de fouiller tout ce qui traîne à ma portée.

Je n'irai pas au bout de l'investigation. La *nanny* fait son comeback, icône blême d'un effondrement sans nom, les traits décomposés et les membres vagues, soutenue dans sa démarche flageolante par l'appui ferme de Leandro.

Il l'aide à s'affaler sur la chaise et lui presse doucement l'épaule en guise de réconfort. D'un geste de tendre gratitude, elle tapote en retour la main bienveillante. Puis ouvre le cabas et farfouille dedans. À ma grande consternation, elle en retire le pistolet du maître et le brandit sous mon nez, tel un trophée.

« C'est ça que vous cherchiez ? » me demande-t-elle sur le ton d'une fausse désolation. Ses forces n'auront été terrassées que durant un laps bien trop court. Elles se raniment fissa à la flamme de son affliction de chienne fidèle. Sa rancœur à mon égard s'électrise, éperonnée par la découverte macabre de mon acte.

Elle me met en joue, index posté sur la détente. Son torse se soulève par saccades, comme si elle inspirait un air raréfié. Je retiens mon propre souffle, corps entier raidi, anticipant le fracas d'une déflagration imminente.

Pourquoi est-ce si long ?

Qu'attend-elle pour tirer ?

— Il a fallu, *él tambièn* [15], que vous me l'enleviez... Comme si je n'avais pas assez perdu... se lamente-t-elle d'une voix blanche. Vous ne pouviez pas rester tranquille, hein ? *No, claro que no*... Il a fallu que vous mettiez votre grain de sel... Je savais bien que quelque chose clochait ; *el señor* Turner me téléphone toujours quand il a fini. Toujours ! J'aurais dû écouter le mauvais pressentiment qui me hante depuis des jours. J'aurais dû le prévenir... *Pobrecito mío* [16]... Il serait encore en vie...

---

[15] Él tambièn : lui aussi.
[16] Pobrecito mío : mon pauvre petit.

— Ma tante, intervient Leandro, ça sent pas très bon pour nous. On devrait pas trop lambiner dans les parages. Décide-toi et fichons le camp, tu veux bien ?

— Les seules personnes qui se souciaient vraiment de moi, poursuit Consuelo, sourde aux paroles du garçon. Les seules... Toutes mortes, *muertas*... Toutes... *Porqué, Dios mío ? Porqué ?*

— Tantine, désolé, mais faut qu'on file ! insiste Leandro. Vite. Allez, fais un effort... Si t'y arrives pas, pas de problème, je m'en chargerai.

Elle dévie le regard, paraît hésiter puis abaisse l'arme.

— Non, souffle-t-elle à l'adresse du neveu. Que Dieu décide pour elle... Attache-la et fuyons cet endroit qu'elle a rendu maudit, *maldito*.

— Comme si c'était fait, tantine !

Leandro ramasse la menotte abandonnée par terre avec les clefs et avec, emprisonne à nouveau ma cheville. Seigneur... C'est pas vrai... Je n'aurais pas dû laisser traîner ce foutu trousseau ! J'aurais dû avoir la présence d'esprit de le planquer là où personne ne le repérerait. Oui, mais dans ce scénario alternatif... peut-être Consuelo aurait-elle choisi de m'exécuter pour de bon ?

Impression pénible de déjà-vécu. De grimper des dunes à vélo sans progresser d'un iota, m'enfonçant au contraire dans le sable, plus profondément à chaque coup de pédale.

Leandro aide sa tante chancelante à se lever puis, passant un bras autour de sa taille, la soutient jusqu'à la porte. Là, avant de franchir le seuil, la vieille femme s'immobilise et me toise d'un œil mauvais par-dessus son épaule. En guise d'adieu, elle

se fend d'un conseil, vibrant d'une menace à peine voilée :
« Priez le Ciel et tous ses saints pour que nos routes ne se recroisent plus jamais. »

Le couple se volatilise, enfin.

M'abandonne à mon triste sort.

Une fois de plus.

Et les claquements du pêne de résonner dans l'air comme deux coups brefs frappés sur la porte du malheur.

Non ! Consuelo... Leandro... Vous pouvez pas me faire ça... Revenez ! Et moi, alors ? J'ai rien perdu du tout ? On m'a pas amputée contre mon gré des personnes que j'aime, peut-être ? De mon bonheur ?

Mes cris de protestation se noient dans mes poumons. Je coule vingt mille lieues sous les mers de l'Infortune, figure de proue d'un navire malchanceux percuté et disloqué par l'iceberg Consuelo, pitoyable effigie de bois dotée d'un palpitant qui s'opiniâtre à battre. Encore. Un peu. Pour combien de temps ?

Des lambeaux d'amère lucidité persistent derrière les brumes de la fièvre. Je préférerais sombrer au fond d'une inconscience totale ; au moins je ne souffrirais plus de la froideur de Consuelo... Comment peut-on à ce point manquer d'empathie envers son prochain ? Blasés du cœur, amateurs de l'auto-apitoiement ou adeptes des sentiments circulant en vase clos... il est vrai que les représentants de ces castes pullulent en ce monde. Cependant, pourquoi leur jeter la pierre ? N'avons-nous pas tous tendance à nous comporter de la sorte, à ne réagir qu'aux événements nous touchant personnellement ? N'est-il pas, après tout, logique, normal, de ne ressentir la brûlure d'un feu que si l'on s'en approche au plus près ? Que l'on s'en éloigne de quelques pas à peine et ses étincelles, même si elles nous atteignent, paraîtront tout juste tièdes... À l'évidence, Consuelo est passée à des kilomètres du mien.

Malgré son pesant de désagréments, la visite impromptue ne s'avère pas entièrement néfaste ; grâce à elle, je n'ai plus à me soucier de la corvée des pressions à répétition sur la touche « cancel », déjà ça, je ne sauterai pas aujourd'hui. Je revois Turner me disant : « Dès qu'on entre, un compte à rebours s'enclenche. Dès qu'on sort, il s'annule. » En partant, la *nanny* et le garçon ont stoppé le processus et aboli de ce fait le règne de l'éternel retour des soixante satanées minutes.

La procession des heures stériles reprend son cours – oserais-je dire « habituel » ?

Je me retrouve, à l'instar de MacReady, le personnage principal de *The Thing*, larguée au beau milieu d'une immensité aveuglante, un Sahara blanc dans lequel s'enlisent les ruines fumantes de mon ancienne vie.

L'ultime scène de ce film a toujours exercé sur moi une fascination irrésistible, doublée d'une belle angoisse. En une seule image – MacReady assis face à l'unique autre rescapé de la catastrophe, dont jamais il ne saura si *la chose* l'a à son tour contaminé –, le réalisateur, John Carpenter, résume et fait exploser à la figure du spectateur toute l'absurdité de l'existence : une suite de combats perdus d'avance entre deux néants. Et pourtant... Le héros a beau connaître la fin inéluctable de l'histoire, il persiste à s'accrocher à la vie. En silence. Pétri d'une immobilité stoïque. Il a atteint un stade où les réponses, même si elles daignaient se révéler, ne lui seraient d'aucune utilité, d'aucun secours, un stade où toute action se perdrait à coup sûr dans le vide. Alors à quoi bon s'en faire, à quoi bon bouger ?

MacReady attend.

Serein.

Figé dans un maëlstrom de neige et de glace.

Tout ce qu'il peut faire…

Attendre…

J'attends aussi…

14 Questions

Des fantômes dansent derrière la baie vitrée. Un ballet de silhouettes casquées, les unes flottant dans des vestes trop amples d'un jaune chamois blafard entrecoupé de bandes citron fluorescent, les autres portant des blousons bleu marine ornés d'un insigne doré. Un tourbillon vertigineux, difficile à suivre par mes mirettes si fatiguées. Deux des ombres se stabilisent. Elles regardent dans ma direction, me sourient, me font signe.

Me sourient ? Me font signe ? Je délire encore...

Des relents d'acier chauffé. Puis un feu d'artifice. Une gerbe d'étincelles jaillit en grésillant de la serrure soigneusement verrouillée par Consuelo lors de son départ. Quand l'ai-je vue pour la dernière fois ? Il me semble que des siècles se sont écoulés depuis qu'elle s'est évaporée après m'avoir confiée au bon vouloir de son cher Dieu.

La porte s'ouvre.

Les fantômes investissent la chambre.

Des voix me parviennent, à peine audibles, venant de très loin. Ou peut-être est-ce moi qui m'éloigne ? Des mains pressent les miennes, endolories, m'arrachant une grimace. D'autres se posent sur mon front, mes joues. On me demande si ça va, si je sais comment je m'appelle, quel jour nous sommes, qui est le président des États-Unis... Je ne réponds pas. Je ne bouge pas.

Je ne peux que papillonner des paupières d'une silhouette à l'autre. J'entends d'autres voix, emplies de compassion : « État de choc... Pauvre petite... *(Je ne suis pas petite !)* Ne vous en faites pas... C'est fini... Vous n'avez plus rien à craindre... On va bien s'occuper de vous... »

D'un coup sec, un coupe-boulon fracture la menotte. En simultané, le brassard d'un tensiomètre s'enroule autour de mon biceps. Je poufferais volontiers de rire au ronflement incongru qu'il émet en se mettant en marche, pareil à celui d'une pompe de machine à café, mais je n'y arrive pas ; ma volonté semble annihilée par un phénomène identique à celui qui paralyse mon corps.

On examine la blessure à l'épaule tandis qu'un stéthoscope se balade sur mon torse, qu'un oxymètre se clippe au bout de mon index et que la pointe d'un thermomètre auriculaire me chatouille le tympan. On me débarrasse du cathéter douteux, on m'en plante un propre dans le creux du coude et l'on y branche la fine tubulure d'une poche de perfusion, suspendue à une potence mobile.

Une civière roule jusqu'au lit, l'on m'y transfère en deux temps trois mouvements. D'une légèreté de duvet, une couverture de survie se dépose sur moi et l'on me pousse pour finir hors de la chambre. Une foule d'uniformes se scinde sur notre passage. Tous affichent des mines désolées et m'adressent des sourires compatissants. J'essaye de les remercier en leur souriant en retour. Sans succès. J'ai oublié... Je ne sais plus sourire.

La civière s'immobilise et perd brusquement de la hauteur ; les brancardiers ont replié ses roues pour gravir plus aisément l'escalier qui se dévoile au bout du corridor, derrière la porte et le maudit digicode enfin vaincu.

La montée s'effectue, marche après marche. Trop beau pour être vrai : je ne réalise pas que je quitte ma prison. Qu'on me pince ! Si ça se trouve, je rêve encore.

Nous débouchons dans un volume démesuré, très haut de plafond, parcouru en tous sens par des tuyauteries décadentes piquetées de rouille, leurs croisements évoquant de gros nœuds de serpents. Des remugles de W.C. négligés agressent les narines. Je suffoque en inhalant l'air saturé d'une poussière impalpable. Les *formidables* conditions d'hébergement que Turner, par *pure charité fraternelle*, a offertes aux clandestins salvadoriens, éclatent au grand jour. Le *bienfaiteur* ne désirait sans doute pas bousculer ses *hôtes* en les sevrant trop brutalement de l'odeur de la pauvreté. Pff...

Mes accompagnateurs hissent derechef le brancard au niveau de leur taille et l'évacuation se poursuit.

Tout derniers mètres avant la sortie, avalés au pas de course.

Puis le soleil.

Le ciel.

Le vent.

La terre.

Le bruit.

Sans crier gare. Trop vifs, trop crus pour relever du rêve...

Quelle heure est-il ? Je donne ma langue au chat. L'astre du jour flotte bas sur l'horizon, sans que je puisse déterminer s'il éclaire le levant ou le ponant, si ses bras vermeils étreignant ma couverture émergent de l'aurore ou du crépuscule. Arf... Jamais su m'orienter avec les points cardinaux...

Nous stoppons devant un engin de la flotte du BFD – Burbank Fire Department –, sa carrosserie blanc Alaska zébrée d'une bande vermillon en son milieu. On me glisse à l'intérieur, tête la première. Les bras du soleil me lâchent à regret. Un tandem de secouristes, en chemisettes et pantalons azur nuit, prend le relais. Ils m'assaillent à leur tour d'une flopée de questions. Je persiste dans le mutisme, trop occupée à ne louper aucun détail du tableau qui se dessine dans l'encadrement des portières grandes ouvertes : un pan de la centrale surmonté d'une mince écharpe de ciel bleu layette, enraciné dans une bande grisâtre de goudron qui se soulève par endroits. Un grouillement d'humains anime ce décor.

Des humains...

Individus en approche : un géant brun fortement enrobé, la quarantaine bedonnante, et un roux, plus jeune, d'une taille inférieure mais aussi massif que son collègue.

— Bonjour. Capitaine Dickinson, police de Burbank, annonce le premier *(il écarte un pan de sa veste pour montrer la plaque clipsée à son ceinturon)*, et voici le Sergent Bishop.

— Hello ! salue d'un hochement l'un de mes ambulanciers, un blondinet tout en rondeurs aux jolies paluches boudinées. Capitaine... Sergent...

— Nous sommes chargés d'escorter miss Roussel et de veiller à sa sécurité, une fois qu'elle sera à l'hôpital.

— Ah... Parfait. On est prêts à décoller, Capitaine. C'est quand vous voulez.

La seconde suivante, les portes se rabattent d'un claquement mat. Le monde, à peine réintégré, s'escamote derrière elles.

Je sens vibrer le long de mes muscles le roulis caractéristique d'un véhicule démarrant puis prenant la route. L'urgentiste aux jolies menottes me lance alors une œillade joviale. Censée me réconforter ?

— C'est parti, *damsel !* Direction le Providence Saint Joseph. Vous connaissez ?

Impossible de lui répondre.

Court silence.

— Ça va, *damsel ?*

J'opine avec difficulté, le crâne alourdi de lingots de plomb.

— Hésitez pas à l'dire, si ça va pas, O.K. ?

Nouvelle réponse affirmative, affreusement laborieuse.

Compatissant, il câline d'un tapotement affectueux mes doigts gisant sagement à plat sur l'étroit matelas de la civière, avant de se retrancher à son tour dans le silence.

Les ondulations mécaniques me bercent de leur refrain monotone tandis que la perfusion instillant ses molécules goutte à goutte apaise les angoisses. Peu à peu, je me détends. Un à un, les membres se dénouent. Une bienfaisante torpeur se répand en moi.

Les lèvres esquissent un sourire.

Informe.

Timide.

Retenu.

Un rictus pétri de sourde mélancolie. À la manière de celui que Frodon et son fidèle Sam échangent, une fois transportés par les Aigles du magicien Gandalf dans l'une des Maisons de Guérison de la cité de Minas Tirith, enfin à l'abri après avoir bravé et surmonté les mille et un dangers les ayant acculés aux portes de la mort. À l'image des valeureux hobbits, je suis une survivante. Mais une survivante qui a traversé seule les épreuves. Dans mon histoire, aucun Sam n'a partagé mes tourments et aucun Sam, bien qu'au bord de l'agonie, ne m'a trimballée sur son dos pour m'aider à vaincre les légions du Mal. En cet instant, aucun Sam ne capte tout ce que sous-entend l'ébauche sur mes lèvres.

Les vitres opaques du compartiment dans lequel on m'a casée occultent la représentation du dehors. Ne pas distinguer la succession des paysages abolit la notion de distance parcourue, si bien que la virée en ambulance prend des allures de voyage statique…

De son côté, le temps profite de la balade pour s'étirer, bâiller et se prélasser entre les parois blanches de la cabine incrustées de modules vitrés. Il a recommencé à s'écouler. En catimini. Et je recommence à le subir, avec bonheur. J'ai repris ma place dans sa marche. À nouveau, l'existence se conjugue au présent, pas encore au futur… Quant à l'imparfait…

Brusque trépidation. Le cheval d'acier s'ébroue. Ses ronrons mécaniques s'interrompent. Dommage. J'appréciais le doux état d'indolence dans lequel ils me maintenaient.

Le véhicule ne bouge plus du tout. Depuis quand roulions-nous ? Pourquoi cette halte ? Sommes-nous arrivés ?

Mon gentil convoyeur se lève d'un bond déverrouiller les portières puis saute au sol et manœuvre afin de tirer la civière à l'extérieur. Son collègue, réapparu dans le champ, s'empresse de l'assister. J'ai ma réponse : nous sommes bien parvenus à destination.

Sur ces entrefaites, un homme et deux femmes se profilent derrière eux, tous trois porteurs d'un gobelet de café format XXL. Ils sont vêtus d'uniformes hospitaliers au goût de chacun : pour monsieur, chemisette bleu galaxie à col en V avec pantalon assorti ; pour madame numéro 1, ensemble graphite dont le corsage à col Mao s'égaye de fleurs aux pétales jaune sunshine ; et pour madame numéro 2, adepte d'un look nettement plus sobre, tenue lie de vin d'une simplicité extrême. Le trio évoque un je ne sais quoi de familier, comme évadé de l'univers de *Grey's Anatomy*. Lui, on jurerait le portrait du craquant Derek Shepherd, ses consœurs rappellent respectivement Meredith Grey l'Élégante et Callie Torres la Pulpeuse. Banale coïncidence ou hallucination à plein régime, pour ne pas changer ?

— Hello, *boys !* Déjà là ? s'étonne la bombe hispano. On vient juste de descendre pour un *coffee break,* on n'aura pas le temps d'en profiter ! Pfff...

— Hello, *my love,* lui gazouille le blondinet rondouillard, tu sais bien que pour contempler ta beauté de braise, même quelques secondes, on s'rait cap' de battre tous les records de vitesse d'Usain Bolt.

Telle une star vantant les mérites de L'Oréal parce qu'elle le vaut bien, la brunette secoue ses anglaises d'ébène adoucies de reflets cassis puis lui colle le dos de sa senestre sous le pif.

— Aaron, *my love,* tu vois ça ? plaisante-t-elle. Là, à mon annulaire. Oui, cette babiole dorée... Alors ? C'est comme ça qu'on parle à une honnête fille ?

Ledit Aaron simule sur-le-champ une crise cardiaque.

— Aaaargh... Tu veux ma mort ? *(Il reprend son apparence normale)* Bah, interdit de goûter au menu, *of course* ! Je peux néanmoins admirer la carte, non ?

— Mon dieu... *Sigh...* Je devrais te faire payer chacun de tes coups d'œil. Je serais richissime à l'heure qu'il est...

— Pourquoi tant de cruauté ? *Good grief*[17] ! Mais je m'avoue pas vaincu... Oh que non ! Tôt ou tard, tu tomberas dans mes p'tits bras musclés... Espoir, espoir ! Toujours garder espoir ! Ne dit-on pas que tous les nuages sont bordés d'argent ?

— ... clame-t-il à toutes les *poor girls* qui croisent son chemin...

— Ben quoi ? Faut bien que j'multiplie mes chances ! Un jour, j'en suis sûr, ma princesse viendra.

— Aaron ! Tu es incorrigible ! intervient, hilare, la réplique de Meredith Grey. Toujours à jouer les jolis cœurs. Quand pigeras-tu que c'est sans espoir, du moins avec Alicia ?

— Aaaaah... Ça veut dire... qu'avec toi...

— Dans tes rêves !

Aaron simule un malaise bis puis se tourne vers le sosie de Derek Shepherd, occupé à siroter sa boisson en s'amusant de la saynète.

— Matt ! À l'aide...

---

[17] Good grief ! : Bon sang !

— Désolé, *man*, on peut rien contre elles, nous autres, faibles hommes...

— Stop ! coupe Alicia. On discute, on discute et on oublie qu'on a du boulot. *(Elle s'adresse à moi)* On s'occupe immédiatement de vous, miss Roussel. Excusez-nous. Vous devez nous prendre pour une belle bande de *peanuts* !

Non, non ! ai-je envie de lui répondre. Au contraire. Prêter l'oreille à leur badinage m'a pour un temps distraite de mes affres. Je me reconnecte au monde en douceur... Grâce à l'humour. Potache ? Peu importe. Pas connu de sensation aussi agréable depuis une éternité.

Pendant que ces personnages de sitcom échangeaient leurs taquineries, j'ai eu tout loisir d'examiner l'endroit où nous avons atterri : un vaste sas aux murs bétonnés, séparé de l'extérieur par un rideau de larges lamelles en plastique translucide. Une flottille d'ambulances y stationnent, garées en bataille.

— On y va ? propose Alicia.

— Oh... voilà qu'elle me fait une offre que je n'pourrai pas refuser, se pourlèche l'amoureux éconduit en pastichant la voix susurrante de Don Corleone. Aaaaah... C'est quand tu veux, *pretty woman*...

Du bout de son annulaire replié, il se grattouille la commissure gauche à deux reprises, de bas en haut, singeant le tic légendaire du *Parrain – The Godfather* en V.O.

— Aaron ! Grrrr !

Le rugissement impromptu d'un moteur interrompt la scène. Casanova soustrait la belle Alicia à ses agaceries, au grand ouf ! de cette dernière, pirouette sur les talons et fixe l'entrée.

— Ah ! Voilà les *blues brothers*, annonce-t-il.

Les lamelles s'écartent pour libérer le passage. La voiture de mes chaperons bleus pénètre à son tour dans la zone transitoire.

Dès qu'ils nous ont rejoints, Aaron prend les rênes de l'équipage et nous fonçons droit vers une haute porte vitrée à ouverture automatique. De l'autre côté, on accède à l'enceinte proprement dite du Providence.

On se jette dans le dédale des corridors en zigzag reliant les services. Les néons défilent à vive allure au-dessus de moi. Je me concentre sur les voies de lumière qu'ils tracent aux plafonds tandis que le brancard, piloté par le Don Juan des secouristes, louvoie agilement le long des murs avant de déboucher dans l'aire où règne l'incessante agitation propre aux urgences. Là, mon lit roulant change de mains. On me fait slalomer jusqu'à un box libre et l'on m'y transvase sans délai, isolée des modules voisins par de discrets voilages azurés.

— Mission accomplie, *damsel,* déclare Aaron en se penchant sur moi.

— Merci. Infiniment. C'était super cool de faire un bout de route avec vous.

— Oh ! Mais elle parle ! Et elle a une jolie voix, en plus. Ravi de l'entendre.

Je ne sais pas pourquoi, les larmes me montent aux yeux sans prévenir. Le blondinet le remarque.

— Rhooo. Une amoureuse de plus qui supporte pas qu'on s'quitte. Faut pas être triste comme ça, *damsel*. On va bien s'occuper de vous ici, et bientôt, vous aurez oublié votre serviteur.

— Je... je... sniff..., je bafouille. Ça me... me... ça m'étonnerait. Quelqu'un comme vous, sniff... ça... sniff... s'oublie pas.

— C'est gentil, merci... Mais j'ai pas fait grand-chose pour vous.

— Oh que si, Aaron... Oh que si...

— Si vous l'dites. À plus, *damsel,* portez-vous bien.

Il se redresse et me dédie une œillade amicale, pouces en l'air en guise d'encouragement, puis s'en retourne avec son coéquipier, guidant la civière à rebrousse chemin. Grosse bouffée d'angoisse au moment où leurs silhouettes s'éclipsent. Privée de leur présence rassurante, surtout celle d'Aaron devenue si précieuse en quelques minutes, j'appréhende la suite.

Après leur départ, malgré le ballet des unités de la troupe se relayant sans discontinuer auprès de moi, je me sens perdue, terriblement seule... plus encore que dans la geôle souterraine. Et en manque de tendresse, de visages connus, amis, aimés. Je voudrais me réfugier au creux de bras câlins. Pleurer tout mon soûl sur une épaule amie. Et accueillir avec joie la brûlure des larmes, pour me prouver que j'appartiens de nouveau à la sphère des vivants.

Pendant qu'Alicia (elle s'est présentée à moi comme la *charge nurse* [18] du service) s'affaire à mon chevet, ça grouille comme une fourmilière derrière les rideaux d'intimité, le brouhaha en sus. Par-dessus les rumeurs conjuguées des soignants et des patients, j'entends des clic, des clac, des bzz et des bip, des braoum, des bling, des dring et des froutch. *Viens petite fille dans mon comic strip...*

Je discerne soudain un son incongru dans le méli-mélo, grassement chuintant, reconnaissable entre mille.

— Bonjour, *nurche*. Lieutenant Colomba. Je chouaiterais m'entretenir avec mich Rouchel.

— Bonjour, Lieutenant, répond une voix féminine. On s'occupe d'elle... Je vais voir si elle est en état de vous recevoir...

Alicia m'interroge du regard. Il est évident qu'elle ne laissera personne m'importuner dans son fief si je ne m'estime pas suffisamment forte.

Une infirmière passe la tête entre les voilages.

— Il y a là un Lieutenant qui demande miss Roussel...

La tentation est forte de repousser l'entrevue avec madame Gargouille, j'y renonce pourtant ; plus vite j'en aurai fini avec les mondanités policières, plus vite je passerai à autre chose, même si je sais pertinemment que le cauchemar que je viens d'endurer ne s'effacera pas de sitôt de ma mémoire. Je suis traumatisée, pas amnésique.

Je donne mon accord.

---

[18] Charge nurse : infirmière responsable d'un service.

La tête s'éclipse. La toile azur s'écarte. Froufrou sur feulement métallique. Miss Chupa Chups apparaît sous la lumière crue des néons, pressée d'occuper la scène. Elle me salue d'un rictus coulant : « Bonjour, ma chère Daphné. Comment allez-vous ? Merchi de me rechevoir. Che ne chera pas très long, promis. »

Léger raclement de gorge, hem, hem, rapide va-et-vient du bâton de sucette et elle entame sans préambule la relation des circonstances de mon sauvetage…

Son congé terminé, le docteur Turner n'a pas repris son service. Comme il ne répondait pas au téléphone, sa secrétaire s'en est inquiétée. Elle s'est rendue chez lui pour constater qu'il n'était pas rentré et qu'aucun de ses domestiques ne savait où il se trouvait. Cela ne ressemblait pas à son boss, maître de l'organisation, qui avait pour habitude de lui signaler le moindre empêchement. De moins en moins rassurée, elle a alerté la police. À la suite de son appel, le véhicule du chirurgien a promptement été repéré via son GPS, garé devant la centrale électrique.

Pourquoi diable Turner y était-il retourné ? Au cours de l'intervention initiale sur les lieux, un détail avait-il échappé aux agents fédéraux chargés d'évacuer les Salvadoriens ?

— Ni une, ni deux ! J'ai auchitôt déchidé d'envoyer mes hommes raticher les locaux au peigne fin, se rengorge Colomba. Déchijion renforchée par la trop chubite volatilijachion de Conchuelo Florech et de ches neveux, comme par hajard le jour-même.

Cette fois, l'opération a porté ses fruits : mise au jour d'une entrée dérobée à même le sol, scellée par une dalle dont les contours se fondaient dans le béton. Quasi indétectable... Bêtement trahie par une pellicule de poussière moins épaisse à sa surface.

— Chi vous chaviez comme je m'en veux ! Quel manque de dischernement ! se lamente le *fit ball* en affichant une face de carême. Chi flagrant que ch'en est affligeant. Dire qu'à cauje de moi, vous êtes rechtée prijonnière plus longtemps ! Je m'en mords les doigts. Non, vraiment, je chuis impardonnable ! Im-par-don-na-ble ! Je...

Oui. Bon. On ne va pas non plus dérouler *in extenso* la liste des regrets post-colombiens. On en aurait pour des plombes.

— Lieutenant, je l'interromps, tout est bien qui finit bien. Grâce à vous... Merci. Alors le reste...

— Oh, vous êtes trop gentille. Ch'est moi qui vous remerchie.

Le bâtonnet frétille, un coup à droite, hop ! un coup à gauche, hop ! puis les baveuses se retroussent, esquissant un « C » couché, tandis que scintillent les prunelles, étoiles de shérif soigneusement astiquées. Pourquoi cette jovialité subite après la tronche d'enterrement ?

— Hem... J'ajouterai, même chi cha ne rattrape pas mon erreur, in-ex-cu-ja-ble, que j'ai pris chur moi de retarder l'inchtant de révéler la checonde opérachion aux médias. Je vous concheille d'en profiter : votre relative tranquillité ne durera pas.

— Ah. D'accord. Merci, Lieutenant.

— Bien. Pachons à la chuite, voulez-vous ? Je dois, hélach, vous ennuyer encore un peu : il me faut votre dépojichion.

À ce stade de la conversation, sans effort de ma part, des visions flippantes me reviennent en mémoire. Par flashes. Associés à un sentiment de panique. Je dois lui en parler avant qu'elle ne commence.

— Euh... Là-bas, il y avait des bombes partout... avec un compte à rebours qui s'amorçait quand quelqu'un entrait... Elles... elles ont été neutralisées ?

— Ah, oui... Les fameux pains de plachtic. Figurez-vous que ch'était de la pâte à modeler, vous chavez ? la Play-Doh avec laquelle les kids adorent jouer. On peut dire que che docteur avait un chench de l'humour acchez particulier...

Sérieux ? De l'esbroufe ? Du bluff ? Je n'en reviens pas... Pendant tout ce temps, j'ai balisé comme une malade à cause d'un coup de bluff ?

Tss... tss... Vous feriez un piètre adversaire au poker...

Lui en revanche en était un sacrément émérite, un redoutable *shark* jouant contre une pitoyable *noob*. Ainsi, Docteur Maboul n'avait rien laissé au hasard, rien, s'assurant de garder une totale emprise sur moi, même s'il devait quitter ce monde avant moi. Par-delà la mort, il abat maintenant ses cartes. Quinte flush royale. Assommée, estomaquée, la Daphné, par la victoire posthume de Turner le Maudit.

— Cha ne va pas ? On dirait que vous avez vu un fantôme.

Elle ne croit pas si bien dire.

— Juste un peu secouée... Mais allez-y, Lieutenant, posez-moi vos questions.

Colomba se lance, sans déranger le suçotement de la friandise acidulée. Compte tenu de mon état mental pour le moins confus, je tente de lui répondre le plus clairement possible. Les mots peinent d'abord à s'exprimer, butant les uns contre les autres, puis se risquent à percer le mur du cafouillage, le traversent progressivement, et en dernier lieu, s'écoulent avec une fluidité non-stop.

Chupa Chups arque un sourcil à certains passages, me priant de répéter quand elle n'est pas sûre de bien saisir mes propos. Je comprends ses réactions d'étonnement. Moi-même, j'ai beaucoup de mal à croire que cet enfer sur terre a existé...

Au début, l'échange se déroule sous le signe de l'entente cordiale, je me prête d'assez bon gré au jeu des *Mille Francs* version Colomba. Puis, insensiblement, les habitudes de sa profession reprennent le dessus et la gargouille attaque, me pousse, me presse, me harcèle presque. L'interrogatoire vire à la séance de matraquage en règle. Bordel... Elle en a encore pour des plombes ? Elle veut m'achever ou quoi ? Arrivant à bout de souffle, je me sens défaillir. Alertée par un rythme cardiaque supérieur à 100 BPM, ainsi que par une tension artérielle pointant puis dépassant les 20 cmHg, Alicia juge bon d'intervenir.

— Lieutenant, je vous demanderai de reprendre vos questions plus tard. Ma patiente doit se reposer.

— Aucun problème, *nurche,* la rassure madame Pomsèche. De toute fachon, j'en ai fini, pour l'inchtant du moins. Mich Rouchel est...

Ma protectrice coupe court à la conversation d'un bref sourire, index braqué sur la sortie.

— Merci, Lieutenant.

La bonbonnière sur pattes volte son masque de gremlin dans ma direction et me gratifie d'une banane de clown réjoui fendue jusqu'aux oreilles.

— Remettez-vous vite, mich Rouchel. À très bientôt.

— Au revoir, Lieutenant...

Elle fait mine de s'en aller. Je devrais ne pas intervenir, savourer par avance son absence, mais non, je la rappelle *in extremis*, sous l'œil désapprobateur d'Alicia ; il faut que je sache, que je lui pose THE question.

— Lieutenant...

Colomba suspend son pas, pivote vivement sur ses ballerines et revient au petit trot à mon chevet, front altier et sucette cidre-vinaigrée gigotant, victorieuse, au nez de l'infirmière-chef.

— Oui, Daphné ?

— Vous... Je...

J'hésite. Et si la réponse se révélait néfaste ? Sa friandise bloquée derrière une joue, elle croque le marmot [19], courtoise, cramponnée à mes lèvres comme si je m'apprêtais à lui dévoiler le secret pipole le plus croustillant de tous les temps.

— Vous... Vous pensez que...

La suite refuse de se manifester. Colomba hoche la tête, pétrie d'une sincère compassion.

— N'ayez pas peur. Parlez librement, Daphné.

— Je... Vous comprenez...

---

[19] Croquer le marmot : attendre.

Zut. Nouveau blocage. Alicia émet un toussotement réprobateur à l'attention de la visiteuse que j'ai autorisée à s'attarder, dénonçant un empiétement trop opiniâtre sur son territoire. Bah ! la femme flic n'en a cure ; ma permission, bien que temporaire, l'a galvanisée. Lâcher le morceau ? Et puis quoi encore ? Elle extirpe le bonbon de ses baveuses, plop ! et malgré son excitation bouillonnante de gosse devant un sapin illuminé débordant de cadeaux, s'efforce de demeurer stoïque. À l'affût. Immobile. Respiration retenue. Bâton figé en l'air, pincé entre pouce et index.

— Voilà... Je... J'aurai des problèmes ? Je... J'ai... J'ai tué cet... homme.

Les traits de Pomme-Pomme s'affaissent comme si le visage se dégonflait. L'arbre de Noël s'éteint. Soupir. Clignements de paupières. Raclement de gosier. Entre soulagement et déception, le cœur balance, voire chavire. Et la sucette de replonger dans le néant de la cavité buccale, gloup !

— Ah. Oui... Cha... Eh bien... Ne vous en faites pas, chuinte-t-elle. Il ch'agit de légitime défenche, ch'est l'évidenche même. Nos experts n'auront aucun mal à l'établir. Allons, ne penchez qu'à une cheule chose : aller mieux.

Sa réponse me tranquillise, sans pour autant me délester du sentiment de culpabilité qui, je le sens, n'a pas fini de m'écraser sous son talon. Aller mieux ? Pour le moment, ça tient de l'utopie.

— Ah, j'allais oublier ! Bradley Hammer a été averti de votre chauvetage. Il est en route ! La vie est belle, n'est-che pas ?

— Ah... Euh...

Battements et tension s'affolent de plus belle. Revoir Liam, j'en ai rêvé. Maintenant, je redoute le face à face qui s'approche à pas de géant. Euh… Je ne suis pas prête… Du tout du tout du tout…

— Lieutenant ! M'occuper de miss Roussel est ma priorité. Bradley Hammer attendra mon feu vert. Et vous aussi. Allez, oust ! Filez !

Alicia a tranché. Par sa volonté, je bénéficie d'un répit avant de me confronter à Liam ; pas du luxe, vu la troublante confusion des sentiments dans laquelle je barbote, et qu'elle semble avoir si bien devinée.

D'un côté, je brûle, je me consume de le revoir. De l'autre, je flippe à mort. Une désagréable impression me taraude, comme si nous nous étions quittés depuis de longues années et que les liens qui nous unissaient s'étaient inexorablement distendus…

Et si nous étions désormais des étrangers l'un pour l'autre ? Seigneur. Et si… Et s'il nous fallait repartir de *Ground Zero*[20] ? Holà ! Holà ! Holà ! C'est quoi, ces amoncellements de nuages noirs ? Arrête de ruminer du négatif ! Tout de suite !

La vie nous doit notre histoire d'amour. Point barre. Parole de Daphné : celle-là, elle ne perd rien pour attendre.

---

[20] *Ground Zero* : point zéro, expression anglaise désignant l'endroit précis où une explosion a eu lieu. Par extension, point à partir duquel tout est à reconstruire.

15 Fondu à l'or

Divers liquides ont été ajoutés dans la poche de potion magique. Censés contrecarrer les tumultes liés à l'intrusion de Colomba et à l'imminente apparition de Liam, ils agissent graduellement. Une fois l'ensemble des voyants revenus au vert, l'équipe estime que je peux être conduite en radiologie.

C'est reparti pour un tour en civière.

Je débouche dans le service par l'envers du décor. Derrière le mur du corridor où l'on me demande de patienter, j'imagine une aire d'attente archi-bondée ; ainsi, l'on m'accorde le *privilège* de brûler la politesse à une masse d'invisibles compagnons d'infortune. En d'autres circonstances, je m'en réjouirais, jamais aimé poireauter avant un examen ou une simple visite médicale, mais là, pas vraiment le cabochon à apprécier la faveur.

Une poignée de minutes plus tard, je pénètre dans un module arborant à sa porte le disque symbole de la radioactivité : trèfle noir stylisé sur fond jaune. Un homme et une femme, harnachés de tabliers plombés, me préparent.

L'éclairage s'atténue progressivement jusqu'à plonger la pièce dans la pénombre. On procède alors à la prise de clichés dans une ambiance réfrigérante, accentuée par une profusion d'appareils métalliques.

Une belle fracture de la clavicule se révèle ; la balle tirée par Turner a probablement occasionné des lésions neurologiques, ce qui expliquerait pourquoi le bras ne m'obéit presque plus. Un scanner effectué dans un service adjacent va le confirmer, programmé juste après la radio ; on me traite décidément en invitée VIP, me dispensant d'intervalles excessifs entre deux examens. Résultat des courses : une intervention chirurgicale s'impose dans les plus brefs délais, je n'y couperai pas, bien ma veine.

Au retour dans le box, une pimpante aide-soignante afro-américaine, jolie carnation pain d'épice, m'avertit de la présence de l'incroyablement sexy Bradley Hammer : « le *poor boy*, il se languit comme un *hot-dog* sans *mustard* [21] dans la salle d'attente. »

Alicia se fend d'un sourire mi-amusé, mi-compatissant. Elle m'autorise à le recevoir, uniquement si je le souhaite. Cinq minutes. Pas une de plus. Ensuite, on me préparera en vue de la séquence chirurgie.

Je me sens plus sereine (douce alchimie de la perfusion), presque prête à encaisser le choc de sa compagnie.

— Ça va aller, Bradley peut me rejoindre, je murmure à l'adresse de la *charge nurse*.

Alicia opine et fait signe à l'aide-soignante d'aller quérir mon visiteur. La mignonne métisse, se trémoussant d'une félicité enfantine, se sauve accomplir la mission d'escorte du bogosse. Le sort en est jeté.

---

[21] Mustard : moutarde.

Yeux fermés, je tâche de me concentrer sur le flux et reflux de ma respiration...

L'ouïe finement aiguisée à force de séjourner sous terre, je détecte immédiatement des bruits de pas qui détonent au sein de la rumeur ambiante, d'abord hésitants, puis claquant, pressés, sur les dalles de vinyle.

Un cri : « *Sweetie !* »

Et soudain, de grandes brassées d'herbe mouillée, de bois de cèdre et de lavande, épicées de poivre noir, embaument l'air que je respire : le parfum de Liam. Sur mes lèvres, un goût de chocolat : la bouche de Liam. Elle se retire et je rouvre les yeux. Il est là, voûté au-dessus de moi, aussi beau que dans mon memento amoureux, quoiqu'amaigri et assombri. Si réel... Il me semble pourtant que je rêve.

Les larmes, ces traîtresses, après des jours et des jours passés à se retenir, choisissent pile poil ce moment pour enfin se libérer et dévaler en torrent.

Je voudrais parler à Liam, clamer mon bonheur. Impossible. Mes cordes vocales ne libèrent rien d'autre que de ridicules gargouillis noyés de pleurs. Pour le glamour, tu repasseras, ma fille. Je réussis néanmoins à exprimer un zeste de joie, entrecoupé de bredouillis humides...

— C'est toi, Liam ? Sniff... C'est vraiment toi ? Sniff... Oh... Seigneur, j'ai eu si peur de te perdre...

— Shhh... Calme-toi... chuchote-t-il. Ça va aller. Tu ne crains plus rien. Shhh... C'est fini.

S'efforçant de me réconforter, du plat de la main, avec une douceur poignante, il effleure mes cheveux, mon front, mes joues ruisselantes.

J'entends sa voix qui se veut rassurante. Oh... Sa voix... Cassée. Altérée. Tremblante. Si différente.

Quel maâagnifique couple nous formons... Comment la vie peut-elle receler autant de cruauté ? Comment peut-elle si facilement nous prendre et nous briser, nous, pitoyables morceaux de bois à fendre ?

Mais grâce au bois fendu, ma poupette, on allume des feux de joie sublimes, n'est-ce pas ?

Hein ? Ça, pour une surprise ! Sur une plage au clair de lune, come-back de ma Sagesse adorée ! Genoux fichés dans le sable, la sucrette s'affaire à tisonner un amas de rondins léchés par des flammes voraces. Le ronflement du feu monte et recouvre les chuchotis de l'écume caressant le rivage tandis que la senteur iodée des algues échouées peine à supplanter l'âcre touffeur du bûcher.

Enfin de retour, Sagesse chérie ? Comme tu m'as manqué ! Et Diablotine ? Où est-elle ?

La ronchonne est là, juste à quelques pas... mais incapable de prononcer une syllabe. Elle est allée mêler son eau salée à celle de la mer. Elle pleure, quoi.

Elle pleure...

Mes propres larmes redoublent d'intensité.

L'air complètement déboussolé, sa pomme d'Adam affolée ne sachant plus si elle doit descendre ou monter, Liam attrape en catastrophe une boîte sur le chevet et me la tend. J'y pioche des monceaux de carrés d'ouate de cellulose et avec, épongeage méthodique des paupières, pommettes et cou. La boîte bientôt vidée, des pochettes de mouchoirs en papier viennent à la rescousse. La poubelle de la chambre se remplit à une allure vertigineuse.

Tu parles de retrouvailles romantiques...

Craignant que le récipient ne suffise pas à contenir mes déchets lacrymo-nasaux, Liam se précipite en quérir un supplémentaire qu'il dépose contre le paddock, à ma portée ; j'y bazarde des paquets d'infâmes boulettes morveuses. Opportunément, la tempête qui s'est déchaînée sur mon océan intime commence à s'apaiser, puis reflue, épargnant à la corbeille bis un débordement intempestif de cellulose usagée.

Liam s'assoit, prend ma main dans la sienne. Ému du triste sort de la paume, endolorie d'éraflures encore fraîches, il la porte en coupe à ses lèvres comme s'il voulait en boire les blessures. L'espace d'une seconde, j'imagine que son ardent baiser possède un pouvoir identique à celui du sang de vampire, que les plaies vont spontanément se résorber au simple contact de sa bouche. Amère déception : le prodige n'opère pas !

Bah ! Que croyais-tu, ma bichette ? L'existence n'est ni un film ni un roman, tu le sais bien.

Je le sais... Dommage, Sagesse...

— Je te tiens... murmure-t-il en me dévorant de l'azur infini de ses prunelles. Je te lâche plus, si des fois une envie de filer à la française te titillait – je kiffe ce verbe, « titiller »...

— Dans cet état ? Arf... Je dois être horrible à voir...

— Oh non ! Tu es aussi magnifique que le jour où j'ai cru te perdre...

Moi ? Magnifique ? L'amour rend à ce point aveugle ?

Gasp ! Tu vas arrêter, oui ? ces chipotages débiles de mémère grognonne ? Savoure sans modération ni réserve cette scène de rêve, *so wonderful* ! La pompe qui nous maintient en vie n'a nul besoin de loupiotes pour y voir clair, bougre d'extrait de cornichon !

Diablotine ! Quel bonheur de te retrouver ! Dans mes bras, choupette ! Illico presto !

Oui. Hein. Bon. Ça va, la grande ; on va pas non plus se faire des *hugs*[22], des mamours et des doigts en cœur en veux-tu, en voilà, hein...

— Vraiment magnifique, *sweetie*, n'en doute pas, c'est un spécialiste de l'art maniaque qui te le dit.

Alicia ne me laisse pas le loisir de pouffer au jeu de mots pourri déclamé en français. S'intercalant dans la scène sucrée-salée, elle abrège les effusions. Liam est poliment prié de débarrasser le box. Si vite ? Nous venons à peine de nous réunir et nous devons déjà nous séparer ? Dire que je crevais de frousse à l'idée de le revoir, maintenant je redoute qu'il parte.

— Impossible de différer l'intervention, désolée, s'excuse-t-elle. Mister Hammer, si vous le souhaitez, vous pouvez attendre votre amie dans la chambre qui lui a été réservée, au troisième étage. Le secrétariat vous donnera le numéro.

---

[22] Hug : câlin.

— Oh, parfait, merci. *(Il se tourne vers moi)* On se revoit tout à l'heure, *sweetie,* promis. Je bougerai pas de là-haut tant qu'on t'y aura pas amenée…

Il me fait l'offrande d'un dernier baiser et sort du box à reculons, son regard soudé au mien. Le rideau, en se refermant, échoue à trancher le lien qui s'est renoué entre nous.

Bercée par mes rêves ressuscités, je m'abandonne presque avec bonheur à l'escouade en charge de la préparation préopératoire…

Blême au Bois Dormant, je refais surface en pointillés dans une vaste salle aux parois d'une blancheur éprouvante. J'ai le plus grand mal à maintenir les mirettes écarquillées.

Je n'y suis pas seule ; cinq lits se succèdent après le mien, perpendiculaires au même mur. Occupés par des souffreteux fraîchement opérés. Entre deux battements de paupières lestées de poids éléphantesques, je m'enfonce dans un puits de coton noir…

Une femme, bouquets de roses pastel imprimés sur le fond pistache de sa blouse, s'avance vers moi. Malgré la permanence des limbes précédant mon entière réinsertion dans l'état de veille, je reconnais l'assistante du médecin anesthésiste chargé de m'endormir.

— Comment vous sentez-vous, Daphné ? me demande-t-elle. Pas trop *punchy* [23] ?

— Mmm… Çaaaa p… peut naaaaller… je lui mâchonne. *(Mwoahoah… C'est quoi, ça ? J'ai la bwohouche remplie de mwoharmelade ?)*

— L'opération s'est déroulée à la perfection, poursuit-elle avec naturel. *(Elle ne remarque pas ma locution bizarre, comme si on m'avait jeté un sort de crache-limaces ?)* Quelques séances de rééducation et il n'y paraîtra plus, vous récupérerez l'usage intégral de votre bras ; bonne nouvelle, non ?

Mon bras. Mon pauvre bras. Une écharpe d'immobilisation le maintient plaqué coude au corps. Le dispositif fait également office d'attelle pour l'épaule dolente, emmaillottée dans un épais pansement.

De longues minutes additionnelles en observation dans l'unité de réveil vont être nécessaires avant de me juger apte à rejoindre la chambre. Je ravale un soupçon de découragement. Allons, quelques minutes, même interminables, ce n'est pas le bout du monde. Patience… Patience… Je n'ai pas résisté pendant des jours et des jours en captivité pour la perdre maintenant…

L'anesthésiste en personne se présente enfin. Un rapide examen et il donne son feu vert. Soulagement. La porte de sortie de l'enfer n'aura jamais paru aussi proche.

---

[23] Punchy : sonné(e).

Un brancardier me prend en charge. Sans que je quitte le lit, il me convoie via les corridors et ascenseurs jusqu'à l'espace qui m'a été attribué.

Un policier en uniforme monte la garde devant l'entrée. Comme promis, Liam poireaute à l'intérieur, assis du bout des fesses dans un fauteuil. À l'arrivée de notre équipage, il se lève précipitamment. Docile, il sort dans le couloir pendant que l'infirmier-pilote procède aux manœuvres d'installation.

Entre-temps, une aide-soignante fait son apparition. Elle me branche à une perfusion suspendue à une potence mobile et contrôle température et tension. Elle me confie un lot de haricots en carton, au cas où je vomirais, puis après avoir vérifié que je ne manquais de rien, s'éclipse en compagnie du transporteur.

Enfin seule ! Enfin libre de savourer un vrai tête-à-tête avec Liam, enfin libre de m'abandonner au beau rêve qui se rematérialise, affranchi de tout carcan.

Revenu dans la pièce, il pousse un siège du côté de mon bras valide et s'y affale. Harponnant ma main, il la serre avec une rudesse que je ne soupçonnais pas en lui. Ouch ! Chercherait-il à vérifier la réalité de ma présence ? M'empêcher de me volatiliser à nouveau ?

Entre deux haut-le-cœur, nous demeurons figés en chiens de patience sans prononcer un mot, uniquement occupés à nous contempler l'un l'autre, l'air bêtement béats. Ou l'air béatement bêtes. Je ne sais plus…

Le store de la fenêtre à moitié baissé filtre la lumière de la fin du jour. L'ambiance se saupoudre de paillettes chaleureuses. Je frissonne pourtant à la réminiscence des heures glacées endurées sous terre.

Arf... Pourquoi me remémorer des images noires ? Pourquoi maintenant ? Par pitié, ne pas gâcher la pause féerique en regardant dans le rétroviseur... M'attacher au présent... Interdire à l'ombre de me tirer vers elle...

Une fille. Un garçon.

Seuls au monde.

Leur passion naissante, des fous dangereux l'ont entravée presque un mois durant. Comment briser définitivement la parenthèse oppressante, la chaîne de fer qui l'a cadenassée ? Leur amour en conservera-t-il les stigmates ou parviendra-t-il, au contraire, à faire peau neuve et revendiquer par cette régénération une victoire éclatante sur le destin ?

Au ralenti, Apollon se penche sur sa Daphné. Un rai de soleil s'immisce entre leurs lèvres, les nimbe d'une brume ambrée au moment où elles se rejoignent.

Fondu à l'or...

Musique douce.

Cha ba da ba da... Cha ba da ba da...

Sagesse, Diablotine... Chuuuuuut...

16 Take it easy

Je mijoterai une semaine et quelque à l'hôpital, le temps de reprendre du poil de la bête, et par la même occasion, quelques-uns des kilos que j'ai paumés...

Le lendemain de l'opération, l'interne du service, brun musculeux à la morphologie de basketteur, sexy en diable dans sa chemise hawaïenne, se présente à mon chevet avec les résultats des divers examens et analyses pratiqués aux urgences. C'est ainsi que j'apprends la stupéfiante nouvelle, sans le moindre préambule de sa part.

— Vous... Vous en êtes sûr ? J'ai... Je... Je prenais la pilule.

— Oh, mais elle n'est pas fiable à cent pour cent, vous savez ? Vous seriez étonnée du nombre de *babies* qui naissent chaque année alors que leurs *mommies* prenaient la pilule. Quand la vie cherche à se manifester, elle trouve toujours un chemin... Visiblement, c'est la dernière chose à laquelle vous vous attendiez, je me trompe ?

Seul l'effarement incrédule qui bouleverse ma bouille lui répond.

— C'est bien ce que je pensais... Je vous laisse digérer l'info et on en reparle plus tard, O.K. ? *Good luck,* miss.

Il range les feuillets qu'il vient de consulter dans une pochette puis, sur une mine exprimant sa compassion à mon égard, s'apprête à mettre les voiles. Je le hèle avant qu'il n'atteigne la sortie.

— Docteur !

Il stoppe net, pirouette d'un mouvement athlétique. Il pourrait tenir un ballon de basket à la place du dossier.

— Oui ?

— S'il vous plaît, n'en parlez à personne.

— O.K., pas de problème... Autre chose ?

Dos à la porte, il campe fermement sur ses jambes, figure d'une autorité bienveillante. Les hibiscus de la chemise valsent à l'unisson de sa respiration.

Oui... J'aimerais me blottir dans vos bras, que vous me cajoliez comme un frérot, un tendre ami, que vous me consoliez, rassuriez, que vous effaciez les jours sombres... J'aimerais retourner dans le passé, renouer avec l'époque où tout baignait, et reprendre le cours normal d'une existence radieuse. Pas un atome de mes récents tourments ne subsisterait.

— Non, docteur, je lui souffle d'un ton suintant la mélancolie, rien d'autre... Merci.

— Voyons, miss ! se récrie-t-il. Il n'y a pas mort d'homme. Souriez à la vie, rendez grâce d'être saine et sauve ! Si vous le souhaitez, je peux faire venir le psy du service, il vous aidera à relativiser.

Un psy ? Pour raviver les angoisses en lui narrant ma mésaventure par le menu ? Je voudrais au contraire tout oublier.

— Euh... Ce ne sera pas nécessaire, docteur, je vais me secouer, promis.

Pas dupe, néanmoins compréhensif, il n'insiste pas, acquiesce d'un léger hochement.

— Pas de problème, *as you wish* [24]. Sur ce, je vous laisse. À plus tard, miss.

L'interne envolé, les heures se déploient avec une lenteur de limace. Je ne sais toujours pas sur quel pied danser. Dois-je ou non en parler à Liam ? Comment réagira-t-il si... Et dans le cas contraire ? Oui, mais... Mais non... Grrr... Les scénarios se multiplient à l'infini ! Lequel de ces films montés par mon cassis en ébullition mériterait l'Oscar ? Une longue virée sur les routes de l'incertitude plus tard, je me décide enfin...

Je ne dévoilerai pas mon secret dans l'immédiat... Attendre...

Cet après-midi-là, lorsque Liam pénètre dans la chambre, il semble plus ombrageux encore. Je remarque ses yeux rougis, cernés, les joues creuses, la barbe naissante – son *five o'clock shadow*, comme ils disent par ici. Au premier abord, le *new-look* du bogosse me déroute quelque peu ; ça ne lui ressemble pas, ce subtil négligé. Un chouïa de mal à le reconnaître... mais tout compte fait, le côté « graine de desperado », un brin émoustillant, n'est pas pour me déplaire.

Sans mot dire, il s'avance jusqu'à sa *sweetie* prisonnière du lit telle une tortue coincée dans sa carapace à l'envers, lui effleure

---

[24] As you wish : comme il vous/te plaira.

le front d'un chaste baiser puis s'incruste dans le fauteuil. J'ai la berlue ou il tremble ?

Mon estomac se noue à l'instant où je capte sur sa face l'aura d'une profonde fissure, bien plus obscure que l'ombre de sa barbe en attente de rasage. Tant de peine sur les traits du visage chéri... Je crois en deviner les causes. Primo, la vieille gouvernante qui se volatilise sans crier gare... Sacré choc ! Ensuite, la découverte brutale de la sinistre vérité à son sujet : coup de poignard dans le dos des frangins. Ils considéraient Consuelo comme une mère... De quoi les précipiter dans une insondable perplexité, un désarroi innommable. Certes... Je flaire cependant une raison divergente aux papillons noirs qui endeuillent les iris de mon Apollon. Pourquoi mon intuition me souffle-t-elle qu'il s'agit de tout autre chose ? Quoi encore ? Qu'est-ce qui cloche ? Ça me rend folle. Mon amour, *my love*, parle-moi, rassure-moi...

— Qu'est-ce qu'il y a ? je lui demande, dévorée d'inquiétude. Ça ne va pas ?

— Si, si ! s'empresse-t-il de répondre. C'est juste que... je ne réalise pas. Je sais pas si je rêve ou si je suis réveillé... Te voir, là, en chair et en os, alors que j'ai vraiment cru te perdre...

Ni une, ni deux, j'éclate en sanglots. Je ne sais même pas pourquoi.

— Hé... Désolé... Je voulais pas te faire pleurer...

Il me file une boîte de mouchoirs en papier, l'air complètement à l'ouest. Je copie-colle les gestes de la veille : tirer des liasses de carrés, essuyer mes larmes, me moucher bruyamment.

— Seigneur... me voilà verte à concurrencer l'ogresse Fiona.

— Toi ? Verte ? Meuh non, tu es aussi magnifique que le jour où tu as disparu... Où j'ai cru te perdre.

— Ça, tu me l'as déjà dit.

— Quoi ? Que tu as disparu ?

La réplique ne casse pas trois pattes à un Daffy Duck. Je la goûte pourtant, comme si j'assistais aux premières loges au seul-en-scène de l'humoriste le plus doué de sa génération. Daphné qui chiale, Daphné qui rigole...

Liam se penche à mon oreille.

— Entre nous, susurre-t-il sur le ton de la confidence, Shrek a de la chance : il a déniché la princesse de ses rêves. Son vilain teint olive ? Pas un problème... Moi, j'ai retrouvé la mienne et peu m'importe sa couleur ; même verdâtre, elle sera toujours incroyablement belle à mes yeux.

Il se renfonce dans le siège et s'efforce de me dérider, tirelire fendue de son plus craquant smile majoré d'une œillade malicieuse. Je me sens toute chose... Moi itou, j'ai de la veine : à la loterie de l'amour, j'ai décroché, semble-t-il, un vrai prince de conte de fée... Dans ce cas, pourquoi ne pas jouir à satiété du cadeau, au lieu d'insister sur mon autodénigrement avec autant de légèreté qu'un grizzli ?

— Non, mais sérieux, tu as vu dans quel état je patauge ? J'ai l'impression d'avoir tellement changé... Je suis plus du tout la même. Et puis... Je...

Je dis « je » mais je pense « elle », cette « autre » qu'on a séquestrée, enchaînée, terrorisée... Je peine à me défaire d'un sentiment d'irréalité persistant. Tout ça n'a pas pu m'arriver, à moi. Non. Et pourtant...

— J'ai tué un homme, Liam.

Il me fixe, mais d'un air lointain... si lointain... Une éternité durant...

— Bienvenue au club, *sweetie,* nous sommes deux à ne plus être les mêmes, se décide-t-il à me rétorquer. Tu n'as pas idée à quel point.

Sa repartie me prend au dépourvu. Au cours de ma captivité, avant de me résigner à me soumettre au bon vouloir de Turner, j'ai tant de fois fantasmé nos retrouvailles, tant de fois imaginé que nous reprendrions l'histoire pile-poil là où cette bande de malades l'avait stoppée... Comme si de rien n'était... J'ignorais que le drame transformerait également Liam, qu'un décalage s'immiscerait entre nous... que la communication se brouillerait. Comment expliquer sinon sa sourde oreille à l'aveu du meurtre de Turner, si lourd de conséquences selon mon jugement ?

— Tu n'as pas entendu ? J'ai tué un homme, Liam ! Ça ne te fait rien ?

— Mais si, j'ai très bien entendu...

Il souffle discrètement, lassitude ou exaspération ? malaxe ses paupières d'un geste lourd. Cherche-t-il à se désengluer d'un cauchemar poisseux ? Puis il se lève, le regard fuyant. Soupir réitéré. À pas hésitants, mains fourrées dans les poches arrière de son jean, cou rentré dans les épaules, il déambule jusqu'à la fenêtre. Absorbé dans la contemplation, sans le voir, du paysage au dehors, il se dandine avec lenteur d'une jambe sur l'autre en gardant un silence équivoque.

Bordel, tu penses quoi de moi, Liam ? De mon acte ? Parle-moi ! Je veux savoir, moi qui déteste les cases, dans laquelle tu me colles : coupable ou innocente ?

Il se gratte soudain le crâne comme s'il triait des idées par milliers, à la recherche de celle qui fera tilt. J'attends le verdict, bourrelée de doutes.

— Tu sais, tu ne devrais pas t'en faire pour ça, lâche-t-il enfin en pivotant vers moi. Qui pourrait se vanter de savoir exactement comment réagir dans une situation pareille ? Personne. Tu as seulement fait ce que tu devais faire...

J'accuse le coup de sa réponse, son fatalisme tranquille loin de me réconforter. Il ne me condamne pas, mais ne m'approuve pas non plus franco. Me voilà bien avancée. Le poids de mon crime n'a jamais été aussi lourd à porter.

— À t'entendre, ça paraît enfantin... Moi, j'arrive pas à réfléchir, tout se mélange dans mon ciboulot. Je sais plus très bien ce que je crois ou pas... Je... Je...

La suite s'égare dans un lamentable bafouillis. Punaise ! C'est pas vrai ! De violentes secousses ébranlent ma poitrine. Une furieuse envie d'éclater en sanglots menace derechef mon horizon interne. Je lutte avec un acharnement désespéré pour la contenir. Alarmé par l'éclosion de ces mauvais augures, Liam accourt auprès de moi.

— Hé là... *Take it easy, sweetie,* murmure-t-il.

D'une main, il empaume ma frimousse. Du pouce, il caresse ma joue. Doux va-et-vient.

Lentement, les hoquets s'amenuisent... Les larmes refluent... La tempête s'éloigne...

Profonde inspiration... Expiration...

— Vous êtes hors de danger, mademoiselle Daphné Roussel... Vous devriez juste vous concentrer sur l'instant présent, et laisser le temps au temps de vous retrouver, de vous reconstruire... Qu'en dites-vous ?

Il s'est exprimé en français, utilisant la nuance solennelle du vouvoiement pour enrober ses dires, paradoxalement, d'une certaine jovialité.

Une intense frustration me gagne ; récupérer confiance en la vie, confiance en moi, ce sera tout sauf facile... Il le faudra pourtant, si je veux remonter du gouffre qui nous a séparés pendant des semaines, au propre comme au figuré...

Je prends une profonde inspiration avant de lui répondre : « Chef, oui chef ! » J'accompagne l'exclamation d'un salut militaire en bonne et due forme ; mieux vaut me cramponner à l'humour, cette délicatesse du chagrin, plutôt que de trahir un désarroi grandissant.

Eh bien soit, je laisserai le temps au temps...

Le temps... Le temps... Le temps et rien d'autre...
Laisse-moi guider tes pas dans l'existence
Laisse-moi la chance de me faire aimer
Viens, comme une enfant, au creux de mon épaule
Laisse-moi le rôle de te faire oublier... [25]

Arf, si seulement...

---

[25] *Le temps* : chanson de Charles Aznavour, 1964.

Je lui tends une menotte vacillante, il la couve tel un trésor échoué au creux de ses paluches.

— Me lâche pas, Liam...

— Je te lâche pas, *sweetie... I promise...*

17 Visites

Au cours du séjour à l'hosto, j'ai droit à de nombreuses visites. Je n'imaginais pas que tant de personnes se réjouiraient de mon retour parmi les vivants... En dépit de l'épuisement post-traumatique, je reçois chacune d'elles avec un indicible plaisir. Certaines me touchent plus que d'autres...

Jeremy débarque un après-midi, casquette et lunettes noires, look décontracté. Accrochée à son biceps, une jeune femme blonde l'accompagne, jogging, baskets, besace de cuir informe en bandoulière, minois fade et cheveux raides réunis en une banale queue de cheval. Tiens ! Aurait-il a largué la diva des plateaux ? Fidèle à son habitude, il me claque une paire de bisous à la française, puis s'efface devant la nouvelle.

Bizarre... Je lui trouve un je ne sais quoi de familier, à cette fille. Je tombe littéralement des nues au moment où elle ouvre le bec afin de me saluer, indifférente, l'air de flotter dans la stratosphère à des kilomètres au-dessus de moi : « Bonjour, Daphné... mmh... chérie. » Ce ton unique, impérial et surgelé... Cet art du dédain... Evangeline ? Oui. Bel et bien elle : la marquise de Pompe-Glamour *herself*, mais dépouillée de ses bouclettes mirifiques et de son maquillage sophistiqué. En bref : méconnaissable.

Mon sang ne fait qu'un tour. Impossible de me maîtriser. Je m'éjecte du fauteuil dans lequel je complétais, peinarde, des grilles de mots croisés sur smartphone et, bien droite dans mes bottes, me campe devant elle.

— Ouvre grand tes esgourdes, ma petite ! je lui lance à la tronche tout de go, telle que tu me vois, j'ai tué un homme à mains nues, échappé à l'enfer et rejoint le monde. Si j'ai pu m'en sortir, ce n'est pas pour qu'une Barbie de pacotille, Reine des glaçons, continue à me snober. Et si tu crois le contraire, eh bien tu te fourres le doigt dans l'œil, si profondément que je ne serais pas du tout étonnée de le voir ressortir par là où je pense. C'est clair ?

Je reprends mon souffle, vibrante de l'incroyable coup d'éclat, et là, l'inimaginable se produit : la Marilyn des igloos me regarde dans les yeux.

— Oh, mais c'est qu'on nous l'a changée, notre *dear Frenchie*, glousse-t-elle d'une voix de fausset en faisant mine de trembler. Une vraie lionne avec de belles griffes. Très, très, très acérées. Bouh ! J'ai peur.

Je relève fièrement le menton et bombe le torse pour lui signifier qu'elle ne m'impressionne pas. Que l'époque de Daphné la Passive est révolue. Je m'étonne moi-même de tant d'audace. Dans le camp adverse, posture déhanchée, la Blondasse réfléchit, sourcils contractés et lèvres pincées comme si elle tentait de résoudre un système d'équations à trois inconnues. Tout cela, sous l'œil hilare de Jeremy. Du moins je le suppose ; il n'a pas ôté ses solaires.

Les ongles de la sirène au naturel tapotent la sangle du sac qui zèbre ses airbags. Hormis ces tap ! tap ! tap ! réguliers sur fond de brouhaha permanent émanant du couloir, rien ne trouble notre confrontation à la sauce *Il était une fois dans l'Ouest...* On entendrait presque geindre le légendaire leitmotiv à l'harmonica signé Ennio Morricone.

— Môman ! C'est qu'elle me botterait les fesses, la farouche *Frenchie* ! se décide-t-elle à lâcher sur le même ton aigu. Jeremy, par pitié, fais quelque chose ! Sinon elle va me dévorer toute crue.

Je ne bouge pas d'un iota, bien décidée à lui tenir tête. Le *boyfriend* s'esquive avec prudence, glisse en crabe jusqu'à la fenêtre et s'y adosse, paluches écartées sur le rebord, afin d'assister à la suite de l'échange en toute sécurité, loin du danger.

— Merci, doudou, lance-t-elle dans sa direction sans me quitter des châsses. Je m'en souviendrai. Bien ! Puisque je ne peux pas compter sur la cavalerie, à moi de sortir l'artillerie lourde et d'écraser la *Mini Mouse* qui se prend pour une bête féroce.

Même pas peur. Essaie pour voir. La lionne t'attend de patte ferme.

— Naaaan ! Je plaisaaaante ! rigole-t-elle contre toute attente. Si je t'aplatissais comme un vulgaire pancake, Liam ne me le pardonnerait jamais. Pauvre chou, il était si effondré après ta disparition, pas beau du tout à voir...

À reculons, elle gagne le lit et s'y assoit en amazone, une jambe repliée, l'autre tendue, un pied flottant dans les airs, l'autre en contact avec le sol. Front haut. Épaules dégagées. Une princesse en survêtement. Je demeure debout, stoïque. Pas question de baisser la garde.

— Tu plaisantes, tu dis ? je réplique. Wow ! Excuse-moi si je ne m'écroule pas de rire.

Ben alors ? Fadasse ne relève pas mon irritation ? Une moue indéchiffrable sur les commissures, elle reporte son attention sur son pantalon, le lisse sur les cuisses d'un effleurement délicat comme s'il s'agissait d'une précieuse pièce de haute-couture, puis se rejetant en arrière en tendant buste et bras, s'arc-boute sur le matelas. En rythme avec le balancement du peton suspendu dans le vide, sa couette lui balaie les reins d'un va-et-vient d'essuie-glace.

— Mouais, pas ma faute si tu comprends pas, me rétorque-t-elle tout à trac. Pour goûter l'humour, faut être intelligent.

Bitch ! La garce ! Riposte, Daphné, riposte ! Vœu pieux. Elle devance ma réaction et l'étouffe dans l'œuf en enchaînant sans souffler, me privant du plaisir de la contrer.

— Pour répondre à ton exquise question, ma *grande,* oui, c'est très clair. Rassure-toi, mon doigt n'aura pas besoin de ressortir par là où tu penses.

Auréolée de la grâce impossible d'une Greta Garbo incarnant *La Reine Christine*, elle décolle du plumard son majestueux fondement comme elle se retirerait d'un trône, se plante face à moi et me gratifie d'une risette de commande.

— En chemin, poursuit-elle, figure-toi que j'étais disposée à faire un effort, pour ne pas dire un sacrifice héroïque, mais à en juger par ton agressivité, la paix n'est pas à l'ordre du jour dans ton camp. Trop, trop, trop dommage…

— Ha, ha, ha… Héroïque ? Pff… Sais-tu seulement ce que ça signifie ?

Je rêve ou les traits de Cruella s'adoucissent d'un semblant de compassion ? D'un élan spontané, la voilà qui colle ses mimines à mes joues. Et nos fronts de se rapprocher.

— Oh... Ma pauvre bichette... s'émeut-elle. C'était vraiment si terrible que ça ?

Elle s'imagine peut-être que je me suis prélassée trois merveilleuses semaines durant dans un Club Med ? De ma main valide, sans brusquerie néanmoins fermement, j'agrippe ses poignets l'un après l'autre et détache de mes pommettes ses paumes enjôleuses. Nos fronts s'éloignent.

— T'as pas idée... Mais garde ta pitié pour toi, je me débrouille très bien toute seule.

Je me suis exprimée plus durement que je ne le souhaitais. Pour qu'elle teste un échantillon des flots d'amertume ingurgités au cours de ma séquestration. C'était plus fort que moi. Sa caboche penche sur le côté. Elle me dévisage avec un mélange de surprise et d'incrédulité, peu habituée à ce qu'on lui tienne la dragée haute. Les ongles reprennent leurs tapotis sur la sangle.

— Bien. On va dire que je n'ai rien entendu. Qu'il est normal que tu sois sur la défensive, vu ce que tu as vécu. Et bla bla bla... Tu pourrais au moins m'accorder le bénéfice du doute, non ? Après tout, tu ne me connais pas...

En effet, je ne la connais pas. Mais... explorer la planète Labrie afin de découvrir si elle peut se montrer un peu plus coulante ? Pas dans mes projets immédiats.

Sans attendre ma réponse, elle volte et m'oppose les mèches bondissantes de sa coiffure, pied de nez à mon humeur maussade. À pas mollassons, elle contourne le lit, frôlant du bout des doigts les draps et les tubulures métalliques. La voilà ensuite avant-bras dans le dos, croisés sur les reins, à flâner le long des murs, s'attardant ici et là pour observer d'un air connaisseur les reproductions dont ils sont agrémentés ; ma parole, on croirait une amatrice d'art en visite dans un musée.

Son tour de galerie bouclé, elle met le cap sur la position du jumeau, plus amusé que jamais. Il la cueille au passage et l'attire à lui. La prise de contact évoque un pas de tango, à la fois sauvage et langoureux. Un rapide baiser à son partenaire et elle se love dos contre le coussin de ses pectoraux. Jeremy enlace sa Juliette par la taille et farfouille du museau dans son cou. Elle se laisse dorloter, paupières closes frémissantes, puis, alors qu'elle semblait partie pour se soucier autant de ma pomme que de son premier brushing, m'adresse à nouveau la parole.

— Tu crois, Daphné chérie, que je trimballe la hache de guerre dans mon sac ? Que je m'abaisserais à frapper un adversaire à terre ? *Seriously* ? Rester à la surface des choses comme tu le fais, n'est pas, que je sache, une preuve de subtilité.

— On reproche toujours aux autres ce dont on manque le plus, n'est-ce pas ? je lui assène du tac au tac.

Et toc ! Celle-là, tu l'as pas vue venir.

Son groin s'arrondit d'offuscation. Personne ne lui a jamais rabattu le caquet ? Elle cambre un sourcil, prête à balancer une salve de répliques sanglantes. Je serre les poings, prête à encaisser. *In extremis*, Bonnie Parker se ravise et rengaine.

Levant les mirettes au plafond, elle se fend d'un long soupir désabusé.

— Clap, clap, clap, finit-elle par scander en applaudissant mollement. *Well done, Frenchie.* Et dire que c'est moi qu'on cantonne au rôle de Cruella d'Enfer...

Elle se dérobe à l'étreinte de Jeremy et rapplique vers moi. Là, mimant la gracieuse fée du logo Europa Corp déployant ses ailes au sortir de sa chrysalide turquoise, elle écarte les bras.

— Partante pour un *hug* ? propose-t-elle à mon abyssale stupéfaction. Il paraît que c'est courant, entre gens civilisés. Et puis ça plairait sûrement à Liam qu'on s'embrasse au lieu de s'étriper, non ?

Je la toise et la bombarde d'un laconique « peut-être », dénué d'une quelconque invitation à nous rapprocher. Ego victorieux, satisfaite d'avoir regonflé ma propre estime, je regagne le fauteuil, faciès pimenté d'une risette artificielle.

Daphné : *one point.* Il était temps.

Calamity Jane me transperce de ses maâagnifiques sphères oculaires vert Sprite puis les roule à la vitesse de billes de boulier manipulées par un comptable asiatique. Son cerveau a basculé en mode calcul et farfouille plein gaz dans son stock de *punchlines*.

— Avec des « si » et des « peut-être », Donald Trump serait président, réagit-elle enfin, mon cachet serait triplé et je remporterais le prochain Oscar. Bref, comme tu voudras... Dommage tout de même que notre relation soit si tendue.

— Ah... Ouais ? J'ignorais que nous en avions une...

Daphné : *two points.*

— Bon, c'est toi qui vois... Je n'insisterai pas. *(Elle pivote vers Jeremy)* On y va, doudou ?

Doudou opine plutôt deux fois qu'une. Smack ! smack ! à la française de la part du sigisbée puis muah ! muah ! dans les airs par madame la Banquise. Le couple s'éclipse aussitôt après, me livrant à un tête-à-tête dubitatif avec la rémanence de leur visite. Où en classer les images pour ne plus y penser ? J'hésite. Rayon comique ou tragique ?

Bah, pourquoi me complaire à baigner dans la perplexité ? Tout compte fait, la confrontation avec Evangeline s'est révélée pas mal instructive ; elle aura au moins eu le mérite de démontrer que les créatures conformes au modèle de miss Ice Frime ne tirent leur puissance que de la faiblesse des autres.

Mouah! ah! ah ! s'esclaffe Diablotine.

Tiens ! Te voilà, toi. Tu débarques un peu tard.

Meuh non ! J'ai assisté au match dans son intégralité, figure-toi. Je brûlais d'intervenir, mais je me suis retenue, trop curieuse d'observer comment tu te démerderais.

Et ?

Et tu es fière de toi ? Sérieux ? Genre, tu es persuadée que tu l'as emporté sur Lady Glagla ? Ma pauvre, si elle a rentré les griffes, c'est juste par pitié ; elle a éprouvé des scrupules à lacérer une guenille, voilà ce que je pense, moi. Alors modère ton sentiment de victoire, tu veux bien ? *One point. Two points.*

Non mais pff... quoi.

Autre visite mémorable : celle de Colomba, revenue me poser mille et une questions. Après des années à piétiner, l'enquête progresse dorénavant à vitesse fulgurante. Les perquisitions effectuées au domicile de Christian Turner sis à Los Angeles, ainsi qu'à son bureau du Cedars-Sinai et à la centrale, ont permis, entre autres, de mettre la main sur un ordinateur secret dont les données, après décryptage et analyse, ont confirmé l'existence au sein du *dark web* d'un réseau spécialisé dans le trafic d'organes. À la surprise générale, de nombreux hôpitaux semblent impliqués dans l'affaire, disséminés sur l'ensemble du territoire nord-américain. Plusieurs membres du corps médical, dont certains très haut placés, ont été interpellés puis mis sous les verrous dans différents États. Les rares qui ont spontanément avoué prétendent avoir basculé dans l'illégalité sous la pression de patients désespérés, prêts à acheter une chance de survie à n'importe quel prix. Mais bien sûr...

— Vous avez gagné mon rechpect et ma gratitude chans limites, déclare le lieutenant sur un ton solennel, main sur le cœur. Demandez-moi che que vous voulez, chère Daphné, je tâcherai de vous chatichfaire dans la mejure de mes moyens.

Elle ne se sent plus d'aise à l'idée du sacré coup de pouce que la résolution de l'affaire va donner à sa carrière. La sempiternelle sucette au vinaigre de cidre en frétille de bonheur.

D'autres ordinateurs ont été saisis ; parmi eux, le portable sur lequel j'avais commencé à rédiger mon histoire californienne.

— Lieutenant, je pourrais récupérer les notes que j'ai tapées avec ?

J'aimerais poursuivre leur rédaction. Non pas que je me prenne pour un auteur digne de ce nom, ce ne sont pas ces quelques gribouillis jetés à la va-vite sur une poignée de feuilles virtuelles qui feront de moi la candidate du siècle au Goncourt, mais je n'ai pas oublié l'apaisante faculté de l'écriture d'occulter la réalité chaque fois que je m'y suis adonnée. Sans ces escapades imaginaires orchestrées par les doigts galopant sur le clavier, j'ignore si j'aurais indéfiniment tenu le coup.

Mon tapuscrit balbutiant renferme par ailleurs bien plus qu'une banale succession de mots : il a endossé le rôle d'un horcruxe [26], l'aspect maléfique en moins, auquel j'ai confié la garde d'un fragment de ma psyché, livré sans tricherie aucune. Le récit recèle en son sein ce pauvre lambeau, témoin au plus fort de mes doutes des pires moments de ma jeune existence. Du moins jusqu'à ce jour. Je ne peux pas l'abandonner entre des mains étrangères... Il n'appartient à personne d'autre que moi.

Trop contente que je lui donne si vite une occasion de me « chatichfaire », Colomba répond que le document me sera sans problème restitué dans les meilleurs délais. Sa réaction favorable me soulage de l'un des innombrables plâtras m'encombrant l'esprit. On commence à y voir plus clair dans l'embrouillamini qui me sert de cervelle.

---

[26] Dans la saga des *Harry Potter*, signée J.K. Rowling, un horcruxe est un objet ou un être vivant contenant une parcelle de l'âme du sorcier noir Voldemort.

Elle s'accorde un bref intermède mutique, durant lequel s'interrompt le manège de la sucette, avant de m'annoncer tout de go que son équipe a mis au jour un effroyable charnier. Les dépouilles des filles enlevées avant moi ont été retrouvées, sommairement enterrées derrière la centrale. L'horreur ne s'arrête pas là, persiste et signe... Échelle sans limites du pire... Une quinzaine de cadavres supplémentaires leur tenaient lugubre compagnie, des traîne-malheur anonymes en cours d'identification et de recoupement avec le fichier des personnes disparues.

— Vous avez eu de la chanche, beaucoup de chanche. Tout cha est maintenant derrière vous... Un mauvais chouvenir...

Quel ton funèbre ! Quelle face sinistre ! Où donc est passé son bel enthousiasme ? Sans doute se sent-elle archi-morveuse, après les précédents ratages, d'avoir également échoué à me protéger au mieux ? Mais comment aurait-elle pu deviner que grâce à Leandro le Fourbe, comme par hasard au bon endroit au bon moment, mes ravisseurs auraient vent du mouchard et s'empresseraient de détruire la seule piste menant à eux ?

Enfin, après force courbettes et *thank you*, prétextant les tonnes de pain sur la planche qui lui incombent, le lieutenant se décide à déguerpir... sans se soucier des spectres qu'elle a involontairement éveillés, morts et vivants unis dans une farandole macabre qui n'en finit pas de se dérouler autour de moi, longtemps après son départ.

Neil m'offre lui aussi sa présence. Humaine. Chaleureuse. Capable à elle seule de chasser tous les fantômes. Adorable cadeau. Accompagné de *daddy,* il fait irruption en plein train-train médical, gigotant d'impatience dans son engin de compétition. D'une habile manœuvre, il vient se garer contre mon fauteuil puis, se pendant à mon cou, me chuchote à l'oreille : « Trop cool, je le savais que tu reviendrais ; t'es une *winner,* une *warrior,* toi. Comme moi. Je le savais... je le savais que t'étais pas morte ; ça sentait ton parfum de fleur. Partout. *Everywhere.* »

Séquence frisson...

De mon bras disponible, je le presse très fort contre moi, sans un mot. Que lui dire, à cet enfant qui voit si bien avec le cœur ? Rien... Quand les âmes se parlent, une étreinte leur suffit. Nous sommes reliés, soudés dans une dimension féerique, invisible à la majorité des gens, nous le serons *forever,* quoi qu'il arrive ; Neil en est conscient, à n'en pas douter. Dommage que parvenus à l'âge adulte tant d'humains se dépouillent de cette connexion si précieuse avec le merveilleux...

Le petiot me lâche la nuque et se renverse d'une légère poussée dans son siège. Liam se tient en retrait, sans rien distinguer de notre échange. Mine pensive, Neil s'attarde un instant à contempler mes traits avant de me faire l'offrande d'une frimousse de hobbit complice, bouleversante de mélancolie... Seuls les êtres qui connaissent et endurent la souffrance possèdent la faculté de la détecter chez autrui et d'y compatir... Dans le millième de seconde qui suit, je réalise que « mon » Sam est là... ce blondinet fracassé qui a plus de courage que tous les super-héros réunis... Je hoche doucement la tête, lui signifiant que j'ai compris. Le gamin change alors de physionomie et se tourne vivement vers son père, lui donnant à voir le masque de gaieté qu'il réserve à son entourage, celui qui affiche « je vais bien, vous bilez pas ».

À mille lieues du tape-à-l'œil tapageur des blockbusters, les véritables douleurs se voilent de la pudeur et discrétion des films intimistes.

Dernière visite et non la moindre... Je la reçois de celle qui avait pourtant juré de ne jamais au grand jamais prendre l'avion, préférant, en dépit de son statut avéré de « moyen de transport le plus sûr de la planète », garder ses deux petons solidement ancrés au plancher des vaches ; de celle qui m'a toujours laissé commettre des erreurs, même les plus graves, sous prétexte que l'on apprend plus de ses échecs que de ses réussites ; de celle qui m'aimera *ad vitam æternam*, quoi que je fasse, quoi que je décide ; de celle aux yeux de qui je demeurerai éternellement une petite fille, « sa » petite fille : ma maman... Je garde enfouie au fond de mon jardin secret la douceur de nos retrouvailles.

Ma gorge s'est serrée en la voyant ; elle avait tant vieilli... Ses rides d'expression s'étaient profondément creusées, les filaments d'argent qui zébraient sa chevelure multipliés. Le temps avait passé sur elle comme un matin d'hiver frisquet au cœur d'un invincible été. Étais-je la cause de son ternissement accéléré ?

Malgré notre belle et indestructible connivence mère-fille, à elle non plus je ne dévoile rien de mon état. Ma mamounette ne saura rien de cet événement qualifié d'heureux par la plupart, mais qui en ce qui me concerne se drape d'une cape de neutralité nouée d'un lacet d'indifférence.

Lentement et sûrement, je glisse dans le déni...

18 Cafétéria

Au long de la traversée à bord du paquebot hospitalier, les membres du personnel sont tous aux petits soins pour moi. Ils bichonnent sans compter la rescapée échouée dans leur service, maintenue à l'écart du monde dans une bulle de bienveillance. Ce monde imperturbable qui s'obstine à tourner, insensible au soulagement comme il l'a été à la souffrance. Afin de mieux m'y reconnecter, je m'efforce de m'intéresser au fil des actualités, diffusées par le téléviseur de la chambre ou via internet. Je découvre, non sans surprise, que la nouvelle de mon sauvetage constitue *THE NEW* du moment, à la une de la quasi-majorité des médias californiens. Autrement dit, qu'elle crée le buzz. Le public manifeste en effet un engouement croissant pour ma (grande) personne ; hier j'étais *La Femme invisible* [27], aujourd'hui *Une Femme qui s'affiche* [28].

La twittosphère est balayée par un vent de folie. L'univers de l'oiseau bleu s'est enflammé à la vitesse d'un Éclair de feu, attisé à coups de hashtags ensorcelés. J'ai beau évoluer dans la dimension, ô combien triviale, des Moldus, me voici littéralement stupéfixée. Ainsi, je suis la fille qui a survécu... Harry Potter n'a qu'à bien se tenir.

---

[27] Long-métrage français d'Agathe Teyssier, 2008.
[28] Long-métrage américain de George Cukor, 1954.

Morceaux choisis :
#DaphnéLives
#RangersGirl
#InDaphnéWeTrust

Sous ces bannières se réunissent des milliers d'internautes. Chacun y va de son commentaire, du plus enthousiaste au plus abject. *Lovers versus haters* [29] et vice versa.

En parallèle, un comité de soutien Facebook recueille les centaines de notes quotidiennes postées à mon attention. Là encore, les amabilités des uns côtoient les immondices des autres, les messages d'amitié me touchent, comme ceux de haine me blessent... Les réseaux sociaux ne sont rien d'autre que des boîtes de Petri virtuelles où prolifèrent de drôles de virus et bactéries : frustrés, envieux, trolls, névrosés et autres psychopathes y trouvent le meilleur des bouillons de culture pour favoriser leur croissance exponentielle.

Je n'en reviens pas de ce succès fulgurant. Quand je pense que mon Hugo adoré-détesté, malgré ses efforts acharnés de promotion, cumulait tout juste 200 abonnés sur sa page geek la dernière fois qu'il m'en a parlé... Depuis, il a dû péniblement atteindre les... 210. Dès qu'il verra mes compteurs à cinq chiffres, bientôt six, le cher ange ne manquera pas de sortir de ses tiroirs *L'Assassinat pour les Nuls, ou comment se débarrasser en toute discrétion de son pire ennemi en 10 leçons.*

---

[29] *Lovers versus haters* : ceux qui aiment contre ceux qui haïssent.

Mais trêve de plaisanterie. Ne serait-ce que l'espace d'un battement de cils, beaucoup tueraient pour endosser pareille célébrité, acquise de surcroît avec une aussi déconcertante facilité. Personnellement, la déferlante gagnant crescendo en ampleur me terrifie. Bordel ! Je n'ai rien demandé ! La situation me dépasse, échappe totalement à mon contrôle. Idem pour la teneur des posts qui me sont adressés. J'évolue sur des montagnes russes où joie et peine jouent en permanence au yo-yo. Embarquée dans un manège sans fin, je passe mon temps à me hisser jusqu'au soleil... avant de dégringoler dans le vide la seconde suivante. Sans parachute.

Aussi curieux que cela paraisse, une solution va se profiler, proposée par la dernière créature à laquelle j'aurais daigné penser, j'ai nommé Evangeline La Brrr... Depuis que j'ai osé lui clouer le bec, elle revient chaque jour à mon chevet, seule ou accompagnée. Étonnant, non ? À l'un de ses passages en solo, elle m'a invitée à descendre à la cafétéria de l'hôpital prendre la boisson qui me plairait. J'ai accepté.

Hein ? Comment ça ? Elle a accepté ? Alors qu'elle devrait se méfier de cette grande bringue comme d'un crotale dérangé en plein sommeil ?

Tss, tss, tss. Laisse-la donc, Diablotine. Aie confiance. Je pense que notre Daphné est sur ses gardes et qu'elle sait très bien ce qu'elle fait.

Oui, je sais ce que je fais. Enfin, je crois...

Evan et moi siégeons à une table ronde pour deux. Il est 15 heures, le réfectoire profite d'un interlude creux. Outre notre duo improbable, un trio d'infirmières et un couple avec une fillette blonde occupent les lieux.

Branchée à une perfusion mobile, la gamine paraît ailleurs, regard dissous dans le vague, minois incolore, presque translucide, vieilli par un air beaucoup trop grave pour son jeune âge...

Je lui ressemblais, dans ma prison sous terre, quand je me croyais condamnée.

Elle grappille de minuscules cuillerées au tourbillon de neige veiné de rubis d'un généreux sundae débordant d'un gobelet en carton, qu'elle porte à sa bouche avec mesure et lenteur. Sans sourire ni s'émouvoir. Cou rentré dans les épaules. Corps immobile. À l'exception de la menotte naviguant à intervalle régulier du dessert aux lèvres.

— Houlà ! s'exclame Evan en remarquant mon attention rivée sur la pitchoune. C'était peut-être pas une si bonne idée que ça...

— Si, au contraire, réponds-je sans dévier de la fillette. C'est calme ici, ça fait du bien... Et puis... Et puis...

Oui, tout compte fait, j'ai eu raison de la suivre. Pourtant...

Stop ! Temps mort. Rembobinage. Téléportation quelques minutes auparavant... Flash-back.

Pourtant... disais-je, au moment de lui emboîter le pas, j'ai hésité. Et si quelqu'un me reconnaissait ? Et si des hordes de fans me sautaient dessus dès que je m'aventurerais à l'extérieur ?

— Ah ouais, quand même... a raillé la diva. Bon, ouvre grand tes oreilles, ma chérie. Primo : il y a là dehors un gentil policier chargé de veiller sur toi, qui se fera un devoir, un plaisir de nous chaperonner. Secundo : non, mais, tu t'es vue ? Je t'assure que tu n'as rien à envier à une *walking dead* macérant dans un état de décomposition avancé. Beurk ! Qui confondrait cette ignoble loque avec l'image de l'avenante mignonne héroïne dont les médias nous abreuvent jusqu'à l'écœurement ? Et tertio : tu n'as pas tant de fans que ça, si ?

À dire vrai, je n'osais pas avouer que je craignais d'abandonner le cocon rassurant de la chambre. Peur aussi du jour, qui approchait à vitesse supersonique, où je devrais quitter l'hôpital et affronter à nouveau le dehors et ses vérités. Toutes ses vérités... J'ai dû me faire violence pour la suivre. Ça me glace les entrailles de le reconnaître, mais la suite lui a donné raison. Dûment chaperonnées par le planton, nous avons pu déambuler dans le couloir, prendre l'ascenseur et rejoindre le self sans trébucher sur le moindre admirateur en embuscade.

Stop ! On relance la bobine, hop ! Téléportation dans l'ici et maintenant...

Et puis...

Je m'arrache à la contemplation de la gamine et volte face vers mon hôtesse. Histoire de gratter du temps, je me mets à touiller mon jus. Ce que je m'apprête à ajouter à son intention ne brille pas par la délicatesse, mais peu importe, il faut que ça sorte.

« Et puis... je n'ai aucun problème avec les enfants malades ou handicapés, moi. » Voilà, c'est dit. Evan était en train de tremper un sachet de thé dans sa tasse. Elle le retire et suspend son geste en l'air. Lentement, la pochette gorgée d'eau ambrée tournoie sur elle-même. Je rêve ou la Barbie Sorbet a blêmi ? Déjà que sans maquillage elle rivalise avec la transparence d'une méduse... Oui, parce que madame adhère au *no-makeup movement* quand elle souhaite se balader incognito... Moi, ça me va, j'avoue ; dépouillée de ses fards, elle s'avère beaucoup moins impressionnante.

— Oooooh, ça c'est vache, *mean* !

— Ah bon ? Tu croyais peut-être détenir le monopole de la torpille hargneuse ?

— Bien sûr que non. Mais moi, contrairement à toi, je me situe toujours dans le second degré. Je n'ai qu'une seule intention, plaisanter, alors que toi...

— Alors que moi, quoi ? Vas-y, je t'écoute.

— Toi, tu as lancé ces mots dans le seul but de me poignarder.

Si je m'attendais à ça... Je ne peux même pas contester ses dires, elle a raison sur toute la ligne : j'ai voulu vilement la blesser, en effet, lui rendre la monnaie des scuds dont elle n'avait eu aucun scrupule à me bombarder par le passé. Les conséquences de mon attaque déboulent sur-le-champ ; la douleur à la clavicule, qui somnolait paisiblement, se réveille en sursaut et se ravive sous les triturations d'un tisonnier sadique ; la chair me rappelle à l'ordre, me reproche avec violence mon élan de vengeance. *Calme-toi, ma grande. Il faut que tu te calmes... Serre les dents...*

— Qui ne dit mot, consent, conclut-elle en retrouvant une fadeur de teint moins prononcée. Ha ! Ha ! Ha ! Le monde mourra du manque d'humour. À notre époque, pratiquement plus personne n'est capable de le détecter, encore moins de le comprendre... On vit dans un premier degré permanent. Affligeant. Enfin, passons. Et si tu me disais plutôt les vraies raisons de l'exécrable humeur qui te pousse à tirer des missiles nucléaires sur moi, comme si j'étais la maléfique Étoile de la Mort ?

Je me mordille la lèvre supérieure, signe d'un embarras abyssal. J'arrête de remuer mon café. Le sachet de thé replonge dans la tasse. Evan croise les bras sur la table, penche son buste non siliconé en avant et me balance une œillade secourable comme on lancerait une bouée à un naufragé du Titanic barbotant dans un océan de glace.

— Allez, quoi, jette-toi à l'eau, je vais pas te manger pour mon quatre heures. Aie le courage de regarder au-delà des apparences et tu verras que je suis pas la *bitch* que tu crois.

Elle semble sincère... Et si c'était vrai ? Si je pouvais vraiment lui faire confiance et me décharger de tout ce qui me pèse et me paralyse ? Je suis si lasse... De la légèreté sous les pieds, recommencer à avancer sans traîner un boulet géant à chaque enjambée : je ne demande pas plus.

Attention. Attention. Alerte rouge. Alerte rouge. Non, mais je rêve ? La choupinette a réellement l'intention de lui faire confiance ? MAYDAY. MAYDAY. MAYDAY.

Euh... Tu n'exagères pas un peu trop, Diablotine ? Cette petite a besoin de se confier. Laisse-lui au moins le bénéfice du doute, à la grande bringue.

Mes pipelettes ont voulu prendre l'air à bord d'un Cessna. Piégé au mitan d'une zone de turbulences atmosphériques, l'appareil les secoue, les chambarde sans ménagement tels de vulgaires dés dans le gobelet d'un joueur surexcité.

— Je... C'est... Je... J'ai peur, Evan...

Elle n'éclate pas de rire. Déjà bien. De plus, aucune tentation de moquerie sur ses traits. À la place, un air sérieux, voire préoccupé. Elle décroise les bras, avance ses paumes et les referme sur mes patoches telles les valves d'une palourde. Le contact satiné de sa peau se révèle si agréable que j'en ai presque (j'ai bien dit « presque ») les larmes aux yeux.

— Oh... Pauvre bichette. Dis-moi tout. Raconte donc à tata Glaçons ce qui te pèse tant sur l'estomac...

Ce « glaçons » dont je l'ai affublée lors de sa première visite et qu'elle reprend sans ciller à son compte, un exemple, je suppose, de ce second degré dont elle serait, selon ses dires, si friande ? Je m'efforce de le croire et me lance sans plus tergiverser.

Pêle-mêle, je lui dégueule mon anxiété de l'après-hôpital, la terreur à l'idée de replonger dans le bain des humains, l'aversion d'une surmédiatisation non désirée, tapie à l'extérieur et n'attendant qu'une chose : me sauter à la gorge pour me dévorer toute crue...

Evangeline la Confidente écoute sans broncher. À certains passages de mes aveux, un imperceptible frémissement retrousse ses lèvres moelleuses, dénudant l'éblouissante nacre des incisives. De temps à autre, les commissures s'étirent dans une ébauche de sourire, creusant ses joues d'une mignonne fossette enfantine, insolite. Patiemment, elle prête l'oreille à mon déballage *in extenso* avant d'intervenir.

— Pour les angoisses, il y a les *shrinks*, commence-t-elle. J'en connais une très bien, la mienne : Sarah Collins. Je te recommanderai auprès d'elle, si tu veux. Elle dégotera bien un créneau où te caser.

Toujours pas spécialement fan de séances sur divan, je ne me ferme pas pour autant à cette éventualité.

— La célébrité, poursuit-elle... Tu dis que tu ne l'as pas désirée. Tu en es sûre ? Sois honnête avec toi-même. Personne n'ose l'avouer, mais tout le monde court après elle, *everybody*. Tu as beau essayer de te convaincre du contraire, tu n'échappes pas à la règle, ma chérie ; tu crèves d'envie, toi aussi, de participer un jour ou l'autre au *big challenge*.

Elle souligne que l'épreuve, malgré son extrême difficulté, attire des foules et des foules de concurrents, pour ne récompenser *in fine* qu'une poignée de vainqueurs. En conséquence, si d'aventure la belle dame capricieuse m'accordait le mirifique honneur d'être dans ses petits papiers, il faudrait être folle, selon Evan, pour faire la fine bouche et lui claquer la porte au nez.

Blondine s'interrompt et regarde à travers moi, non pas pour me snober une énième fois de son air dédaigneux favori, mais pour débusquer la suite de son inspiration dans une dimension située bien au-delà de ma pomme. En un éclair, ses pupilles se dilatent dans l'exploration d'une obscurité visible d'elle seule, conférant au visage une douceur inédite, puis se rétractent, signe d'un retour à la lumière après la pêche aux idées. Fructueuse ? Ses iris focalisés sur les miens, la digression redémarre.

Evan soutient mordicus que ce n'est pas vraiment la gloire qui terrifie, mais ce qui gravite autour, telle la crainte de devoir renoncer à toute vie privée, celle de s'exposer aux feux impitoyables de la rampe... ou encore celle de manquer d'imagination devant le déluge de dollars qu'elle génère infailliblement. Un hochement espiègle ponctue le dernier point.

— J'avoue, elle peut être très lourde à porter, concède-t-elle. La notoriété ? Mmh... Une sorte d'anneau, tu sais ? comme celui de Sauron [30], le seigneur des Ténèbres. Brillant. Désirable. Un anneau qui t'efface du monde réel, pffuit ! et te réincarne dans une dimension magique, pouf ! chaque fois que tu le passes à ton doigt.

Elle a lâché mes patoches afin de mimer ses onomatopées, les reprend aussitôt la démonstration achevée.

— Au début, ça fait flipper, oh que oui ! Puis peu à peu on y prend goût, à ce pouvoir incroyable qui nous transporte ailleurs, si loin du commun des mortels. Ensuite, on devient carrément accro à la légèreté qu'il procure. *So easy, exciting...* Mais à mesure qu'on approche du but visé, c'est-à-dire le sommet, la légèreté se mue en fardeau, plus lourd à chaque pas supplémentaire. Si lourd que beaucoup succombent à son écrasement en chemin... C'est pourquoi mieux vaut avoir de vrais *friends* qui t'aident à le porter et te préservent du gouffre volcanique de la Montagne du Destin où tu risquerais de basculer, ton *précieux* encore au doigt. Tu as Liam, tu as

---

[30] Personnage du roman de J.R.R. Tolkien, *Le Seigneur des Anneaux*, paru en trois volumes en 1954 et 1955.

Philippe, ta famille en France... Tu peux m'avoir moi aussi, j'en serais très heureuse, *sincerely*. Tu sais, j'ai pas mal de connaissances dans le métier. Je pourrais te présenter des personnes au poil, te faire inviter dans les émissions où il faut être vu, me tenir à tes côtés, t'épauler, quoi... et t'apprendre à gérer les caprices de la médiatisation, à devenir celle qui contrôle, et non le contraire. À toi de voir.

Sœur Emmanuelle, sors de ce corps ! Où diable s'est carapatée Evangeline la Glaciale, la Méprisante ? Ses paroles sont sensées, subtilement persuasives. Ses paumes, douces et apaisantes. Je me défais pourtant de son emprise. Ma défiance toujours abonnée au qui-vive, je scrute ses traits à la recherche du moindre indice révélateur de duplicité.

— Pourquoi tu m'aiderais ? Je ne comprends pas ce subit intérêt pour ma pomme après des semaines et des semaines passées à me traiter pire que du pipi de chat.

— Seigneur... Et pourquoi pas ? T'es lourde à la fin, bichette. Rassure-moi : les *Frenchies* sont pas tous comme toi, si ?

— Non, seulement quatre-vingt-dix pour cent d'entre eux... Tu n'as pas répondu à la question, elle est pourtant simple.

Ses prunelles s'enluminent d'un éclat taquin. Elle semble apprécier que je lui résiste. Moi, je commence à accuser une overdose de fatigue. J'aimerais qu'elle cesse de tourner autour du pot, qu'on en finisse une fois pour toutes.

— Disons que j'ai envie de t'aider parce que, contrairement au ramassis de cloportes qui me pompent l'air sans se gêner, toi, tu ne manques pas de cran ; je te respecte pour ça. Et parce que... *(elle marque une courte hésitation)* ben... parce que j'aurais aimé rencontrer une super cool Evangeline Labrie qui m'aide et me soutienne quand j'ai débarqué en Californie, il y a dix ans. Au lieu de ça, obligée de me dépatouiller par mes propres moyens pour apprendre à parler, marcher, me tenir... Obligée de grandir toute seule, quoi, comme une *baby* privée de ses parents...

À l'époque, elle n'était qu'une gamine fraîchement crottée de la boue du trou perdu qui l'avait vue naître dans le Wyoming... Une gamine follement enthousiaste, éblouie par les paillettes de la planète Hollywood... Une gamine ignorante de l'existence de prédateurs sans scrupules tapis dans l'envers du décor.

— On m'a obligée à faire des choses... des choses que je voudrais effacer... Quand j'y repense, je me dégoûte...

Je comprends immédiatement. Jamais je n'aurais pensé à ça.

— Oh... Désolée... C'est terrible... Tu... Tu veux en parler ?

— Merci... mais non, du moins... pas maintenant.

— D'accord... Et... c'est pour ça que tu snobes tes semblables à tour de bras ? Que tu en as après la terre entière ?

— Oh... T'as pas compris, ma bichette, que c'était juste une carapace ? Pour me protéger ? J'ai très vite assimilé que chaque homme, entre guillemets, croisé à Hollywood était un ennemi en puissance. Mais on n'a pas toutes l'étoffe d'une *warrior,* loin de là. Alors, à défaut d'avoir le courage de riposter, on se met à l'abri comme on peut... Peut-être qu'un jour, quelqu'un aura enfin le courage de balancer tous ces porcs qui règnent par la terreur pour se croire des hommes. Ce jour-là, la sacro-sainte Mecque du cinéma tremblera sur ses fondations, beaucoup tomberont de très haut, même parmi les plus influents…

Une carapace. Je croirais m'entendre parler. Se peut-il que nous ayons vraiment cet artifice de défense en commun ? Une armure de glace pour Evan, une de badass pour moi ? Je partage sa nausée. Bordel ! Une femme n'est en aucun cas un banal objet sexuel dont on peut user et abuser en toute impunité : simple, basique, non ? Quels sont les mots que ces ordures ne comprennent pas ?

Je sens ma méfiance fondre… à dose homéopathique.

— Admettons… Je compatis… Mais ça ne veut pas dire, Evan, que d'un claquement de doigts *(je joins le geste à la parole)*, on va devenir les meilleures amies du monde. Pour l'instant, je me cantonne à l'option « peut-être », je te promets seulement d'y réfléchir. Donne-moi un peu de temps, O.K. ? Tu me dois bien ça, madame la Banquise.

— Arf, *if you say so* [31]… En tout cas, merci de m'avoir écoutée, Daphné…

Elle recule sur son siège, m'embrasse d'un regard mi-gêné, mi-admiratif.

— Pffffiou… T'es une sorcière ou quoi ? Cette période de ma vie, j'en avais jamais parlé à personne, même pas à Jeremy… Merci de ne pas avoir choisi d'emblée l'option « tout refuser en bloc ». Je patienterai, donc… En attendant, sois sur tes gardes, car rien ne m'empêchera de verser un poison foudroyant dans ta boisson ou ta nourriture dès que tu auras le dos tourné ; je ne voudrais pas risquer de voir ces confidences croustillantes

---

[31] If you say so : si tu le dis.

bazardées en pâture à un public de piranhas, tu comprends, bichette ?

— Oh, mais vas-y, te gêne surtout pas. Même pas peur : peu importe le poison que tu choisiras, j'ai l'antidote.

Nous échangeons un sourire de connivence, chacune grosso modo satisfaite de la tournure prise par notre première vraie conversation de femme à femme.

Pendant que nous bavassions, l'aire du réfectoire s'est remplie de consommateurs en quête de douceurs alimentaires pour oublier, l'espace d'une dégustation gourmande, les épreuves tant physiques que morales infligées par l'existence. Fin de l'intermède. C'est le moment de regagner la chambre. Un signe à l'agent et il s'empresse de rempiler dans le rôle d'escorteur.

Notre trio revenu à l'étage, Evan me tire par la manche au sortir de l'ascenseur, m'invitant à ralentir. Je calque mon pas sur le sien.

— J'ai encore quelque chose à te dire…

— Vas-y, je suis tout ouïe.

— C'est au sujet de Neil… Même si tu penses le contraire, je l'aime, ce gosse, de toute mon âme. Ça m'a fait si mal, ce que tu m'as dit tout à l'heure.

Je m'arrête pour la dévisager, quelque peu abasourdie par ses propos.

— Tu dis que tu l'aimes ? Eh bien, tu as une façon étrange de le montrer : ça se voit pas du tout.

— Oui, je sais. J'y peux rien : quand mes yeux se posent sur lui, c'est une douleur sans nom. Tu comprends… je l'ai connu juste avant l'accident… Ce que ce gosse est devenu, comment le supporter ? l'accepter ? C'est si cruel, si injuste... J'ai pas la force d'affronter son regard. J'ai pas *ta* force.

Elle baisse la tête. Et là, scoop interplanétaire : la dédaigneuse Evangeline Labrie lâche une larmichette. Microscopique. Une larme quand même. Je commence à bien la cerner. Du moins, je tâche de m'en convaincre. J'ai traversé des craintes, une répulsion identiques. J'ai réussi à les surmonter. Evan est toujours leur prisonnière.

Une bribe d'émotion me chatouille le cœur. M'en remettant à l'instinct, de mon bras libre, je l'attire à moi. Ses doudounes s'écrasent contre mes nichounets. Je la savais dodue mais ne l'imaginais pas à ce point moelleuse au contact, ni aussi tiède et vibrante. J'étreins un instrument de musique vivant, organique, qui ne demande qu'à jouer sa mélodie. Nos fronts se frôlent. Je songe à prendre le risque d'entrouvrir ma cuirasse et lui ménager une place sur la passerelle qui mène à Neil.

MAYDAY. MAYDAY. MAYDAY.

Grrrr ! Tais-toi donc, Diablotine...

Le Cessna est en feu. Il pique du nez. Brutalement. Puis tel un caillou jeté du haut des cieux, dégringole en chute libre. Prises de panique, les commères se serrent fort l'une contre l'autre. Tremblantes. Yeux fermés. Unies dans une prière de la dernière chance. L'avionnette se rapproche du sol à une vitesse vertigineuse. Crash imminent.

Soudain, Evan se cabre et se dégage d'une vigoureuse poussée. Air hautain instantanément reprogrammé, elle toise l'agent.

Immobile à trois pas derrière nous, le gars observait notre duo avec une extrême attention ; il n'a rien loupé de nos effusions.

— Qu'est-ce qu'il a le *bobocop* ? rugit Boucles d'or. Il se croit peut-être au cinoche en train de mater une toile avec *la Divine Evangeline Labrie* ? Non ? Alors il se remet gentiment au taf, le *bobocop !* En avant !

Ah là là. Chassez le naturel. Il reviendra toujours au triple galop... Je plains le malheureux rabroué.

Bah, et nous alors ? proteste Diablotine. Mazette ! On n'a pas tutoyé la mort peut-être ? Il s'en est fallu d'un cheveu qu'elle nous embarque *manu militari*... et nulle compassion ? Nul réconfort ?

19 Forest Lawn

Peu de temps avant de quitter le Providence Saint Joseph, se pose la question de mon point de chute une fois sortie. Ce matin-là, Liam fait un crochet par le service avant de repartir s'immerger dans le bain vivifiant de *Dentelles & Rangers*. En dépit des récents aléas, l'aventure se poursuit, sans moi, à mon amer regret ; *show must go on*. Dans l'intervalle, une doublure badass a été embauchée pour me remplacer.

La bonne nouvelle : une excellente assurance me protège, qui va généreusement me dédommager, je n'aurai pas à me préoccuper dans l'immédiat d'éventuels soucis financiers. La mauvaise : il faudra tabler sur quatre bons mois au minimum avant d'envisager une reprise à peu près normale de mes activités de cascadeuse, or d'ici là le tournage sera achevé.

Liam capte ma profonde déception ; l'ambiance de ruche laborieuse des plateaux me manque tant... Il promet de me procurer un job pépère grâce auquel je serai en mesure de participer à la suite et fin de l'expérience cinématographique dont j'attendais monts et merveilles. Cela n'efface pas la désillusion, néanmoins mieux que rien.

J'achève de dévorer un brunch copieux tandis que Liam, adossé à la fenêtre, sirote un cappuccino de géant. De discrets vortex de vapeur se manifestent lorsqu'il porte le bock brûlant à ses lèvres. Autour de son visage enténébré de contre-jour ondoient de fines particules, planètes microscopiques d'une galaxie de poche dérangées par le mouvement.

— Hors de question que tu réintègres ton studio, me dit-il entre deux gorgées. Tu en as pour au moins trois semaines à garder ton bras immobile ; retourner chez toi sans personne pour te seconder, hormis une infirmière qui passerait quotidiennement en coup de vent et une aide-ménagère dépêchée au compte-gouttes, ce ne serait pas très raisonnable. Sans compter que ceux qui t'ont enlevée courent toujours et peuvent recommencer à tout moment. Que dirais-tu de poursuivre ta convalescence chez nous ? Tu resterais aussi longtemps que tu le souhaiterais, ce ne sont pas les chambres d'ami qui manquent... Et puis j'ai juré à ta *mommy* de prendre soin de toi...

Nous y voilà... Je sentais le bémol se radiner gros comme un camion. Après la douce lune de miel de nos retrouvailles, malgré sa promesse de ne pas me lâcher, Liam est devenu de plus en plus distant au fil des jours. À mon grand désarroi. Pourquoi ? Je l'ignore. Chaque fois que j'ai tenté d'aborder le sujet, il s'est dérobé, plus fuyant qu'une anguille, m'assurant d'un ton neutre que tout baignait.

— Merci, mais je ne voudrais surtout pas être un boulet pour le clan Jensen ; je me débrouillerai toute seule, j'ai l'habitude.

Il a fallu que j'assaisonne la réplique d'une dose massive d'acidité. Plus fort que moi. Cela dit, il ne l'a pas volé : le gueux aurait pu s'abstenir de me prodiguer du « chambres d'ami » ou « juré à ta *mommy* ». Grrrr... Je déteste quand il me traite en sœurette.

— Je t'en prie, Daphné, le prends pas mal. Reconnais que c'est la meilleure solution, non ?

J'appelle à la rescousse les réminiscences de l'offrande de maman lors de sa visite : le trésor de son réconfort. Au cours des futures semaines, je me serais bien vue savourer sans modération la présence de celle qui ne lésine pas sur l'amour maternel, me dorlotant, me rassurant, m'enveloppant d'une indéfectible tendresse. Elle devait hélas rentrer en France au plus vite ; le congé exceptionnel accordé avec moult réticence par son employeur ne pouvait excéder quatre jours.

La mort dans l'âme, ma mounette a déserté les States, rongée d'inquiétude à la pensée d'abandonner sa fillette chérie dans « un pays de sauvages, infesté des pires psychopathes de la terre, de bâfreurs de hamburgers et de biberonneurs de sodas ». J'apprendrai plus tard que son billet d'avion aller-retour en première classe était un cadeau de Liam. Hum... Très délicat de la part de môssieur je-gère-tout-à-la-perfection. Afin qu'elle s'envole l'esprit serein, il lui a donc juré de ne pas me perdre des yeux, de veiller en personne sur *le bébé* afin que rien de fâcheux ne mette à nouveau son existence en péril...

Si je décidais de séjourner chez lui, la besogne de *bodyguard* serait sans conteste facilitée et, par conséquent, sa promesse envers maman accomplie, contribuant à grandement la rassurer. Compte tenu de ces données, sa proposition, n'en déplaise à mes réticences, se révèle la moins mauvaise des solutions.

— Rappelle-toi ce que je t'ai dit : laisser le temps au temps de te retrouver, te reconstruire... Valable également pour moi... Ce sera plus simple si nous partageons le même toit, non ?

Le même toit, oui, mais pas le même lit ?

Daphné, ma grande, une chose après l'autre. Sois patiente... Les choses vont finir par s'arranger, parole de Sagesse. Ooommm... Ooommm...

Certes, certes... Mais... et si rien ne s'arrangeait ? parole de Diablotine. Chlac ! Chlac !

Sagesse, emmaillotée dans une toge safran, paupières closes et bouche en fleur, propage des ooommm vibratoires autour de sa personne tout en lévitant dans la posture du lotus au-dessus du miroir d'un paisible lac. Simultanément, un envol de gracieux hérons zèbre l'azur à l'horizon. Des essaims de libellules auréolent son crâne rasé de leurs ailes translucides tandis qu'une chorale de grenouilles, improvisée sur les bords du plan d'eau, coasse les notes sentimentales du *Jardin féerique* de Maurice Ravel.

Diablotine s'est sanglée quant à elle dans une combinaison de vinyle, luisant et visqueux tel du goudron liquide. Un collier de cuir réglisse hérissé de clous cercle son cou. Hissée au faîte de bottines à talons aiguilles, elle déambule d'un déhanchement outrancier sur les pavés moisis d'une obscure salle de torture. De temps à autre, elle s'attarde sous la voûte dévorée de salpêtre, soupesant d'un air connaisseur le manche de son fouet avant de l'actionner. À hauteur de son nez pendouillent des chaînes rouillées. Au bout de ces chaînes, d'antiques menottes entravant les poignets d'un piteux fantôme : l'ombre de moi-même. Le rire sardonique de Diablotine retentit à chaque flagellation infligée à la pauvre créature. Un feuillet de parchemin épinglé à la loque lui tenant lieu de camisole barre son torse, sur lequel s'exhibe mon nom calligraphié en lettres gothiques ; au cas où je ne pigerais pas que le supplice m'est destiné.

Je ne sais plus quoi penser ni espérer. Je me montre sans doute trop exigeante, il serait judicieux de suivre le conseil de Sagesse : une chose après l'autre.

— O.K., Liam, on fera comme tu veux.

Il hoche la tête, soulagé que je lui rende la besogne moins ardue en ne contestant pas sa suggestion. De mon côté, bien obligée de faire contre mauvaise fortune bon cœur.

J'éprouve le sentiment amer que nous avons tous les deux bel et bien changé. Pire encore : que notre histoire s'égare. Et que, si toutefois nous parvenons à la remettre sur les rails, elle ne roulera plus jamais comme avant. En l'état actuel de la situation, prévoir avec un taux d'exactitude de cent pour cent ce que l'avenir nous réserve relève de la fiction... Peut-être devrais-je anticiper... et me préparer d'ores et déjà à rester stoïque, au cas où ?

Le compte à rebours précédant le décollage du Providence a commencé... Plus qu'une interminable journée, additionnée d'une ultime nuit, à poireauter avant ma libération...

Affalée dans le plume, index naviguant sur la zapette pour tuer le temps de canal en canal, je tombe sur le dernier *America This Morning* de la matinée. L'incontournable JT de la chaîne ABC diffuse les extraits d'un reportage dont la vision me scotche littéralement d'épouvante aux oreillers ; par écran interposé, j'assiste à un spectacle tout sauf ordinaire : les funérailles de Christian Turner ! L'indésirable a dégoté depuis l'au-delà le moyen de revenir me tourmenter, ses maléfices reprennent du galon.

Implacables, les images processionnent devant ma tronche de poupée de chiffon sous ecstasy, commentées par la voix solennelle du journaliste chargé de couvrir l'événement. Je devrais changer de chaîne, barrer le chemin une fois pour toutes à cet oiseau de malheur. Je devrais... mais je ne peux pas. Impossible de me détacher du poste. Une pulsion morbide me pousse à ingurgiter le différé du digest de l'inhumation, entrecoupé de longues plages de pubs...

Un cordon de sécurité a été mis en place à l'entrée du cimetière afin de contenir l'animosité d'une foule grondante, attendant le cortège de pied ferme et bien décidée à ne pas faire de cadeau au défunt. Mon bourreau ne mérite certes pas d'être traité avec les honneurs, mais de là à se laisser posséder par tant de haine aveugle...

Les véhicules de la colonne funéraire pénètrent à la queue leu-leu dans l'enceinte de la vaste nécropole de Forest Lawn, située à mi-parcours entre Burbank et Los Angeles. La scène a été en partie filmée depuis les airs par un drone – on distingue son ombre sur le parcours emprunté par le convoi. Le rassemblement des citoyens hostiles demeure refoulé derrière les grilles rapidement bouclées. J'entends de façon très distincte les flots d'injures proférées par ces messieurs-dames *bien sous tous rapports*. La folie collective, imprévisible, toujours incontrôlable, me terrifie de longue date. Dans des circonstances exceptionnelles, il suffit d'une étincelle pour que des êtres humains lambda, doux agneaux au quotidien, se transforment subitement en chacals assoiffés de sang, prêts à lyncher leur prochain. Auto-persuadés de leur bon droit, ils se confortent avec force dans le credo d'agir avec justice.

Comme moi ?

Ma vue se trouble... Et soudain... Turner se manifeste. Vivant. Épouvantail dressé au pied du paddock, la pesanteur de ses poings serrés distendant les poches de la sempiternelle blouse. D'un coup, le cadre de la prison souterraine se matérialise et se superpose au décor ambiant. Avec une déroutante facilité... Mon rythme cardiaque part en live. Je respire et déglutis avec difficulté, gorge broyée sous le gant de fer de l'angoisse. Bordel. Faut que je bouge... Secoue-toi, Daphné ! Du nerf ! *C'mon girl* !

Je me mets sur mon séant. Mouvement simple, qui me bouffe pourtant une quantité phénoménale d'énergie. Cela en vaut néanmoins la peine ; l'indésirable apparition frissonne et, à mon grand soulagement, se dissout graduellement tandis que la réalité environnante se restaure par touches, d'abord confuses, puis se précisant à mesure qu'elles s'imbriquent les unes dans les autres, nuances d'un tableau qui se peindrait lui-même.

Enfin, émersion dans le giron rassurant de la chambre reconstituée. Les miasmes du cauchemar éveillé se sont en intégralité volatilisés. Je respire... Un filet de sueur glacée dégouline le long de mon échine, vestige résiduel du malaise aussi pénible qu'inopiné. Machinalement, je me reconnecte à l'écran...

On distingue à présent le fourgon mortuaire et son cortège de berlines, garés à proximité d'un caveau béant encadré par un quatuor de plaques moquettées imitant le gazon. Un public réduit patiente, ses membres éparpillés au gré des sièges disposés de part et d'autre du trou censé engloutir Turner pour toujours.

Tiré hors du corbillard, le cercueil glisse sur le chariot high-tech qui le pilotera jusqu'à son ultime demeure. À ce stade, je n'écoute plus les commentaires. Seules les images m'attirent et m'absorbent. Je contemple, fascinée, les agents des pompes funèbres, les rares personnes de l'assemblée costumées de deuil, les véhicules du convoi macabre : ensemble de taches noires jurant avec le décor, souillures sur l'émeraude tendre des pelouses.

Après une cérémonie succincte célébrée par un prêtre catholique (autre tache noire) à la façon d'un fier maestro dirigeant depuis son pupitre une symphonie sépulcrale, la bière descend dans la tombe au moyen d'un ingénieux dispositif automatisé. L'homme que fut Christian Turner disparaît, séquestré pour l'éternité dans une splendide boîte en chêne massif verni, serti de dorures alambiquées. Et c'est moi, l'unique responsable de son escamotage définitif...

Alors que le résultat de ma rébellion, dictée *in extremis* par mon refus de mourir, s'enfouit à jamais sous terre, des bribes de ma violence passagère remontent à la surface. Mes pires cauchemars me rattrapent. La culpabilité se joint à eux. Je ne me pardonne pas d'avoir perdu mon sang-froid. Je ne me pardonne pas d'avoir basculé. Je ne me pardonne pas d'avoir assassiné un de mes semblables, quand bien même ma propre vie en dépendait...

J'en ai assez vu, assez supporté. Submergée de pixels et de sentiments contradictoires, j'éteins le poste et me pelotonne dans les couvertures.

L'après-midi entame sa ronde.

Tic, tac.

Tic, tac.

Ensuite, viendra la nuit.

Tic, tac.

Tic, tac.

Quelques heures à faire le poireau et je quitterai ce havre où, plus ou moins distraite par le manège rodé des soins et des visites, j'avais quasi réussi à maintenir à distance les fantômes de mon enlèvement.

Au-dehors, l'inconnu m'attend.

Les spectres aussi.

20 Bibelot

S'écoule une nuit à scruter l'obscurité, yeux endoloris à force de les écarquiller. Une nuit sur le qui-vive, à l'affût des bruits. Une nuit à inhaler les relents incommodants du service, exacerbés dans le noir.

Tic, tac...

Tic, tac...

Des rais furtifs s'insinuent entre les lames des stores. Les lueurs grises de l'aube s'invitent comme une délivrance. Je me détends vaguement à la pensée que la chaude et pleine lumière du jour ne tardera pas à déverser ses flots, chassant les fantômes jusqu'au prochain coucher de soleil.

Cliquetis timides. Lointain brouhaha. Le service s'éveille par touches sonores, de plus en plus distinctes et rapprochées à mesure que s'organise le branle-bas de combat d'une journée ordinaire en milieu clinique.

Des armadas de fourmis grouillent dans mes membres. Je me lève et file à la salle de bain. Coup d'œil dans la glace : la chair autour de la blessure persiste à arborer une teinte bleu-violacé, auréolée en périphérie d'un liseré blafard. Ma senestre ne vaut guère mieux ; malgré les légères rotations du poignet que je m'astreins à effectuer quotidiennement, elle ne se départit pas d'une tendance gênante à gonfler et s'ankyloser.

Lors d'une visite de contrôle, l'interne au look de basketteur s'est toutefois voulu rassurant : en dépit des apparences, la consolidation suit son cours normal. Progressivement, tout rentrera dans l'ordre, m'a-t-il garanti ; à mézigue de jouer la patiente modèle, de lutter contre la tentation de mettre la charrue avant les bœufs.

Usant de mille précautions (au bout d'une semaine, le moindre mouvement déclenche encore des douleurs lancinantes), je m'abandonne aux jets d'une douche brûlante.

Au sortir de la cabine, je me sens presque une femme neuve. Maladroitement assistée de ma paluche valide, j'enfile les vêtements apportés la veille par Liam. Mmmh... ineffable délice que de glisser les cuisses dans la seconde peau d'un bon vieux jean déchiré... Dans la foulée, je m'escrime à recouvrir sommairement d'une épaulière le bras souffreteux. Ensuite, plus qu'à faire les cent pas en guettant l'irruption des aides-soignantes lève-tôt. Elles achèveront de fixer le harnachement.

La matinée se déroule avec une exaspérante lenteur de film au ralenti. Inlassablement, je tourne en rond à ronger mon frein. Les mollets me démangent, j'ai du mal à tenir en place, à respirer. Le ferment de cette nervosité ? La nostalgie par anticipation de la chambre-cocon, nostalgie à laquelle se mêle l'angoisse de la confrontation prochaine avec l'hostilité du dehors.

Peu après 11 heures, une infirmière vient me remettre le dossier de sortie. Le flegme dont elle barde ses explications contraste cocassement avec mon état d'ébullition. Tout est en ordre. *Yes !* Le bout du tunnel s'esquisse…

Une saison en enfer plus tard, Liam déboule enfin, flanqué d'Evangeline, du lieutenant Colomba et de deux policiers en uniforme. Je m'étonne qu'il ne soit pas seul.

— Ils me prêtent main forte, justifie-t-il. T'as pas idée de ce qui t'attend, Daphné ; les médias ont eu vent de ta sortie et leurs hordes d'envoyés sont massées devant l'entrée, à l'affût de ton apparition.

— Hé là ! J'ai aucune envie d'avoir affaire à ces chacals, moi ! Pas maintenant.

— Bienvenue au club, bichette ! ricane Evan. *Fame ! I'm gonna live forever… Remember my name* [32]… *And so on.* Ça commence, tu dois t'y préparer, le plus tôt sera le mieux.

Oh bordel. Voilà autre chose à gérer et digérer. À vrai dire, je ne m'estime pas de taille à affronter la meute des journalistes dans les secondes à venir. D'ailleurs, le serai-je un jour ?

Un infirmier rapplique sur ces entrefaites, manipulant un VHP. Courtois, il m'invite à y prendre place. Je ne comprends pas pourquoi.

— Merci mais je n'en ai pas besoin, je peux marcher.

— Désolé, miss Roussel, c'est le règlement. Le jour de votre sortie, l'hôpital est responsable de vous, et cela jusqu'à ce que vous quittiez ses murs. Juste une bête question d'assurance.

---

[32] *Fame* : chanson de 1980, co-écrite par Michael Gore et Dean Pitchford, composée par Michael Gore et interprétée par Irène Cara. Extraite de la BO du film d'Alan Parker, *Fame,* sorti la même année.

— Laissez, intervient Liam. Je me charge de faire asseoir miss Roussel dans ce fauteuil et de la conduire à l'extérieur.

Il me fixe d'une mine implorante, puis ajoute à l'attention du soignant : « Vous savez, j'ai l'habitude... »

Émue. Ébranlée. Saisie d'un tremblement intérieur que j'espère indécelable, j'obtempère. De mauvaise grâce, mes fesses investissent l'assise en skaï noir de l'engin à roulettes. Sitôt installée, je manque d'air, aussi à l'aise qu'un poisson piégé sur un banc de sable à marée basse. J'éprouve ce que doit éprouver toute personne touchée par le handicap, qu'il soit physique ou mental : la très dérangeante impression de se retrouver abominablement diminué, dévalorisé. À une nuance près : dans mon cas, le malaise se dissipera d'ici peu, dès que je me serai remise debout... Je me sens proche de Neil comme jamais... Où ce gosse et tous les autres estropiés de la vie puisent-ils l'énergie et le courage de surmonter de telles conditions de survie, si dégradantes ?

Mi-compatissante, mi-amusée, Evangeline me tapote l'épaule, puis sans un mot, se charge de mes maigres affaires. Notre équipage est fin prêt à entreprendre la fastidieuse descente dans les enfers journalistiques.

Couloir.

Ascenseur.

Couloir.

Hall d'accueil.

Le seuil des portes automatiques dépassé, sans demander mon reste je m'extirpe du siège au fond duquel je n'ai cessé de me tortiller, les fesses sur des charbons ardents. Soulagement, hélas de bien trop courte durée ; lestée de son pesant de désagréments, la suite des événements se précipite...

Obéissant d'instinct à un élan commun de protection, mes gardes du corps improvisés se positionnent en cercle autour de moi afin de sécuriser la traversée du parvis.

Simultanément, le Cherokee se profile sur la desserte à l'entrée du bâtiment, piloté par un Jeremy modèle tignasse et barbe rousses. Il stoppe au bas de l'escalier. Agglutinés sur les marches entre le véhicule et notre groupuscule, des bataillons de mercenaires de l'info se tiennent prêts à se piétiner sans pitié pour décrocher la primeur d'un scoop.

« La voilà ! La voilà ! »

Appareils reflex en action, déluge de crépitements.

Par vagues oppressantes, les journalistes déferlent sur notre sextuor.

Liam prend le commandement de l'expédition. Il fonce dans le tas et ouvre une brèche dans laquelle nous nous engouffrons illico. La troupe ennemie bat en retraite ? Que nenni ! L'étau se resserre au contraire autour de notre frêle esquif, tandis que fusent les questions, une forêt de micros hérissée au-dessus de nos caboches.

Tant bien que mal, nous progressons, jouant des coudes contre le ressac acharné, opiniâtre, des envoyés spéciaux. Le tout-terrain n'est plus qu'à deux tout petits pas. Les plus difficiles...

Enfin, nous y sommes !

Dans l'intervalle, Jeremy s'est empressé de descendre ouvrir les portières.

Faisant barrage de son poitrail aux vagues hurlantes, Liam me soustrait à leur pression, me pousse sur la banquette arrière puis embarque à son tour à mes côtés. Le besson reprend rapidement sa place au volant tout en incitant sa dulcinée à se grouiller de le rejoindre. Au lieu de s'exécuter sans discuter, Lady Glagla pivote d'un demi-tour sur elle-même et se confronte avec un flegme olympien à la curiosité dévorante de la meute.

— Un peu de compréhension, *ladies and gentlemen,* je vous prie. Miss Roussel répondra bientôt à toutes vos questions, promis. Là, elle a besoin de récupérer. Je sais que vous allez vous montrer des anges, n'est-ce pas ? et respecter son repos, bien évidemment temporaire.

Un grondement s'élève. Evangeline l'ignore. Stoïque, poitrine bombée, la Superbe brave la foule avec hardiesse. En compensation de la vilaine frustration irritant les malheureux reporters, elle accepte de soumettre son minois au mitraillage de leurs reflex sous toutes les coutures, longuement, avant d'enfin se décider à grimper auprès de Jeremy.

Le 4 x 4 démarre aussitôt et amorce un départ au ralenti, entravé par des traînées d'irréductibles agrippés aux pare-chocs tels des Picsou à leurs coffres-forts. Un par un, notre *driver* s'échine à leur faire lâcher prise. Opération laborieuse ; pas facile d'arracher un nonosse des crocs d'un traqueur de scoops.

Au sortir du parking, un dernier paparazzi collé à nos basques déclare forfait. Pas trop tôt. Délesté de ses indésirables casseroles, le véhicule prend de la vitesse. Bientôt, les contours du complexe s'effacent dans notre sillage...

Nous traversons le *downtown* à une allure de paresseux, bridés par des feux rouges sournois et des bouchons démesurés, à tel point que l'on jurerait s'éloigner du but au lieu de s'en rapprocher. Comme si Valleyheart Drive était un lieu où l'on n'arrive jamais.

Lorsque des siècles plus tard notre *Dream Team* parvient à rallier la résidence des Jensen, impossible de rater les gazetiers qui là aussi font le pied de grue, en léger retrait des habituels troupeaux de groupies. Égales à elles-mêmes, ces dernières se ruent en bloc sur le Cherokee. Quelle n'est pas ma surprise de les voir s'amasser contre ma portière en scandant : « Daphnie ! Daphnie ! Daphnie ! » Derrière le verre fumé de notre compartiment ne se distinguent que des silhouettes confuses ; comment diable ont-elles décelé ma présence ? Mystère...

Liam se penche sur moi. Oh oui... Oh oui... Les effluves de son parfum ambré embaument mes pommettes, les embrasent de fleurs de feu. Mmmh... S'il s'écoutait, mon ego de midinette tomberait en pâmoison.

« *Now,* c'est toi la star », me roucoule-t-il à l'oreille.

Chair de poule. Boum-boum sous les côtes. Frisson brûlant sur la nuque.

Il se redresse, beaucoup trop vite à mon goût, et me décoche une œillade taquine. Arf... J'envie sa désinvolture... J'aimerais jouir de la faculté de considérer tout ce qui m'arrive avec autant de légèreté. J'aimerais...

Les reporters, à présent mêlés aux fans, tentent avec eux de retenir le Cherokee. Jeremy force le passage. Basculement en mode apnée.

Je ne regagne un semblant de souffle qu'une fois les grilles franchies et refermées derrière nous. Sans autre encombre, Jeremy roule jusqu'à l'abri couvert et manœuvre en vieil habitué des lieux afin de se garer.

Le tout-terrain immobilisé, nous évacuons les sièges et reprenons contact avec le sol. Pour ma part, avec difficulté : mes jambes accusent une si grande faiblesse qu'on les croirait appartenir à une vieillerie âgée de plus de mille ans.

Après le séjour en milieu hospitalier puis le trajet dans le Cherokee, l'un et l'autre climatisés, la touffeur pesante de l'extérieur me rattrape d'un coup ; je respirerais dans un sac en plastique, la sensation de suffocation serait identique.

Le sentier montant au pied-à-terre déroule son ruban de gravillons sous les pieds de notre quatuor en marche. Rien n'a changé dans le paysage, tout se redessine comme dans mes souvenirs... Je prends sur moi pour soutenir l'allure de mes compagnons.

À mesure que nous progressons, une émotion perturbante m'imprègne, semblable à celle, teintée d'un soupçon d'angoisse, ressentie par la seconde Mrs de Winter dans l'incipit de *Rebecca*, roman de Daphné du Maurier... *J'ai rêvé l'autre nuit que je retournais à Manderley. J'étais debout près de la grille devant la grande allée, mais l'entrée m'était interdite, la grille fermée par une chaîne et un cadenas.*

Cherchant à dissiper au plus vite le trouble malvenu, je m'évertue à focaliser mon attention sur le panorama de verdure à l'entour, tracé et domestiqué par la main de l'homme.

Douce nature… Le soleil irradie son miel haut dans le ciel. Le sirop ambré infiltre la voûte des frondaisons et se répand sur nos cailloux, baume chaleureux, avant de rebondir en friselis de pièces d'or sur les graviers du chemin.

Joueuse nature… De part et d'autre de la piste ainsi balisée de lumière, on jurerait que les massifs de cactées tentent à qui mieux mieux de capter nos regards en se battant sur le green à coups de grappes chamarrées. En arrière-plan, l'eau de la cascade cabriole sur les pierres moussues, rafraîchissant de son bruissement joyeux le décor échauffé.

À mi-parcours, l'espace d'un battement de cil, j'entrevois l'ombre frêle de Consuelo postée sur la terrasse de l'entrée principale. Simple mirage. Capable néanmoins de précipiter mon pouls dans une cadence infernale ; on ne se débarrasse pas d'une peur aussi facilement qu'on effacerait un trait de craie…

Dès le vestibule investi, Evangeline et Jeremy optent pour s'éclipser, jugeant sans doute charitable de ne pas parasiter plus longtemps notre intimité. Mais Liam n'en profite pas, il s'empresse au contraire de me piloter jusqu'à la fameuse chambre d'ami, comme il le ferait avec n'importe quel autre invité.

Patience, ma grande… Laisse le temps au temps.

Prenant sur moi, ce coup-ci pour ne pas broncher, brave petit soldat résigné, je lui emboîte le pas.

Le futur chez-moi temporaire se niche dans le pavillon opposé à celui regroupant les quartiers des jumeaux. Trait d'union entre les modules, le vaste patio. Je connais déjà le logement que l'on m'attribue avec tant de générosité, pff... carrément un appartement, dix fois plus spacieux que mon studio, visité lors de ma première venue en compagnie d'un guide qui me comblait à l'époque des attentions les plus délicates, les plus amoureuses.

Liam s'assure que l'endroit me convient et que je ne manque de rien, puis prétextant que je m'organiserai mieux sans l'avoir dans les pattes, se retire sans tarder. Je ne bronche toujours pas.

Liam évaporé, un silence lourd et visqueux, réplique presque parfaite de celui qui régnait dans la geôle souterraine, abat ses tentacules aux quatre coins du logis intérimaire. Sans aucun bruit auquel me cramponner, je chancelle. L'environnement immédiat se dérobe à la matérialité, devient inconsistant. Étourdissement. Mon sang cavale à bride abattue, dégringole dans les talons. Pris de faiblesse, les genoux se mettent à flageoler. Seigneur... Je vais m'écrouler... Tempête à l'horizon. Le piteux navire Daphné Roussel tangue et roule sur une mer agitée. À bout de vigueur, je parviens néanmoins, non sans tituber, à rallier le canapé et m'affaler sur les coussins avec la prestesse d'une vieillarde percluse de rhumatismes.

Soupir.

Nuque renversée sur la têtière, je masse longuement mes paupières fatiguées. Les frottements répétés finissent par générer un effet de kaléidoscope, un feu d'artifice sidéral qui me propulse dans la quatrième dimension. Il neige des étoiles sur mon paysage intime. Mes ténèbres se constellent de galaxies éphémères. Les pensées fléchissent, se laissent distraire par la valse flashy de ces flocons stellaires voletant vers l'inconnu.

Peu à peu, tangage et roulis s'atténuent... La tourmente s'éloigne, cesse de ballotter mon rafiot. Vaisseau Roussel toujours à flot. Pour combien de temps encore ? La coque prend la flotte de toutes parts, je n'ai rien pour écoper. Et quand bien même me fournirait-on de quoi conjurer un naufrage, en aurais-je seulement l'énergie ? la volonté ?

Allons ! Bouge-toi, ma grande. Courage...

Mmh... Pas envie, Sagesse...

Oh ! Pas digne de toi, ça !

M'en fous.

Nouveau soupir.

Je me relève, à moitié seulement, et d'un œil ébloui de miroitements résiduels, balaie les abysses du décor dans lequel on m'a enchâssée tel un vulgaire bibelot...

Comment, pourquoi lutter ? À quoi bon le luxe de cette immensité si je dois m'y sentir seule au monde ?

Le futur proche promet autant de délices qu'un pot de *Ice Cream* Ben & Jerry's désespérément vide. Que Sagesse s'épuise à me secouer si ça lui chante, rien n'y fera...

Un découragement d'une insondable profondeur commence à me gagner. Les chipies colocataires n'auront, je le crains, pas d'autre choix que composer avec cet indésirable squatteur durant un bail à durée indéterminée.

21 Paillettes dans les brumes

À compter de mon installation chez les Jensen débute une phase pour le moins bizarroïde, dont le long et fragile cordon se délie entre brumes et paillettes. « Brumes » ou les pesants tourments post-traumatiques. « Paillettes » ou les petits bonheurs montant vaillamment aux créneaux combattre l'amertume.

Souvenirs, souvenirs... Lorsque j'y songe, les intermèdes « paillettes » se manifestent sous la forme d'un point noir surgissant au centre d'un écran imaginaire. Un point qui tourbillonne à une allure vertigineuse. Un point qui enfle, se déploie, s'amplifie jusqu'à figurer un tourniquet de journaux dont les pages sont remplies des articles de presse parus à mon sujet ou des photos prises au cours des émissions dans lesquelles je suis invitée – tout le monde veut savoir par le menu ce que j'ai enduré et comment je m'en suis sortie. Ma fabrique à *memories* excelle à user de ce stratagème visuel utilisé dans le cadre de nombreux courts ou longs-métrages, symbolisant aussi bien la fuite du temps qu'une succession d'événements. Dingue : j'aime tant le septième art que même les évocations « paillettes » de mon récent passé s'apparentent à des trucages cinématographiques.

À l'origine des virevoltants feuillets m'entraînant dans leur maelstrom : Evangeline Labrie, *the Partner*. Notre association, toutefois, ne remonte pas à la veille ; j'ai en effet pas mal cogité et tergiversé avant de me hasarder à lui céder un anorexique pourcentage de ma confiance. Pour l'instant je n'ai pas à le regretter car de son côté, elle tient ses promesses.

Dès ma décision arrêtée, la Divine m'a prise sous son aile. Elle me coache depuis comme une championne afin que, propulsée dans l'arène journalistique, j'évolue le plus à l'aise possible face aux fauves assoiffés de sang audiovisuel. Plateaux TV, studios ou salles de conférences ? Grâce à elle, même pas peur. Elle m'enseigne entre autres à gérer les pires vacheries de certains intervieweurs, spécialistes émérites de la mise en boîte.

— Go ! Go ! Go ! Bichette ! Snobe la douleur quand les piques t'atteignent, réplique du tac au tac avec les reparties que je t'ai apprises. Elles feront mouche à tous les coups, parole de tata Glaçons.

Quand elle se vantait de connaître les bonnes personnes partout, elle ne mentait pas ; avant de lui confier les rênes de mon avenir médiatique, les chances de participer un jour à l'un de ces shows extravagants dont le public américain raffole – le *Jimmy Kimmel*, par exemple – égalaient le zéro absolu. Par l'entremise d'Evan, cela deviendra bientôt une réalité, guettée de pied ferme ; notre tandem prend soin d'affûter les armes plutôt deux fois qu'une.

C'est également elle qui a murmuré à l'oreille des prods de profiter de l'engouement des réseaux sociaux pour mon histoire. Pouvaient-ils rêver meilleure publicité gratuite ? Elle n'a pas eu à insister lourdement, les loups d'Hollywood avaient déjà flairé le marché à fort potentiel. Les idées n'ont pas tardé à fuser, telle l'inclusion de mon personnage dans leur gamme de produits dérivés – un projet de poupée Barbie à mon effigie est carrément à l'étude !

#RangersGirl...

Me voilà donc bombardée modèle à suivre. Moi. Troublante expérience... Partout dans l'État californien et même au-delà, des milliers de nanas veulent compléter leurs tenues de bottes militaires, copies conformes de celles que j'arbore dans le film. Les chausseurs peinent à suivre le rythme des demandes en avalanche, les ruptures de stock se multiplient...

Régulièrement, des concours non officiels de lancers de Rangers s'organisent. Lacets solidement noués par paires, il suffit d'un câble dans les airs et hop ! à celui ou celle qui relèvera le défi et parviendra à accrocher ses pompes du premier coup, au grand dam des compagnies de télécom et électricité obligées, sur l'ensemble du territoire, de débarrasser au plus vite les fils des ribambelles de grolles catapultées par des hordes de plaisantins. Les vidéos immortalisant tant les succès triomphaux que les ratés piteux, hilarants pour la plupart, pullulent sur les écrans du net. Surfant sur ce divertissement toujours plus en vogue, la production de *Dentelles & Rangers* a décidé d'instaurer son propre show.

Le spectacle se déroule un soir à Los Angeles, sur le tronçon central du Walk of Fame, le célèbre trottoir serti de deux mille six cents étoiles et des poussières. Jamais je n'oublierai l'ambiance irréelle et factice des lieux, issue du mariage pas toujours heureux du foisonnement de néons multicolores avec le défilé des bâtiments hétéroclites sur Hollywood Boulevard, la majorité d'entre eux dédiés au septième art. À y regarder de plus près, juste un décor naïf de carton-pâte...

À tour de rôle, les membres de notre staff au grand complet viennent s'essayer à balancer des godasses. Pour l'occasion, des filins ont été tendus entre les palmiers balisant l'avenue. Les jets se succèdent en musique, crachée par un jeu d'enceintes frontales monumentales trônant de part et d'autre du podium exclusivement réservé aux participants. Canalisés derrière des barrières gardées par un cordon de gorilles, les fans exultent de liesse en continu. Grimé en roux, Liam s'est fondu dans la masse. Il a volontiers cédé l'incarnation de leur alter ego de cinoche à son frangin, nettement plus habile aux jeux d'adresse.

Lorsque le Ken grandeur nature qui anime la soirée annonce Bradley Hammer au micro, un frisson d'hystérie électrise la foule et les groupies les plus fanatiques s'écrasent en hurlant contre les barricades au risque de s'évanouir étouffées. Imperméables au bouillonnement déferlant dans leur dos, les téméraires privilégiées du premier rang, haut perchées sur les barres des garde-fous de métal, jettent leurs bustes en avant en vociférant à qui mieux mieux, mains exagérément tendues dans l'espoir de caresser l'idole. Paré à jouer le jeu, Jeremy, beau tel un gladiateur de foot américain, descend dans l'arène défier les bêtes humaines. Sur son passage retentissent des supplications éperdues. Cahin-caha, il s'achemine vers le câble. Les frôlements des adoratrices assoiffées d'autographes et babioles en offrande ralentissent son parcours. Se prêtant avec charme et complaisance aux attouchements enfiévrés ou s'y dérobant avec plus ou moins de douceur, il distille du rêve sans pour autant payer à fond de sa personne.

La zone de tir enfin rejointe, d'un lancer épatant de virtuosité tranquille, il suspend ses Rangers à la corde. Flashes, tonnerre de rugissements et rafales d'applaudissements. J'aurais dû prévoir des boules Quies... Au moment de remonter sur l'estrade, plus que je ne l'entends le marmonner, je devine sur ses lèvres un « À toi, *honey* ! » adressé à sa *girlfriend*.

« Hé, la *Frenchie* ! Admire l'artiste, prends-en de la graine ! » braille Blondie à mes tympans sursollicités avant d'emprunter à son tour l'itinéraire du combattant adulé.

Se faufilant au bas de la scène, front altier, reins cambrés et poitrine bombée à la Mae West, elle s'avance sous les vivats de l'assistance, sûre d'elle. À l'instar de Jeremy, Icon Maiden se fend d'échantillons de rêve en veux-tu, en voilà, sa proximité avec le public soigneusement sous contrôle.

Parvenue à destination, elle vise la cible, sans la moindre hâte, un œil fermé et la bouche bée. Elle ne se décide à lancer sa paire que lorsqu'elle estime la foule déchaînée à point. Lestés d'une mollesse à la Salvador Dalí, les godillots prennent leur envol, frisent le fil... et... retombent, pitoyables crottes, sur le trottoir de granito anthracite moucheté de blanc. Les spectateurs explosent à l'unisson d'un fou rire libérateur. Hébétée, submergée d'incrédulité, la godiche se reprend en un éclair et retourne à sa place. D'une démarche de reine. Sans le moins du monde se presser. Plus hermétique aux railleries et quolibets qu'une boîte Tupperware.

À mon tour de dévaler les marches du podium et foncer droit vers les palmiers. J'esquive avec soin tout contact physique ; pas encore prête à m'immerger dans un bain de foule. Tout juste si je daigne octroyer une poignée d'autographes. La distance instaurée ne tempère nullement l'enthousiasme des fans, l'exacerbe au contraire.

Objectif rapidement atteint... Pieds joints devant l'étoile rose de Marilyn (Monroe, cela va de soi), je m'efforce d'ignorer la double arche jaune frite du logo inratable à ma droite, celui qui surplombe le McMachin réputé le fast-food le plus crade de toute la Côte ouest... et principal sponsor de la *party*. Les spectateurs retiennent leur respiration. Plus personne n'ose moufter. Comme dans un *sweet dream*, mes Rangers, mues par une magie invisible, s'élèvent dans la noirceur zébrée de néons du firmament, décrivent une rotation de *spinner* au ralenti et s'enroulent autour du câble... sans accroc !

Yes ! Et toc ! T'as vu, Evan, cette action sans bavure, ce modèle de joliesse ? Prends-en de la graine...

La liesse éclate dans un grondement assourdissant, couvrant la sono qui dégueule à plein tube *I will survive,* version Gloria Gaynor. Pas peu fière de moi, je rejoins mes collègues à pas lents. Bras levés à la *Million Dollar Baby...* sans les gants de boxe, je salue l'assistance. Gniark, gniark, gniark ! Si je m'écoutais, je me lâcherais dans une danse country de tous les diables alors que je déteste ça...

À la fin, les cordages évoquent une portée musicale dont les bottes, propulsées et parvenues à bon port, figurent les notes. Les godasses seront ultérieurement décrochées, bardées d'autographes et adjugées aux plus offrants lors d'une vente aux enchères au profit de l'association Handicap International, programmée dans l'enceinte du Grauman's Chinese Theater.

Séquence « paillettes » close...

Entrouvrons le volet « brumes » flanqué du panel d'ombres inhérentes à cette époque.

Elles hantent pratiquement toutes mes nuits, prenant la forme d'idées noires que je rumine sans répit, ou de cauchemars qui me précipitent *manu militari* dans le cachot souterrain, générant l'illusion d'être toujours prisonnière. Fréquemment, j'échappe en sursaut au sommeil avec la vision des yeux morts de Turner fixés sur moi... La brûlure infligée à mes paumes renaît alors de ses cendres et s'attise aussi sec, la cheville m'élance comme si une menotte la cerclait toujours. Des heures durant, les douleurs me tiennent éveillée...

Longtemps, je tente de me remettre à vivre comme si tout baignait. Comme s'il ne s'était rien passé. Comme si je n'avais assassiné personne. Peine perdue. Le sentiment de culpabilité qui s'est insinué en moi peu après mon acte, loin de se dissiper, s'épaissit inexorablement au fil des jours. Je m'avoue déconcertée que personne, à aucun moment, n'ait jugé bon de revenir sur mon crime – en ce qui me concerne, c'en est un. Chacun semble considérer on ne peut plus normal que je me sois défendue ; c'était Turner ou moi, point barre. Tout paraît si évident énoncé par des bouches étrangères, qui plus est coutumières de la culture des armes et de l'autodéfense. Trop simple. J'ai beau faire, impossible d'adhérer à la conviction générale.

À l'évidence, des cordes se sont abîmées au cours de ma villégiature imposée dans le sous-sol de la centrale et je ne sais pas comment les rafistoler. Je crois que j'ai vraiment besoin d'aide ; la tentation de redevenir une sociopathe de très haut niveau me tarabuste tellement fort...

En désespoir de cause, j'envisage de m'en remettre à la psy recommandée par Evan.

22 Cerisaie en fleur

Une semaine s'est écoulée depuis mon exil dans la *chambre d'amis*. La spécialiste des maux de l'âme propose de nous rencontrer un après-midi, entre deux consultations. Elle exerce à son domicile, la partie cabinet occupant l'entière surface du niveau 1 de son duplex situé sur Victory Boulevard, en plein centre du quartier de North Hollywood.

En me rendant à sa permanence où défilent quasi non-stop des cortèges d'esprits perdus, pour ne pas dire tordus, je me figurais un décor vieillot et studieux, cerné de bibliothèques de style victorien bondées de livres anciens, voire antiques ; de ceux reliés de cuir brun, vert ou grenat, avec un dos arrondi parcouru de nerfs dont la dorure s'efface presque à force de manipulations. À la place de ce cadre archi-classique, une ambiance zen, issue de l'improbable mais néanmoins délicate union du minéral avec le végétal, avec en arrière-fond le chuchotis paisible d'une fontaine à eau. Aucun rayonnage, du moins apparent, seulement un ordinateur composé de matériaux translucides, installé sur le plateau en verre d'un vaste plan de travail.

Sarah Collins s'harmonise à la perfection à la sobriété de son univers : doux miroitement des iris vert mousse au creux de ses paupières en amande, nez fin, lèvres sereines rose thé, épaisses boucles auburn lâchées sur des épaules déliées, tunique et pantalon de lin écru, amples et dépourvus de toute pièce métallique, ballerines assorties. Unique entorse à ce souci de dépouillement : un collier à triple rang de perles d'ambre.

D'une arabesque empreinte de grâce placide, elle allume un bâtonnet d'encens sur la console de pierre grise accolée à l'entrée de son cocon. Puis m'invite à me lover dans un moelleux fauteuil habillé de motifs cachemire. Elle-même s'enfonce dans une bergère revêtue d'un tissu similaire, face à moi. Une table basse en ébène aux pieds recourbés s'interpose entre nous, sa surface incrustée d'un paysage naïf de nacre japonais : une cerisaie en fleur sur fond de mont enneigé.

— Parlez-moi de votre si beau pays, Daphné…

Elle a la voix, caressante et posée, de ceux qui ne sont jamais pressés, de ceux qui ne passent pas leur temps à courir, de ceux qui savent observer et écouter autrui, armés d'une patience inépuisable.

Je fonds en larmes.

Sans se démonter, Sarah se penche en avant et pousse vers moi la boîte de mouchoirs posée sur la gravure de nacre. Les ramilles opalines des fruitiers scintillent derrière le rideau de mes sanglots, leur entrelacs éclaire le bois sombre du plateau. Loin de jouer le rôle d'un séparateur, la table se révèle au contraire un précieux trait d'union.

Le camp Daphné gratifié d'une réserve d'essuie-pleurs, mon hôtesse attend. Calée dans la bergère. Coudes en appui sur les accotoirs. Doigts dansants connectés par les pulpes. Elle attend, sans piper, que se calme la crise…

Le courant passe immédiatement entre nous. Chose étrange, je n'éprouve nulle réticence à m'ouvrir à cette femme si douce, ma pudeur libérée de toute entrave. Peut-être parce que j'ai pleuré devant elle...

Durant notre entrevue inaugurale, nous n'aborderons pas ce qui m'empêche de dormir et de reprendre une vie normale. Afin de nous familiariser l'une avec l'autre, nous nous contenterons de discuter à bâtons rompus, de ma France notamment dont la seule évocation m'a précipitée dans une nostalgie inopinée.

Un quart d'heure de papotage s'égrène, riche d'échanges, et je la quitte, transportée par l'allègement surprise du boulet qui pesait si lourdement sur mon plexus. Nous avons au préalable convenu de nous revoir au minimum une fois par semaine. Je me réjouis par avance à la perspective de nos prochaines conversations que j'estime d'ores et déjà de solides repères auxquels me fier, me relier, des phares bienveillants balisant mon cheminement.

Avec Sarah, je vais me familiariser avec un terme à l'agréable sonorité : « résilience ». Ou comment être capable de s'étirer au maximum tel un ressort puis revenir à sa position initiale sans se briser. Bien beau, sauf que je ne suis pas un ressort. Je ne désespère pas cependant de m'en approprier la faculté.

Au bout de quelques séances, suivant ses conseils toujours judicieux, je me résous à me rendre au Forest Lawn.

— Cela peut sembler glauque, m'a-t-elle auparavant glissé, mais vous devez, en quelque sorte, toucher la pierre du caveau pour enfin concevoir et accepter la réalité de sa mort. Condition *sine qua non, my dear* Daphné, à l'amorce d'un processus de déculpabilisation.

23 Biche, oh ma biche

J'ai laissé un peu d'eau couler sous les ponts avant de me mesurer au fantôme de Turner. Le jour J, c'est aujourd'hui. Pas sûre d'être fin prête à relever le challenge, tant pis. Sarah a raison : je dois m'y coller si je veux avancer...

Un Yellow Cab m'a déposée devant l'entrée du Forest Lawn.

Il est 8 heures 30. La nécropole ouvre à peine. Paisible et silencieuse, elle somnole sous l'azur diaphane. La veille, j'ai effectué des recherches sur le net afin de localiser facilement l'accès à la sépulture de feu Mad Toubib.

Les imposantes grilles du portail sont bientôt loin derrière moi. Au fur et à mesure de ma progression le long des artères du territoire voué aux défunts, je crois arpenter l'un des jardins publics typiques des villes de mon Sud. Illusion bluffante, comme si un fragment de ma terre m'avait rattrapée aux antipodes. Murets de rocaille ocre structurant et reliant les espaces entre eux, fontaines gazouillantes, pelouses assoupies sous les ombres des chênes et pins parasols, massifs de buis encerclant des touffes de romarins, lavandes et verveines... tout y est, jusqu'à certains monuments funéraires dont l'architecture, prodigue en flèches de pierre blonde tutoyant le ciel, rappelle celle des édifices historiques de ma région, tel le Palais des Papes d'Avignon. Tout y est... hormis les violentes gifles du mistral, hormis la rengaine obsédante des cigales.

Ma victime partage son trou avec épouse et fille. Le trio est réuni dans la mort, séparé du monde de l'air et des vivants par une simple dalle de marbre gris devant laquelle je vais demeurer de longues minutes debout, à dialoguer dans mon carafon avec celui que j'ai trucidé, à m'imprégner de mon acte, irréversible, comme de sa réalité, irréfutable. À plusieurs reprises, je demande pardon à Christian Turner… Du fond de son abîme, m'entendra-t-il ? Exaucera-t-il ma prière ?

Lorsque je me décide à rendre mon interlocuteur d'outre-tombe à sa paix souterraine, rebrousser chemin et sortir du cimetière, c'est l'esprit contre toute attente allégé. J'en arriverais presque à regretter de ne pas être venue plus tôt.

La visite sera suivie de nombreuses autres. J'instaure en effet le rituel de descendre au Forest Lawn deux fois par semaine, toujours à l'ouverture, à l'heure où sommeillent encore les mausolées, sereins, leurs linceuls de brume tissés durant la nuit s'évaporant aux premiers rayons du jour. Aussi étrange que cela paraisse, les incursions dans le champ du repos éternel me procurent quiétude et apaisement, elles complètent le travail sur moi-même entrepris lors des rendez-vous chez Sarah…

Énième séance de recueillement devant la stèle des Turner…
Soupir…
Je voudrais que rien de tout ceci ne se soit passé…

Je reprends ces mots de Frodon à mon compte, me sentant plus que jamais l'âme d'une hobbit aux prises avec les mauvais tours du destin...

Comme tous ceux qui vivent des heures si sombres, mais ce n'est pas à eux de décider. Tout ce que nous devons décider, c'est que faire du temps qui nous est imparti, me murmure un Gandalf invisible...

Les brumes matinales se sont entièrement effilochées.

Je lève la tête. Mes yeux se noient dans le firmament.

Choc du grand bleu. La toile, vierge de filaments nuageux, me bouleverse par sa démesure.

Un ordre mystérieux me souffle à l'oreille de mettre mon ego raisonnant en jachère, de lâcher la bride... Errer, vagabonder sans bagages... J'obéis docilement, avide de m'évader pour un temps du réel.

Un génie taquin, fruit de mon imagination délirante, se matérialise dans l'air transparent du matin. Il inspire de gargantuesques goulées d'oxygène, gonfle ses poumons à bloc puis sans crier gare, expulse en intégralité la réserve gazeuse dans ma direction. Daphné la lourdaude se métamorphose en plume d'oiseau et s'envole en zigzaguant dans l'espace au-dessus du cimetière, ballottée au gré de la brise facétieuse.

Je fends de la poupe vers les cieux et prends de l'altitude, happée dans un travelling ascendant de malade, qu'aucune caméra, aussi sophistiquée soit-elle, ne pourrait exécuter.

Le sol rapetisse à vue d'œil par un effet de zoom arrière, à la manière de l'appli Google Earth. Wizzzz...

La nécropole se racornit telle une plaque de celluloïd en feu, jusqu'à n'être plus qu'un résidu paumé dans Burbank...

Californie...

États-Unis...

Planète Terre...

Plus rien ne pèse en moi, sur moi...

J'évolue à présent à des hauteurs si faramineuses que je peux découvrir la face cachée de la lune et contempler la rotation tranquille de notre merveilleux globe, bleu comme une orange, autour du Soleil. Au loin, l'univers éparpille à l'infini ses bouquets de galaxies.

Puissant tournis de tous mes sens. La conscience suraiguë de ma présence au grand film de la Vie se manifeste dans un flash éblouissant ; je figure bel et bien sur la pellicule sans début ni fin, à la croisée des mondes de l'infiniment grand et de l'infiniment petit. À la fois immense et minuscule.

Vu de là-haut, plus rien n'a d'importance. Même moi.

Je ne suis rien.

Je vogue à la dérive, dans le silence apaisant des limbes sidérales, émerveillée par la perfection du mécanisme d'horlogerie régissant notre système solaire, portion congrue d'un univers incommensurable...

Effleurement de la notion d'infinitude, inaccessible à nos cerveaux d'humains, trop limités, étriqués... avant de renouer avec la temporalité terrienne. Embobinée dans un travelling inverse, je commence à dévaler en chute libre. Accélération. Zoom avant effréné. Vrrrrr ! Seigneur... je n'arrive plus à respirer ! Comprimé par l'onde de choc générée par la vitesse, mon estomac envoie des signaux de détresse. Les anges déchus ont-il souffert pareil vertige au cours de leur dégringolade du Royaume des cieux ?

La Terre se rapproche à une allure hypersonique... Vrrrrr ! États-Unis... Californie – je vais m'écraser !

Burbank se profile, je distingue sa structure d'échiquier tracé au cordeau.

Brusque ralentissement *in extremis*, ouf !

Forest Lawn... Ses florilèges de stèles...

Recadrage final sur la parcelle des Turner.

Atterrissage comme une enclume devant la pierre du souvenir.

Une nausée me plie en deux, me force à tomber à genoux. Mes longs cheveux défaits dévalent, ruissellent sur ma nuque, se répandent sur le gazon. Malgré mon malaise, ou peut-être grâce à lui, je discerne des échos qui se répètent, insistants. La nature m'interpelle. Chaque brin d'herbe, chaque grain de terre, chaque atome d'air veut communier, communiquer avec moi. Car je fais partie d'eux, partie d'un tout, je suis un tout...

Je suis tout.

Relevant enfin la tête, je me retrouve nez à mufle avec une jeune biche. Rien d'étonnant à cela : ses congénères sont des habitués des espaces verts du Forest Lawn. Truffe et oreilles placides, la demoiselle me dévisage d'un air doux, ses grands yeux proéminents en amande, frangés de longues soies noires recourbées, exempts de méfiance.

J'inhale les fragrances étourdissantes de bête sauvage montant de son pelage frotté de mousses et d'humus. Les senteurs de la terre elle-même. Toujours à genoux, lentement, sans geste brusque, je me redresse. En simultané, le museau de la biche s'abaisse, frôle mon ventre.

Le temps se fige.

Ni l'une ni l'autre n'osons plus bouger. Pour ne pas trop vite dénouer le lien ténu. Pour ne pas trop vite dissoudre la féerie de l'aventure hors du commun. À la faveur de la paix ouatant nos corps en harmonie, j'entends, avec une acuité inouïe, un deuxième cœur battre en moi.

Au creux de mon bidou.

Biche, oh ma biche, comment as-tu su ?

La belle ne me répondra pas…

Le couac d'un klaxon a retenti inopinément dans le lointain, déchirant sans pitié l'indicible communion. Dans un sursaut, la princesse des bois s'éloigne. Je ne cherche pas à la retenir, me contente de la regarder trottiner de son pas gracile de ballerine vers le bosquet de chênes à la lisière des stèles.

En un éclair, je me souviens alors d'une autre biche : celle responsable de l'accident dans lequel Claudia a perdu la vie.

Yeux braqués sur la délicate créature qui s'est avancée comme par magie à ma rencontre, j'observe sa dérobade. Sous l'ombre de la ramée, elle rejoint un couple de cervidés qui semblaient l'attendre : un vieux patriarche au port empreint de noblesse, front raide sous le poids et l'envergure de ses cors, et une jolie femelle à la robe miel caramel, sans doute sa compagne, arc-boutée sur ses jambes frémissantes, prête à s'esquiver à la moindre fausse note. D'un élan pétri de tendresse, ma visiteuse se frotte tour à tour au poitrail du père impassible et à l'encolure de la mère farouche. Puis la triade darde six pupilles réglisse dans ma direction et me salue d'un nerveux pivotement des oreilles, avant de détaler dans les profondeurs de la futaie.

Mon sang palpite à tout rompre. À cet instant précis, l'intime conviction que mon crime vient de m'être pardonné me submerge.

Je m'évade du Forest Lawn peu après, chamboulée par le message délivré à mon intention depuis l'au-delà. Pas une seconde je ne doute de la vérité contenue dans cette annonce faite à Daphné alors qu'au Saint-Joseph je n'ai pas voulu croire au résultat, pourtant irréfutable, des analyses sanguines, au point de me réfugier dans la zone si confortable du déni.

Engoncée dans un coin de la banquette arrière du Yellow Cab, prostrée dans un état végétatif, je n'ai aucune conscience du parcours qui me ramène chez les frangins.

Je suis enceinte.

24 Paillasson blues

La suite de la journée s'épaissit au fil des heures d'un brouillard d'hébétude, sans que je trouve le courage de réagir...

Le soir venu, on toque à mes appartements. Je trainaille pour aller ouvrir, emmitouflée dans un peignoir XXL, la chevelure hirsute et la mine blafarde (clair que je ne remporterai pas aujourd'hui le titre de Miss California).

Ce n'est que Liam.

Épisode de gêne réciproque, on se demande bien pourquoi. Le cher hôte hésite à franchir le seuil. J'hésite à me jeter dans ses bras. Front bas, il toupine du gros orteil sur le paillasson, dans un sens, puis dans l'autre (il cherche à le trouer ?), avant de finalement se décider à prendre racine sur le pas.

Il manigance quoi, là ? La scène du proprio trop poli qui ne sait pas comment se débarrasser de la squatteuse gênante sans trop la vexer ?

— Tu n'es pas venue dîner, ce soir...

Sans blague ? T'as subodoré ça tout seul, monsieur Sherlock ? Wouah ! Impressionnée je suis. Maître Yoda, inspire-moi ! Que la Force soit avec moi...

— Mal à mon épaule.

Ce qui n'est pas tout à fait faux. D'ailleurs, il aurait pu très facilement le remarquer. Mais non, suis-je nouille ! Pour ça, faudrait qu'on vive *réellement* ensemble...

Je sonde sa physionomie. Si elle exprime un doute ou un regret, même infime, je le détecterai ; l'indésirable cortège de chamboulements hormonaux inhérents à mon état, doublé des leçons tirées de mon épreuve souterraine, me dote d'une sensibilité inédite, hors du commun. Hélas, les mines de môssieur ne trahissent pas l'ombre d'un trouble. Arf... Pourquoi tant d'indifférence ? *Why ?* Je suis ta Daphné, ta *sweetie*, oui ou... Bordel ! Dire que là, au-dehors, des milliers de fans transis brûlent de m'embrasser, me chouchouter, réconforter, rassurer... Mais je m'en fous. Et tu sais très bien pourquoi. Non ? Tu ne devines pas ? Faut te dessiner un story-board ?

— Ça va aller, j'ajoute. T'inquiète. J'ai connu pire.

Pff... Voilà que je prêche la positive attitude, que je minimise mon état pour ne pas t'alarmer. Et toi..., toi tu restes planté là comme une armoire dans un vide-greniers, sans réaction, à part touiller le paillasson de la pointe de ta godasse. T'attends quoi ? T'as rien d'autre à faire que me torturer ?

— Là, j'ai qu'une envie : plonger au fond de mon pieu et dormir, dormir, dormir...

Ce qui est tout à fait vrai. D'ailleurs, je bâille. À m'en décrocher les mandibules.

Ouais, bah nous aussi, on bâille. Et pas que de sommeil, ma grande...

Diablotine ! Sagesse ! Vous venez à la rescousse ?

On vient surtout te prodiguer un conseil chouettos, répond la première. Un seul : envoie-le donc bouler ! On l'a assez vu, ton pignouf.

Tu n'as pas besoin de lui, décrète la seconde. N'oublie pas que t'es une *winner*, une *warrior*, comme Neil l'a dit. Tu vas t'en sortir. Tu t'en sors toujours...

— T'as vraiment pas faim ? Ça m'étonne... Sally *(la gouvernante remplaçante, blonde, élancée, la cinquantaine énergique, originaire du Texas)* nous a cuisiné des lasagnes. Je sais que tu les adores.

Sérieux ? s'écrie Diablotine. Ai-je bien ouï ? Genre, le gonze, il a balancé : « Ça m'étonne » ?

Oui, confirme Sagesse. Tu as parfaitement ouï.

Ben... on n'est pas sorties du motel, *sister*...

Pour ma part, mes chéries, j'adooôoore les lasagnes, en effet ! Sauf que celles de ce soir risquent de peser lourd sur mon estomac si je tentais l'aventure de leur dégustation.

— Oui... mais non. Je pourrai rien avaler, désolée.

Il se mordille les lèvres. Je fantasme, je crève d'envie qu'il mordille plutôt les miennes.

— Bah, pas grave ! je dédramatise malgré l'agacement causé par son apathie persistante. Vous n'avez qu'à m'en garder une part au frais, enfin, si vous ne dévorez pas tout. Je la mangerai demain.

— Euh... *As you wish*... T'es sûre que ça va aller ?

— Mais oui, t'inquiète je te dis. Allez, ouste !

— O.K. *Good night,* Daphné, repose-toi...

Il m'enlace et me bisouille les cheveux, le front, le bout du nez... puis sans autre cérémonie, donne du mou à son étreinte et commence à s'éloigner. Il n'a que quelques pas à faire pour regagner son pavillon, il me semble qu'il décolle pour la planète Mars tandis que je reste en rade sur Vénus, secouée de sanglots qui refusent de s'épancher.

Plus tard, calée contre le dosseret avec des monceaux de coussins (position m'autorisant à dormir sans trop ressentir la douleur), impossible de m'abandonner aux délices du sommeil. Trop énervée, j'ai de toute évidence raté le train pour *Dreamland,* le pays des rêves. *Good night,* Daphné... Tu parles. Mon petit doigt me dit que les conditions sont optimales pour la traversée d'une énième nuit blanche à bord du paquebot *Loneliness* [33]. Quand je pense que demain à l'aube, j'ai une interview à la station radio de Santa Monica... La journaliste va avoir le privilège unique de s'entretenir avec une vraie déterrée. Formidaâable.

Si tu lui en touchais un mot, au lieu de nous servir ta mauvaise humeur à la louche ? suggère Sagesse. Ton Liam agit comme un malotru, certes, mais il a le droit de savoir, non ? Tu ne devrais pas avoir peur... Un bébé, c'est une bénédiction.

Ou une malédiction, ricane Diablotine. N'écartons pas cette possibilité. Je serais, moi, d'avis de temporiser. On a eu tantôt une preuve éclatante de l'intérêt inexistant du futur papa pour notre Daphné, n'est-ce pas ?

Bénédiction... Malédiction... Ça virevolte en boucle sous mon crâne, sans que je parvienne à trancher net en faveur de l'une ou l'autre. Tandis que je rumine, ressasse, tergiverse, mes menottes ne s'embarrassent quant à elles d'aucune hésitation. Je les surprends à câliner mon bidou de leur propre chef, à

---

[33] Loneliness : solitude.

dispenser à sa surface (encore plane et ferme) des caresses dégoulinantes de tendresse en veux-tu, en voilà, émouvantes à me faire monter les larmes aux yeux. Les mémorables paroles du craquant toubib à l'allure de basketteur choisissent précisément ce moment de grâce pure pour échapper à la nuit des souvenirs et entrer dans la danse. *La vie trouve toujours un chemin.*
Certes...
Mais l'amour ?
Je lanternerai six longues semaines après ma sortie d'hôpital avant de me décider. Six semaines durant lesquelles le tourbillon pailleté de mes journées bien remplies s'opposera, avec une constance héroïque, à l'électrocardiodrame plat de mes nuits...

25 Yellow Cab

Depuis quarante-huit heures et des poussières, fini l'attelle en anneaux pour maintenir les épaules en arrière. De plus, j'ai abandonné l'écharpe une quinzaine de jours auparavant. Sur une récente radio de contrôle, on distingue la nette formation d'un cal osseux, témoin d'une bonne solidification de la clavicule. Possibilité de tendre à nouveau le bras en entier et de m'en servir – avec précaution toutefois – sans ressentir d'élancement. En résumé, on dirait bien que j'ai recouvré une quasi pleine autonomie. Après-demain débuteront les séances de rééducation. Simultanément, je serai en mesure de remplir le rôle de *gofer* [34] auprès des équipes de *Dentelles & Rangers*, le job pépère promis et dégoté par Liam.

Qu'avait-il suggéré, peu avant que je ne débarrasse le plancher du Providence ? Que je profite de son toit pour y passer ma convalescence ? Oui, c'est cela. N'avait-il pas ajouté que je pouvais rester aussi longtemps que je le souhaiterais ? Si fait. Considérons dans ce cas que les limites de ma patience sont atteintes ; hors de question de vivoter une journée de plus reléguée dans la sinistre chambre d'ami, à pâtir d'un insupportable jet lag amoureux. J'en ai vraiment ma claque. J'estime qu'il a disposé de plus de temps qu'il n'en fallait pour

---

[34] Gofer : dans le domaine du cinéma, employé subalterne sans fonction vraiment précise qui, à la manière d'un homme à tout faire, s'occupe de diverses tâches simples.

faire le point et décider de ce qu'il voulait ou pas pour la suite. Si, au bout d'un mois et demi, il ignore toujours s'il tient à moi ou pas, probablement ne le saura-t-il jamais. Durant ce même intermède, j'ai eu en ce qui me concerne tout loisir de me faire progressivement à l'idée que notre belle histoire risquait de bouder, voire annuler sa renaissance ; on s'habitue à tout, le pire comme le meilleur... Conseil d'ami à mon estomac : l'ingurgitation d'indigestes tartines à la confiture du pire paraissant vouée à se perpétuer, blinde-toi !

C'est décidé : je mets les voiles. Ce soir même. *Hasta la vista, baby.*

J'ai rempli à peine la moitié d'un sac de voyage avec mes affaires perso (ne rien emporter venant de Liam) puis commandé un taxi. Le chauffeur se présentera d'une minute à l'autre. Le barda poids plume en bandoulière, je déserte ma cambuse comme une voleuse, non sans un pincement entre les côtes (est-ce la bonne décision ?), longe le corridor et atterris dans le séjour. Pas d'arrêt. Plus de flottement. Droit vers la sortie. L'issue. Fatale ? Je sillonne la pièce à rapides enjambées, débouche sur la cour intérieure par la porte-fenêtre... et tombe sur un des frangins, torse nu, lunettes noires, pantacourt et tongs, vautré sur un transat au bord de la piscine vide, en train de dévorer un pavé. Liam, forcément ; jaâamais il ne viendrait à Jeremy l'idée d'ouvrir un bouquin de *littérature*.

Hum ! Je note un soupçon de moquerie blessante, bichette. Ça ne te ressemble pas. Pourquoi ce mépris ? Les gens méritent-ils d'être rabaissés simplement parce qu'ils ne lisent pas ?

Oups... Je ne t'ai pas entendue arriver... Tu as raison, Sagesse. J'en veux à la terre entière, c'est indéniable, ça ne me concède pas pour autant le droit de dénigrer gratuitement mes semblables... Retourne tranquille dans ton coin, je vais gérer...

Me voyant venir à lui, Liam interrompt sa lecture et dépose l'ouvrage ouvert à plat sur la table basse jouxtant la chaise longue. *Belle du Seigneur,* d'Albert Cohen. En français. Mazette, rien que ça ?

Il redresse son buste de culturiste, bascule en position assise.

— Hello, Daphné. Bonne journée ?

Ne noyons pas le poisson. J'attaque sans détour : « Liam... Je m'en vais. »

Apollon accuse une mini-hésitation, front chiffonné et coin de lippe noué, puis hausse un sourcil à tendance quasi joviale derrière ses solaires.

— Ah. Mademoiselle la star a un rendez-vous d'affaires ? Cool !

— Non. Je pars. Pour de bon. Un cab est en route pour me reconduire à mon studio.

Mes paroles agissent tel un électrochoc : plus vif que son ombre (encore à se prélasser, la feignasse, sur les carreaux de la margelle), il ôte ses lunettes, se dégage du siège et se plante devant moi. La seconde suivante, il me prend dans ses bras... et... et... et mes joues d'entrer en suave collision avec ses pectoraux. Mmmh... Ils sentent merveilleusement bon le soleil et le sable chaud... Comme ça m'a manqué...

— Non, *sweetie*, pars pas... gémit-il, son haleine implorante cajolant ma tignasse. *I fucked up,* j'ai déconné. Pardonne-moi... Reste... *Please...*

S'il persévère dans cette voie inespérée, je vais me liquéfier et splash ! dégouliner sur les dalles avant de m'épancher sur la nappe de gazon en un déferlement bouillonnant qui délavera à coup sûr son beau coloris artificiel.

Sagesse et Diablotine déboulent alors à l'improviste, rouges de colère. Chipie *number 1* pénètre à grand fracas dans ma cabine mentale et stoppe la projection. Chipie *number 2* me sermonne quant à elle sans ménagement :

Décidément, on peut pas te laisser seule un instant ! Qu'est-ce que tu maquilles ? C'est quoi ce mélo de cinoche à la gomme ? Pitoyable ! Non mais ! Débarrasse-toi de ces rêvasseries de midinette et redescends sans délai sur terre, c'est un ordre !

Prise d'un éblouissement, je vacille. Seigneur… Le réel, c'est quand on se cogne, *dixit* Lacan. Le cher philosophe oublie de préciser que ça fait un mal de chien… Mon attention se recentre à regret sur Liam. Toujours assis sur la chaise longue. Tête rentrée dans les épaules, inclinée vers le sol. Avant-bras croisés sur les cuisses. Mollement, ses paluches se balancent dans le vide. Absorbé dans le vague, il demeure ainsi un laps indéfinissable avant de se décider à ôter ses lunettes et lever vers moi des billes lestées d'une lourde interrogation. Du moins, je crois. Peut-être les miroirs de son âme ne renvoient-ils que le reflet de mes propres doutes ?

— Bien… dit-il enfin. *As you wish.* Si c'est vraiment ce que tu veux…

— Miss Roussel, désolée de vous déranger. Votre taxi est là. Il vous attend.

J'ai sursauté au son inopiné de la voix de Sally dans mon dos. La gouvernante s'est approchée à pas de loup. Je pivote vers elle.

— Merci, Sally. Je suis prête.

Oh non, je ne le suis pas. Mais m'incruster ? Et multiplier les heurts sans airbag contre la brutalité du réel ? Quel serait l'intérêt d'une telle expérience ? « Quand tu ignores où aller, ma reine, retourne d'où tu viens… » conseillerait ma sage mamie maternelle. D'où je viens, je ne l'ai pas oublié : la France. Là-bas je rejoindrais la case départ, option célibat forcé. Chaperonnée par l'amour de ma famille, je m'en remettrais doucettement. Juste une question de temps… Oui… autant tout quitter ici (de toute façon, mon titre de séjour ne perdurera pas à l'infini) : de loin la solution idéale pour crever l'abcès avant d'emprunter un itinéraire de déviation. Mouais, plus aisé à dire qu'à faire… Sauf que la nouvelle moi, la Daphné en version remastérisée, après toutes les épreuves subies, a désormais conscience du génie intérieur qui n'a, en fin de compte, jamais cessé de la soutenir ; elle sait qu'elle pourra encore s'appuyer sur lui au cours des jours futurs.

Liam se résout à décoller ses fesses du bain de soleil. Haut du corps luisant d'une fine transpiration ambrée, il me surplombe de sa plastique de Musclor. Impressionnée, je rapetisse jusqu'à la taille du Petit Poucet. Des arômes de cookies aux pépites de chocolat, tout juste sortis du four, baignent la carcasse sublime (fou, ces senteurs biscuitées, terriblement tentatrices, j'ai faim !), invite enchanteresse à rejoindre la zone « zéro turbulence » de la tendre enfance. Si seulement il existait un véhicule capable de m'y reconduire…

— Je vais t'aider à porter tes bagages, propose-t-il.

— Non, merci, pas la peine. Tu sais, j'ai que ça, trois fois rien…

— O.K. *As you wish.*

Ça commence à sérieusement me gaver, ses manières de commis de restaurant obséquieux à outrance. Depuis ma relégation dans la *friend zone*, j'en ai ingurgité un max, de ses « *as you wish* » ; l'indigestion me guette. Un de plus, un seul, et je ne réponds plus de rien. Le cliché du serveur ultra-zélé me renvoie à notre premier rendez-vous surprise chez Gina la Féline. Je me sens autant à ma place ici que dans le club de la quinqua ce soir-là. Par un subtil coulissement sémantique, j'assimile « place » à « case », et « case », tout naturellement, à « cage ». Or, je rechigne toujours à me laisser enfermer, pas demain la veille que je changerai.

Sans une parole, celui pour qui j'avais pris le risque de déverrouiller mon armure m'escorte sur l'allée descendant au parking. Comme nous atteignons le véhicule jaune tournesol au volant duquel patiente mon chauffeur, il se penche sur moi (OMG, malgré les foudres tonitruantes de mes colocs invisibles, je m'abandonne à l'espoir fou qu'il va m'embrasser et me susurrer que ces dernières semaines n'étaient qu'une vaste plaisanterie, que le sinistre cauchemar touche à sa fin...) et dépose un trop chaste baiser sur ma joue. Adieu ! veau, vache, cochon, couvée.

Tant pis.

Je m'engouffre en apnée à l'arrière du taxi et demande au conducteur de démarrer fissa.

Ne te retourne pas...

Ne te retourne pas...

Ne te retourne pas...

Je me retourne et capte la silhouette de l'Adonis dansant d'un pied sur l'autre au milieu du sentier, poings enfoncés dans les poches de son bermuda.

Une silhouette s'amenuisant à mesure que la voiture se rapproche du portail.

Ensuite, je ne distingue plus rien.

Le reste de la route menant à mon havre gris, mon cocon rassurant, mon studio derrière Magnolia Boulevard, se noie dans un flot artistique…

Il pleut à l'intérieur du cab aux couleurs de l'astre du jour.

26 Chat, où es-tu ?

Au bout d'un long et pénible chemin de croix à sillonner des miles et des miles d'avenues sursaturées, le taxi driver fait enfin halte devant mon humble résidence. À la hâte, je fais disparaître au fond de mon baluchon une grosse poignée de kleenex lourdement imbibés. Je renifle un grand coup, histoire de me booster, et m'empresse de sauter au bas du carrosse, taraudée par un unique désir : courir me claquemurer dans l'enceinte de mon palais pour Minnie Mouse.

Devant mon huis… surprise ! La vache… Des monceaux de bouquets, peluches et fanfreluches, cartes postales, dessins et messages de fans s'entassent sur le seuil. Mouais… bof… Ils vont continuer à mijoter là, je les passerai en revue quand je me sentirai de meilleure humeur, c'est-à-dire quand les bisons danseront la polka.

J'ouvre, saute par-dessus l'amas de babioles et pénètre dans le nid. Je bazarde mon maigre bagage par terre, n'importe où, peu me chaut. Je m'en occuperai plus tard. Procrastination, mon amie, je t'aime comme jamais.

J'arrache la couette à l'emprise du pucier et la secoue afin de la débarrasser de la poussière accumulée durant ma trop longue absence. Une crise de sniff et atchoum plus tard, je m'assois en tailleur sur le matelas, entortillée comme il se doit dans mon molleton fétiche. Seul le bout du pif dépasse (aussi rouge et luisant, sinon plus, que celui du renne Rudolphe) pour ne pas étouffer.

Tic, tac…

Tic, tac…

Le chapelet des minutes s'égrène sans hâte. Emberlificotée dans la douce chrysalide, je m'immerge par paliers dans les profondeurs hospitalières d'une torpeur anesthésiante.

Dormir, oh oui, dormir, dormir, et ne plus avoir mal…

Afin de mieux amadouer le sommeil, autrement dit le *no man's land* des sensations, basculement sur le flanc, recroquevillée en position fœtale. Morphée, tu me cueilles quand tu veux.

Tic, tac…

Tic, tac…

La déconnexion se poursuit, au diapason de mon enfoncement graduel dans les fosses sous-marines de l'inconscience…

À un cheveu de m'engloutir dans l'oubli intégral de mes soucis, je tressaille brusquement. On a toqué à la porte. Trois coups. Comme au théâtre. Malgré ma farouche détermination à jouir de leur black-out pour une durée indéterminée, mes sens se rebranchent d'eux-mêmes illico au réel tandis que mon esprit se désenglue, à regret, de l'agréable zone tampon entre le rêve et l'éveil. Zut ! Pas moyen de cuver mon amertume tranquilou ? J'y suis pour *nobody*, dans quelle langue faut-il le signifier ?

Répétition du toc toc toc.

Y répondre… ou pas ? *That is the question.*

Convocation sans délai de mes squatteuses chéries : vous en pensez quoi, les filles ? Si on votait ?

Diablotine brandit aussitôt une pancarte « NO », suivie de très près par celle de Sagesse, « NEIN ». Avec la mienne, « NIET », nous cumulons trois voix négatives. C'est beau, une telle solidarité féminine. Adjugé vendu : on ne répond pas.

Le toc toc toc insiste. Je ne bronche pas plus. Celui ou celle qui tient à troubler mon cocooning finira bien par se lasser.

— Daphné ! C'est Liam. Je sais que tu es là. Ouvre-moi, s'il te plaît.

Curieuse impression de déjà-vécu... Non, mais je rêve, là ? Ou plutôt, je cauchemarde ? C'est quand même bien lui, tout à l'heure, qui m'a regardée partir sans daigner remuer le petit doigt, non ?

Je confirme ma grande, il s'est conduit en infâme goujat, oui, oui, oui ! Tiens bon. Te fais surtout pas avoir par son piège grossier.

Merci, Sagesse...

— Va-t'en, Liam. Nous n'avons plus rien à nous dire.

— Merci de m'avoir répondu. J'avais un doute en venant, mais maintenant, je sais que tu es bien là. Allons, Daphné, ouvre-moi.

L'impression de déjà-vécu se précise. Va-t-il ensuite menacer de défoncer la porte si je ne m'exécute pas ? Je dois tenir bon, comme Sagesse l'a suggéré.

— Non.

— C'est ton dernier mot ?

— Oui.

— Dans ce cas, je ne vois pas d'autre solution… Moteur ! Sit-in devant la porte de mademoiselle Roussel. Prise numéro un.

CLAC ! Comme la première fois, je sursaute en l'entendant taper dans ses mains pour imiter un clap qui claque. Gasp… Que faire ? Le laisser poireauter ? Et risquer de provoquer un insupportable attroupement de ses fans dès que môssieu aura été repéré ? Et par la même occasion, signaler ma propre présence aux miens ? Comment gérer cette fichue embrouille ? Un zeste de tranquillité, est-ce trop demander ?

Je vais à coup sûr m'en mordre les salsifis, mais bon… Je déverrouille le battant. Derrière, ni rêve ni cauchemar ne se tient en embuscade. Il n'y a que Liam, version Barbarossa, ô combien réel, tangible. Un Liam souriant, rayonnant jusqu'aux portugaises à la façon « Monsieur-je-nage-dans-le-bonheur ». C'est pas vrai ! Il se moque de moi en plus ?

Ni une, ni deux, d'un élan réflexe de défense, je barre l'accès à mon royaume miniature en refermant avec brutalité. Vif écureuil, il enjambe au même instant le monticule de colifichets et intercale un pied entre la porte et le chambranle. Résultat : le panneau percute sa sneaker avec violence. « Ouille ! » Tant pis pour lui, le malotru l'aura voulu. Redoublement de mes efforts dans l'espoir de définitivement le repousser.

— Ouch ! Daphné ! C'est pas c'que tu crois !

Intriguée bien malgré moi, je m'aventure à lâcher prise. Lentement, la porte pivote. Il se campe avec précaution derrière le chambranle, tout en s'obstinant à me sourire malgré la douleur. « Une seconde… Juste une seconde », marmonne-t-il en agitant un index suppliant sous mon pif. Comme je lui concède mon accord à contrecœur, il allonge un bras hors-champ et lorsqu'il le rétracte, sa copie conforme, modèle imberbe, surgit dans le cadre, tirée par le lobe de l'oreille.

— J'tai am'né mon crétin d'frangin. J'crois qu'vous avez des trucs à vous dire. *Good luck, guys…*

Jeremy le rouquin cède alors le rôle à son frère. D'une grande tape dans le dos, il l'incite à me rejoindre. Puis, bouche rieuse et plissement de chenapan au coin de l'œil, il brandit ses pouces levés en signe d'encouragement et, sans demander son reste, détale à reculons.

Je me retrouve seule avec Liam dans la chambrette, un rien stupéfaite et agacée d'être tombée dans le panneau avec tant de facilité, dupée telle une *noob* par leur jeu de miroir. Diablotine et Sagesse, soufflées quant à elles par le tour de passe-passe, sifflotent en zieutant ailleurs. Notre trio n'en mène pas large. Et maintenant ? *Now ?* Une idée lumineuse pour nous tirer de ce guêpier avec gloire et honneur ?

Tic, tac…

Tic, tac…

Allons ! Courage, Daphné Roussel ! m'exhorte Diablotine tout de go. Tu es la Rangers Girl, oui ou non ? Jette-toi à la baille, qu'on en finisse…

Euh… O.K.…

J'avale une énorme goulée d'air et affronte l'importun en m'efforçant d'arborer une expression naturelle, comme si je ne refrénais pas en moi la menace d'un volcan susceptible d'entrer en éruption à tout moment.

— Tu as une minute, pas une miette de plus. Je t'écoute.

— Pardon, *sweetie*.

— Pardon ?

— Oui. Pardon. Euh... Tu as pleuré ? Je t'ai tant fait souffrir que ça ?

Sans blague ! Môssieur a deviné ça tout seul ? Môssieur se découvre des talents de mentaliste ?

— C'était pas ce que je voulais, crois-moi.

Aaaaaah non ? Bien sûr, suis-je gourde, tu désirais tout autre chose ! Quoi donc ? Bof... Tu vois, ça ne m'intéresse plus des masses de le savoir.

— Arf ! Je me suis conduit comme un beau crétin.

Un air penaud de garçonnet pris la menotte dans le sac s'ébauche sur ses traits tirés. Un rien embarrassé par ses paluches devenues maladroites, il se dandine d'une jambe sur l'autre.

Oulah ! proteste Diablotine. Tu serais pas un chouïa en train de t'attendrir, toi ?

Non, ma diablesse. T'inquiète, je gère...

— Wow. J'ose à peine imaginer dans quel état je serais si tu avais vraiment voulu me faire souffrir, je lui rétorque. Tu te fous de moi ? À quoi tu joues, Liam ?

— Je t'ai déjà dit que je ne joue jamais, sauf derrière une caméra. C'est toujours le cas.

— Mais bien sûr...

Il se gratte vigoureusement le crâne pour s'enhardir (ah oui, j'oubliais que la témérité ne constitue pas un des atouts majeurs de môssieur) et rassembler ses idées.

— Tout à l'heure, quand t'es partie, t'as eu affaire à Jeremy, bombarde-t-il sans prendre de gants. Moi, j'étais sous la douche. Ça l'a d'abord amusé que tu nous confondes, il s'est vite pris au jeu... Ensuite, il savait plus comment rattraper le coup sans passer pour un sombre idiot.

Son coup de massue assené en pleine poire, il se tait, une moue d'hésitation valsant d'une commissure à l'autre. Puis il hausse les épaules, prend une profonde inspiration et se hasarde à poursuivre.

— Il y a autre chose... Le jour de ton retour, aux urgences... et le lendemain... c'était lui aussi...

What ? Quoi ? En un flash supersonique, je mesure l'ampleur cosmique de la farce. Marre qu'on me prenne pour une dinde ! Je sors littéralement de mes gonds, c'en est trop ! La colère accumulée en moi depuis des semaines, très difficilement contenue, rejaillit avec la violence d'un geyser magmatique. Obéissant à une pulsion incontrôlable, je lève mon bras valide et l'abat à la vitesse de l'éclair sur la joue du goujat.

Tu le gifles, quoi, traduit Diablotine. *Yes !* Enfin ! De l'action !

Mais avant que je n'aie atteint ma cible, ledit goujat bloque mon poignet en plein vol, porte mes phalanges à ses lèvres et sous ma mine ébahie, entreprend de les bécoter, phares mi-clos, pénétré d'une ferveur religieuse. *What ?* « Lâche-moi ! » Pas question qu'il croie que je suis d'accord. Je tire d'un élan enragé, héroïquement résolue à dégager ma menotte. Aussitôt, la pression faiblit. Un à un, ses doigts se délient et libèrent leur proie. Il recule d'un pas, mains en l'air comme si je le menaçais d'un flingue. Une muette imploration agite l'océan de ses prunelles.

— Je t'en prie... Écoute-moi... Tu sais...

Ben non, môssieu, je ne sais pas. Le contraire vaudrait son pesant d'or en matière de divination.

— Désolé... Comment pourrais-tu savoir ?

Il me dévisage avec la mimique désespérée du cancre envoyé au tableau réciter un poème qu'il n'a pas appris.

— Quand tu as disparu, je... je suis plus ou moins parti en dépression. Grosse dépression. Voilà...

À mon tour de reculer. Besoin d'un maximum d'espace pour respirer. J'entends dans le lointain un hululement de sirène d'ambulance : mes chipies qui s'empressent de rappliquer avec du matériel médical, prêtes à me soutenir en cas de défaillance.

— En apprenant qu'on t'avait retrouvée, j'aurais dû me précipiter aux urgences, fou de joie. Au lieu de ça, je me suis mis à faire des attaques de panique à gogo. J'ai cru mourir... Même t'envoyer un texto, c'était au-dessus de mes forces.

Liam s'avance prudemment vers moi. Je ne moufte pas. Encouragé par mon absence de réaction belliqueuse, il se risque à entrer dans les détails.

— Jeremy s'est dévoué... à sa façon. Surtout, ne vois rien de pervers dans son imposture ; pour lui, c'était qu'un rôle de plus. Après tout ce que tu avais enduré, il ne voulait pas que tu sois triste, déçue. Alors, à mon insu, plutôt que de t'informer de mon état, il a préféré assurer l'intérim, le temps que je remonte en selle. Histoire de parfaire l'illusion, il est allé jusqu'à subtiliser mon parfum... et se priver de sommeil, une nuit entière, pour afficher la même tronche de déterré que moi. T'imagines ? Quand il m'a avoué son tour, je... j'ai pas pu me retenir, je l'ai frappé.

Comme s'il partageait la douleur infligée au frérot, il malaxe en douceur son arcade sourcilière gauche.

— Je l'ai pas raté ; il a gardé un moment un bel œil au beurre noir. T'as sûrement remarqué qu'il n'ôtait pas ses lunettes de soleil à l'intérieur...

Il fronce les sourcils, paupières plissées, hanté par le fantôme de son acte irréfléchi.

— Cette violence en moi... Après coup, j'ai compris qu'elle ne lui était pas destinée. Non. C'est à moi et moi seul que j'en voulais, à moi seul que je devais m'en prendre...

Ah, quand même ! Môssieur reconnaît qu'il n'est pas irréprochable. On n'est pas rendues, mais on avance... On avance...

Hein ? Quoi ? Plaît-il ? Comment ça, « on avance » ? s'offusque Diablotine. J'avais raison ! J'ai toujours raison. Tu t'attendris, ma grande. Tu t'attendris !

Grrr ! Puisque je te dis que je gère. T'es bouchée ?

— Il m'a supplié de ne rien cafter. Mon impulsif de frangin... Le bougre ne pensait pas à mal, il cherchait juste à se rendre utile. Moi, j'étais complètement paumé... Je me suis rappelé que j'avais déjà cautionné ses manigances, quand ça m'arrangeait... Alors un peu plus, un peu moins, quelle importance ? Ça ne pesait pas bien lourd sur la balance... Jeremy n'est pas le seul à blâmer...

Il détend ses épaules dans un discret soupir de délivrance et visiblement rassuré par mon apparent renoncement à guerroyer, persévère dans sa confession.

— Ahem... Question manigances, ça s'arrête pas là, désolé... À la seconde où tu as disparu, je suis retombé dans mes travers de gosse perdu, j'ai coulé à pic. Tout était ma *fucking* faute... Ça m'a rendu maboul, j'ai culpabilisé à mort ; tu sais, je suis juste Liam Jensen, pas l'invincible Bradley Hammer... Pour limiter la casse Jeremy a endossé ma personnalité dès le début de mon black-out, avec mon consentement. Sur les plateaux, à la télé, la radio... Il était partout. Il était *moi* bien avant son show à l'hôpital. Il m'a aidé à m'oublier, je ne demandais pas mieux...

Laïus débité d'un bloc dans la crainte que je le stoppe avant d'en arriver au bout, il souffle tel un forçat délesté de ses lourdes chaînes et s'accorde un break avant de reprendre, d'une voix à présent incertaine.

— Je... j'ai promis de pas te lâcher, *sweetie*... Enfin, pas moi... Jeremy... Mais c'est tout comme ! Il a exprimé ce que j'aurais voulu te dire... si... si je m'étais tenu à tes côtés. Je t'ai pas lâchée, non, même si les apparences indiquent le contraire.

Diablotine... Sagesse... Vous pouvez arrêter de jouer les souris paniquées ricochant aux quatre coins de ma pauvre cervelle ? Merci.

Je l'ai écouté. Sans l'interrompre. Et voilà que je me sens maintenant toute chose, à mon corps défendant...

Seigneur... Ne mollis pas, ma Daphné, ne mollis pas ! s'affole Sagesse en pleine cavalcade. Il ne doit pas s'en tirer à si bon compte.

Je ne mollis pas, t'inquiète. Le facteur Humain a sonné, je lui entr'ouvre la porte, c'est tout.

— Bien beau, tout ça, je riposte. Au cinéma, ça ferait un tabac. Mais là, on évolue IRL. Je suis censée réagir comment ? Me conduire en gentille nénette, compréhensive, compatissante, toussa, toussa, et sécher mes larmes, et tout pardonner ?

Il me dévisage derechef, ses traits frappés de perplexité. Il déglutit, sa pomme d'Adam hésite sur la direction à prendre.

— Je mérite ta colère.

Alléluia !

— Hum... Tout me pardonner ? Euh... J'en demande pas tant... Mais déjà, tu pourrais... hum... revenir ?

Revenir ? J'ai bien entendu ? Pour quoi faire ? Je ne comprends plus rien. Impression étrange de flotter, égarée dans la quatrième dimension.

— Tu sais... ajoute-t-il, l'air d'un malheureux bébé phoque, Jeremy a juré ma mort dans les plus atroces souffrances si je ne te ramenais pas.

Hein ? *Whaaat ?* Vas-y ! Mais vas-y, ma grande ! Gifle-le, boxe-le, massacre-le, démolis-le, m'encourage Diablotine. J'en reviens pas. Quel fumier. Mais quel fumier !

Et je dirais même plus : vas-y ! Déglingue-le, saccage-le, extermine-le, pulvérise-le, enchérit Sagesse. Quelle crevure. Mais quelle crevure !

Diablotine s'est glissée dans une éblouissante panoplie de Wonder Woman : diadème et bracelets étoilés, lasso de Vérité accroché à la ceinture, bustier, mini-short et bottes aux couleurs du drapeau américain. Assise sur un tabouret au coin d'un ring, elle trépigne de rage en roulant des billes de psychopathe à l'adresse de Liam. Des flammes lui sortent par les narines tant elle fulmine. Postée derrière les cordes, une serviette de soigneur sur l'épaule, Sagesse, luttant contre sa propre hargne, lui masse les trapèzes dans l'intention de la calmer.

— Quoi ? Tu me demandes, à moi, de rappliquer chez toi juste parce que Jeremy t'a menacé ? Tu te fous de moi !

Vivement, je lui tourne le dos. Mes doigts s'entortillent de confusion. *Chat ! Chat ! Où es-tu ?* Pourquoi je n'ai pas un chat comme la jolie Holly de *Diamants sur Canapé* [35] ? Le fripon se serait caché dans un carton et je feindrais de le chercher ; innocente diversion qui me permettrait, sans trop paniquer, de réfléchir à la situation.

— C'était pour rigoler... histoire de détendre l'atmosphère... Euh... O.K. Pas marrant.

Faire volte-face et lui balancer ses quatre vérités... Je résiste avec bravoure à la tentation. Plus forte qu'Ève, je ne croquerai pas la pomme. Pas encore.

— Pardonne ce que tu as pris pour de l'indifférence, *sweetie*... Je voulais pas te blesser... Non... J'étais paumé, vraiment... J'avais besoin de réfléchir. La vérité... la vérité...

---

[35] *Breakfast at Tiffany's* en V.O. Film de Blake Edwards, sorti en 1961.

Eh bien quoi, la vérité ? Je fournis un effort héroïque pour ne pas pivoter vers lui.

— … c'est que je me torture à me demander si j'ai le droit de t'imposer ça… T'offrir une existence qui mettrait la tienne en danger. Consuelo et mon beau-père sont loin d'être des cas isolés.

Sérieux ? T'as compris ça tout seul, Sherlock ?

— La vérité, c'est que j'ai la frousse, voilà ! Je suis terrifié ! confesse-t-il à ma grande stupéfaction. Ça peut se comprendre, non ? Tu connais mon passé…

Il se tait, espérant une réaction de ma part. Je ne bouge pas d'un iota, étranglée d'une émotion montant en catimini à l'assaut de ma volonté.

— Mais d'un autre côté, je… je refuse d'envisager me réveiller demain et capter que je ne te verrai pas de la journée… ni les suivantes… Rien qu'à l'idée, j'en perds la respiration. Ce… serait au-dessus de mes forces, *sweetie*… J'aurais l'impression de mourir, une fois de plus…

La vache…

Désarmée par la dernière phrase, je volte brusquement. En un millième de seconde, ma décision est prise. Oh oui, le *bad boy* mériterait au minimum une bonne paire de baffes… Scénario rejeté ! À la place, hissée sur la pointe de mes orteils, bras noués en collier d'hibiscus hawaïen, je me pends à son cou et cherche ses lèvres tel un poisson son oxygène.

Hein ? Plaît-il ? La petite est chtarbée ! s'égosillent en chœur les squatteuses.

Désolée, mes adorables chouineuses... Je devrais en effet lui en vouloir à mort. Me servir de lui comme d'un punching-ball. Lui faire une tronche de steak tartare en le bourrant et martelant, inlassablement, de mes coups enragés. N'écouter que l'orgueil de mon ego... Et tout ça pour quoi ? Pour qu'à son tour il chavire dans la colère et se venge de la mienne ? Et qu'après, rebelote, je rouvre les hostilités, et ainsi de suite ? On pourrait jouer à l'infini avec le feu pervers du « je t'aime, moi non plus », au point de ne plus savoir qui l'a allumé, ni pourquoi ; ce genre de rendu pour un prêté ne résout jamais rien. Donc oui, il mériterait une bonne leçon, mais non. La vie est si courte... Savourons l'instant, savourons ce basculement tenant du miracle au lieu de commettre une erreur qui détruirait le beau rêve à nouveau accessible. Rien ne presse... Je profiterai d'une occasion ultérieure pour lui exposer mes états d'âme. Au calme...

Après une éternité d'abstinence, sa réponse à mon baiser me propulse vers des pics de félicité inconnus. Sa bouche a la saveur fondante d'une pêche gorgée de miel et de soleil. Où est passé le craquant parfum chocolat ? Liam a véritablement changé, alors... Mais moi aussi... Ce goût inédit n'est pas pour me déplaire, loin de là ; il me rappelle tant mon terroir...

Adonis me soulève dans ses bras impatients. *Vertige de l'amour* [36]. Des nuées de lucioles dorées virevoltent entre mes reins.

---

[36] Clin d'œil à la chanson d'Alain Bashung, sortie en 1980.

— Je ne veux plus rien ressentir que les battements de mon cœur quand je suis avec toi, me chuchote-t-il au creux de l'oreille.

Comment ne pas fondre ?

Il me porte vers le lit.

Un pas.

— Je suis enceinte.

Zut... Ça m'a échappé. Je ne voulais pas le lui dire, pas si vite, pas comme ça. Mon aveu brise net son bel élan. Pétrifié comme l'un des trolls de *Bilbo le Hobbit* surpris par le lever du soleil, il interroge mes traits, les scrutant avec une minutie extrême. Il cherche des points noirs sur ma trombine ou quoi ? Puis...

— Eh bien... *Nobody's perfect !*

— Oh ! Saligaud !

Pour rire, je fais mine de l'étrangler. Sans crier gare, le masque mortuaire de Turner s'interpose, goguenard, entre nos faces se touchant presque. Vivement, je retire mon geste.

— Tu as bien dit *a baby...* ? reprend mon porteur, mais... c'est... inespéré ! Une bénédiction, *sweetie !* Je kiffe ce mot.

Yipee ! Yipee ! Yeah ! exulte Sagesse. J'en étais sûre, j'aurais dû parier !

En stetson et bottes de cow-girl, chemisier et jupe-culotte en denim scintillant de mille paillettes sous une boule à facettes, elle se lance dans une sémillante chorégraphie country. Sa comparse, contrariée par mon comportement, se contente de faire tapisserie en râlant.

— Je suis pas sûr de grand-chose, mais de ça, oui...

Yipee ! Yip…

Oh, ça va, hein, on a compris ! ronchonne ma Diablotine, maussade à faire pâlir de jalousie la Morticia de la famille Addams (incarnée sur le grand écran par la somptueuse Angelica Houston).

Liam pique du nez vers mon bedon et apostrophe d'un ton ému le minuscule têtard tapi dans sa planque douillette : « Hey… Salut, beau gosse… »

Délestage immédiat de tous les parpaings de soucis qui m'écrabouillaient les côtes. *Retiens-moi, my love, sinon je vais échapper à l'attraction terrestre et flotter en apesanteur…*

Sa voix si douce, rassurante… Une vraie voix de papa. Il se comporte déjà comme le meilleur *daddy* de l'univers, tandis que moi… Moi, je ne réalise toujours pas. Je n'arrive pas à associer le terme « maman » à mon identité. Je reste une gamine, perdue, dépassée par un tremblement de vie imprévu au programme. Existe-t-il une école, quelque part sur notre planète, où apprendre à devenir une *super mommy* ?

— Je craignais que tu le prennes mal.

— Au contraire ! Mais, dis-moi, raison de plus pour revenir, non ?

Je me blottis dans la tiédeur animale de ses pectoraux, front niché dans son cou. Sa carotide palpite à tout rompre.

Il reprend la marche.

Un pas.

On jurerait que des poussières de fée tourbillonnent sous ses baskets.

Un demi-pas.

Me manipulant avec d'infinies précautions comme si j'étais un fragile cristal, il me dépose sur le lit avant de me rejoindre. Le sommier craque. D'innombrables secondes fleurissent dans le vase clos du modeste logis durant lesquelles il demeure statufié, à me contempler sans oser me toucher, attendrissant tel un débutant en amour figé de pudeur...

Enfin, ses mains recouvrent la mémoire de ma peau et s'enhardissent à explorer l'itinéraire de mes formes. Mais à peine mon Apollon revenu a-t-il entrepris de m'affoler de ses caresses à fleur de chair qu'un nuage noir se profile entre nous, montant troubler la menthe bleue de ses iris. Adieu délices ? Appuyé sur un coude, il me considère d'un air ennuyé, voire inquiet. Ses doigts n'arpentent plus mes rondeurs, les échos de leur cheminement languide n'en finissent pas moins de se propager en vibrations brûlantes jusque dans les tréfonds de mon être.

— Ahem... Encore quelque chose à te dire, *sweetie...* Désolé, j'aurais dû le faire bien avant.

Oh non... Ça ne va pas recommencer ? Je me rappelle très bien quand il disait qu'il y avait toujours pire. Que le pire était une échelle sans fin. Que lorsque l'on croyait avoir atteint le dernier barreau, un supplémentaire venait s'y greffer.

— Bon, vas-y, je t'écoute. Après tout ce que j'ai traversé, je ne vois rien de pire.

L'horizon de son regard se dégage alors aussi vite qu'il s'est assombri. Du fond de ses pupilles déboulent des étoiles mutines. Les ailes du nez frémissent. Les commissures se plissent en une moue rieuse. Il présente tous les signes de quelqu'un en train de savourer une bonne blague.

— Je t'aime, Daphné Roussel. Voili voilou.

La vache... « Je t'aime. » Si simple à prononcer. Et moi qui suis toujours incapable de le dire...

— Ah ouais, quand même, pire que tout, en effet... Embrasse-moi, idiot !

Nos lèvres se rejoignent enfin et je m'envole cette fois si haut dans le ciel que je pourrais faire coucou aux astronautes de l'I.S.S. (en français, S.S.I. : Station Spatiale Internationale). Nos bouches ne se désarriment l'une de l'autre qu'après moult délicieuses révolutions en orbite autour de la planète Amour. Hors d'haleine, nous nous ravitaillons en oxygène...

Je réintègre la Terre par degrés, en douceur, léger chocapic soufflé par une brise taquine, euphorique.

Phase d'atterrissage progressif mise à profit pour m'ouvrir d'une ultime et obsédante interrogation :

— Au fait, Jeremy lit des livres ? Sérieux ? Euh... Dans ma langue, je veux dire...

— Bah oui. Rien d'étonnant à ça : on a étudié dans le même lycée français à New York et comme moi, il a passé pas mal de temps dans ton pays à se perfectionner quand il ne s'encanaillait pas... « S'encanailler », je kiffe ce verbe !

Épilogue

Avant de me jeter dans la *jungle* à corps perdu, je vérifie le laçage des Rangers sous le jupon par-dessus lequel j'ai enfilé une longue robe blanche, réplique de la tenue de bal de Keira Knightley dans *Orgueil et préjugés*. Avec ses manches courtes bouffantes et son bustier cintré sous la poitrine, elle évoque joliment le style *Regency fashion* des héroïnes de Jane Austen. Cadeau de l'équipe des costumières. Des amours !

Grand charivari sous mes côtes... Une paume émue posée sur mon ventre aux rondeurs déjà bien visibles, porteur de la précieuse poussière de vie qui m'a choisie, moi, comme un pied de nez à la mort et au malheur, je m'avance vers l'un des miroirs du dressing attenant à la chambre de *my love*... devenue depuis quelques semaines *notre* chambre. La robe y a été livrée ce matin dans un emballage préservant son secret, et Liam prié de vider les lieux ; ainsi, il ne la verra pas avant la cérémonie, le malheur peut aller se brosser.

J'ai du mal à me reconnaître. Est-ce vraiment Daphné Roussel, ce magnifique brin de nana si bien coiffée et maquillée, au charme délicat d'une orchidée en tenue de princesse ? Sans le moindre regret pour l'époque de leur blondeur albinos, j'ai récupéré la teinte originelle de mes sourcils. Le rose de l'émotion qui échauffe mes joues se fond à merveille dans les tons chauds naturels choisis par Phil pour illuminer ma carnation de brune. Mon pote s'est acquitté du maquillage haut la main, il a composé une aquarelle à la fois élégante et subtile ; à son image, en somme.

Pour l'occasion, la désormais *nice* Evangeline (du moins avec bibi, j'en profite éhontément) partage de bon gré sa coiffeuse attitrée avec moi. Elle a également proposé de me prêter un de ses soutiens-gorge, soucieuse de l'ancestrale tradition des quatre babioles censées porter bonheur, indispensables à tout mariage qui se respecte : *something old, something new, something borrowed, something blue.* J'ai accepté l'offre de bon cœur. Cette fois, inutile de rembourrer les bonnets avec de vieilles chaussettes roulées en boule ; depuis que je suis enceinte, j'ai écopé de plusieurs tours de poitrine. M'habituer à la zone airbag de ma silhouette inédite, digne de celle d'une Lara Croft (sauf le bidou), n'est pas de tout repos ; je peine à correctement évaluer les distances, encombrée par tout ce monde qui se presse au balcon, dérobe mes petons à ma vue et me précède partout d'une bonne longueur d'avance. Résultat : pas un déplacement sans me cogner aux portes, chambranles et coins de meubles. Je crains en outre, si je me penche trop en avant, d'être entraînée par le poids et me ramasser une gamelle… En résumé, j'assure le spectacle gratuit d'une oie pataude se déplaçant comme si un poussin lui courait constamment dans les pattes. Arf, comment cette diablesse d'Evan se débrouille-t-elle pour se mouvoir avec autant de grâce et d'aisance malgré ses plantureuses doudounes ? Pô juste…

L'effet obtenu par la maestria de la coiffeuse de miss Valkyrie (meuh non, je n'ai pas dit « la Vache qui rit ») m'époustoufle. Ma tignasse, habituellement morne et rebelle, s'est muée comme par enchantement en flots de soie brillante, obéissants et disciplinés, entrelacés au sommet de ma binette en un chignon ultra chic à la Audrey Hepburn. Peut-être un poil trop sévère pour moi qui ne suis pas coutumière des chefs-d'œuvre de la haute coiffure, adouci cependant par de mignonnes anglaises.

Sans quitter la psyché des mirettes, à la fois incrédule et subjuguée par la beauté rayonnante qui émane de ma pomme, je recule et laisse choir mes fesses sur le canapé. Fsshh... Les plis éthérés de la robe s'envolent dans un froufrou de satin chuchotant, dévoilant la masse grossière des Rangers. Chausser des pompes badasses sous une toilette d'une telle joliesse, incongru, j'en conviens, même si le style hippie chic existe bel et bien, mais pouvais-je rêver meilleur *something old* que mes bottes amies, étrennées au début du tournage de *Dentelles & Rangers*? Je tiens à sacrifier à cet innocent rituel, cette superstition de prime abord ridicule que j'assume à fond sans complexe, supposée maintenir le mauvais sort à distance. Lorsque la costumière en chef m'a fait don la semaine passée des grolles chéries, j'ai fondu en larmes sans prévenir, chamboulée par son geste autant que par le chambardement hormonal dû à mon état. La pauvre ne savait plus quoi inventer pour me calmer... De toutes mes forces, je veux croire en leur faculté de porte-bonheur, surtout en ce jour particulier où je m'apprête à dire « oui ».

Liam m'a offert un premier *something blue*, symbole de pureté et de fidélité : un saphir taillé en goutte d'eau de l'exacte couleur de ses yeux, je le porte en pendentif. Son second cadeau azur se montre plus discret, camouflé sous une épaisse couche de fond de teint : un suçon dans le cou.

Le *something new* me vient de maman : une aumônière d'une finesse exquise, crochetée de ses mimines, à l'intérieur de laquelle elle a inséré des pincées d'herbes aromatiques du jardin. Je l'ai accrochée à mon poignet. Ainsi, par le biais de ces fragments embaumants, ma terre assistera elle aussi à mes noces imminentes.

Après m'être docilement remise au soin des mains expertes qui m'ont habillée, maquillée et coiffée, j'ai éprouvé le besoin impérieux de m'isoler. Oh, pas durant des plombes, quelques minutes tout au plus, pour moi seule. Juste avant la cérémonie. Juste avant de me présenter au spectre souriant du futur proche.

Derrière la porte close, les convives sont à l'affût de mon entrée en scène. À leur brouhaha gagnant en intensité sonore, je sens monter leur impatience. Ils sont venus, ils sont tous là : mes parents, ceux des jumeaux (pour rien au monde les Jensen senior n'auraient raté l'événement. Fous de joie, ils ont fait le déplacement depuis New York City où ils résident et exercent le métier de professeur de français, ceci explique cela...), mon terrible frérot Hugo, mon petit prince Neil, mon Philou... et celui que j'ai choisi d'aimer sans conditions, Liam... Puis tous *les autres,* que je connais plus ou moins.

Les autres... Hors l'enceinte protectrice du foyer Jensen, il y en a encore et encore, que je ne connais pas du tout. Par milliers. Par millions. Sarah Collins souhaite que j'apprenne à les aimer. Même s'ils ne me ressemblent pas. Hum... Surtout s'ils ne me ressemblent pas. Hum, hum... Elle rabâche à chacune de nos séances que le cœur humain, infatigable *Mr Tambourine Man*, s'avère un organe étonnant : on a beau le combler d'amour, jamais il ne sature. Elle serine par ailleurs que nous avons besoin les uns des autres et que nous devons apprendre à nous faire confiance même si, parfois (je dirais, en ce qui me concerne, trop souvent), certains individus excellent dans l'art de trahir et blesser sans scrupules. La seule façon de grandir, selon ses dires. Je conçois que je devrais mettre ses conseils en pratique, pas sûre cependant de vraiment le vouloir. Je me réserve le droit de douter...

Le buzz médiatique autour de mon enlèvement a fini par retomber, au grand dam d'Evangeline qui n'a, bien sûr, jamais raté une occasion de parader pendue à mes basques lorsque les feux de la rampe se braquaient dans ma direction. Une façon comme une autre de tirer la couverture à elle. Je ne la juge pas, ou du moins je ne la juge plus ; elle est qui elle est, à prendre ou à laisser. Je reconnais aujourd'hui que sans son aide je n'aurais sans doute pas traversé les zones de turbulence avec aisance, à défaut de sérénité. Toute expérience est bonne à vivre, celle-ci m'aura permis de comprendre que je ne traque pas la célébrité à tout prix, pas mon genre, mais si elle revenait sonner à ma porte, je lui ouvrirais sans me faire prier ; j'estime disposer à présent des armes nécessaires pour l'affronter.

À cause de mes infortunes, ou grâce à elles ? les jumeaux ont commencé, de leur propre initiative, à reconsidérer leur duo fusionnel. Peu après mon retour définitif à la résidence, des heures, des jours durant, ils ont réfléchi à la situation, pesant le pour et le contre, s'interrogeant sur leurs désirs intimes et envisageant divers scénarios dans lesquels ils se produiraient en solo. J'ai été la première étonnée de la décision finale issue de leur *brainstorming,* leur remue-méninges : révéler au public le « secret Bradley Hammer » si bien gardé pendant tant d'années, et affronter tous les risques d'une telle révolution.

La quasi-majorité d'entre nous démarrons nos vies en évoluant dans la peau de modèles omniprésents : parents, frères, sœurs, amis ou figures médiatiques... On endosse un déguisement pour leur ressembler. On se laisse vivre sans se poser de questions. *La dolce vita...* Si commode d'exister par procuration... Jusqu'au jour où la personnalité cloîtrée sous cette apparence finit par se rebiffer ; elle étouffe dans sa chrysalide, ne supporte plus d'être privée d'air et de lumière. Il faut le cas échéant empoigner son courage à deux mains pour oser déchirer le costume d'emprunt et s'affranchir du modèle. Afin d'être soi, de s'assumer en tant qu'individu entier et unique. C'est ça grandir, évoluer, progresser.

Liam et son frangin ont fini par le comprendre, ils guettaient seulement le bon moment pour secouer puis briser leur joug commun. Fondus tels des Siamois dans le rôle de Bradley, ils s'étaient exemptés, des années durant, des conséquences de vies distinctes confrontées au monde. Hammer les préservait des déceptions et aléas inhérents à l'autonomie, cela les arrangeait de se réfugier derrière un héros fictif. La tiédeur ronronnante de leurs jours en tandem ? Ils avaient préféré la nier. Dorénavant, chacun vivra et travaillera sans filet. Les victoires, comme les échecs, leur seront séparément imputables. Ils crèvent de trouille mais se sentent prêts à se mesurer à demain. On ne peut pas accomplir la totalité d'une destinée à l'abri d'une façade, aussi confortable soit-elle. Mes malheurs auront joué le rôle de déclic.

Le scoop livré en pâture aux médias, nous avons épié les réactions, respirations suspendues et cerveaux échafaudant une infinité de scénarios noirs de pessimisme. À la surprise générale, les millions d'individus s'intéressant peu ou prou à la carrière du binôme ont fait preuve d'une compréhension inespérée. Quant aux vrais fans, les mordus, ils se sont divisés en deux clans avec une désarmante facilité. Chacun des jumeaux dispose désormais de son propre cercle d'adorateurs.

Au carrefour de leurs destinées, emprunteront-ils des chemins radicalement différents ? Mèneront-ils sans peine des carrières séparées ? C'est en tout cas leur souhait pour les mois à venir. Liam commence à rechercher des rôles plus sombres, plus graves ; il a sans conteste mûri, peut-être trop hâtivement, à l'instar d'un fruit encore vert surpris par un été précoce. Pourvu que les producteurs soient prêts à le suivre dans cette voie, pourvu qu'ils acceptent de ne plus le cantonner aux incarnations superficielles de bogosse... Son odyssée d'acteur reste à écrire.

En dépit des moyens considérables déployés par le lieutenant Colomba et son équipe pour la localiser, Consuelo est toujours en cavale. Je pense souvent à la femme menue en habits de deuil, surtout dans les moments où je bichonne le potager qu'elle n'a pas hésité à abandonner à son triste sort. Je comprends mieux ses paroles qui à l'époque m'avaient paru sibyllines : « On doit se préparer à l'impensable, être capables de vivre en totale autonomie. Se couper, disparaître s'il le faut d'un système qui ne nous fera pas de cadeau, ne sera d'aucun secours. »

Sally s'est installée dans le bungalow de la vieille *nanny* mais a refusé de toucher au jardin, prétextant une incompétence sans pareille en matière d'horticulture. Confié à ses soins, le lopin se serait transformé, *dixit* ses dires, en une litière de paille sèche. Bibi s'est donc proposée pour prendre la relève. J'excelle dans ce domaine, ma grand-mère maternelle m'ayant transmis ses secrets pour cultiver de beaux et bons fruits et légumes. Maribel me rejoint parfois, ravie de ces intermèdes champêtres, attentive à la voix de ma mamie qui se manifeste dans chaque plant croissant harmonieusement. Je partage avec la brunette les astuces héritées de mon aïeule, honorant ainsi sa mémoire en même temps que je perpétue la connaissance dont elle m'a fait don, car tout ce qui n'est pas transmis est irrémédiablement perdu…

Du plus loin que je me souvienne, j'ai toujours aimé les plantes, quelles qu'elles soient. Le peu qu'on leur donne, elles le rendent au centuple, sans calcul, sans mentir ni trahir.

Chaque fois que je goûte au bonheur de grattouiller la terre, j'ai un mal fou à cataloguer Consuelo dans la catégorie des graines nuisibles. Elle appréciait autant que moi le plaisir simple, enfantin, de se salir les mains en jardinant ; un point commun qui aurait pu nous rapprocher…

Inlassablement, je regarde pousser ses bébés végétaux, désormais les miens. Lorsque je me prends à imaginer la saveur des tomates, courgettes, aubergines et autres délices légumières bientôt parvenues à maturation, son visage de maman poule, béat de félicité à la vue de ses poussinets dévorant sa cuisine à belles dents, s'invite en surimpression à ma rêverie... Je me dis que la pauvre a joué de malchance, sans cesse du mauvais côté ; où qu'elle soit à présent, où qu'elle aille par la suite, un mur se dressera toujours devant elle... Je plains de toute mon âme cette femme-là. Puis les souvenirs douloureux resurgissent, une tout autre Consuelo s'esquisse... Impossible de décider si je l'aime ou si je la hais.

Concernant Leandro et ses cousins, ils demeurent eux aussi des fantômes insaisissables. Les recherches se poursuivent néanmoins de part et d'autre de la frontière avec le Mexique. J'essaie de ne pas y penser, mais dur dur de m'abandonner à une totale légèreté en sachant ces quatre oiseaux-là tapis quelque part, toujours potentiellement en état de nuire.

J'ai conscience que des hordes de prédateurs, dont Consuelo et consorts ne représentent qu'un infime pourcentage, infestent la terre dans son ensemble. Je sais que ce n'est pas près de changer. Que faire ? Comment réagir ? Même si la peur se pourlèche à resquiller au programme, même si l'insouciance se dérobe à ma volonté... eh bien je ne vois pas d'autre solution que d'envoyer au diable ces présences invisibles virtuellement dangereuses et recommencer à avancer. Si l'on y réfléchit, chaque semence de vie ne germe-t-elle pas dans le terreau d'une planète imprévisible, mère depuis l'aube de l'humanité de mille et un dangers ? Au hit-parade des risques et aléas, vivre n'occupe-t-il pas le rang de *Number One*, et cela dès notre première inspiration de nouveau-né ?

« Seuls les morts ne craignent rien... » dirait ma mamie.

À toi, Daphné Roussel, toi la vivante, de prouver que tu es une badass, une vraie de vrai, au mental comme au physique, capable de se relever et continuer sa route envers et contre tout...

Les épreuves d'une jungle inédite, suite de l'histoire succédant à mes récents malheurs, je ne m'y confronterai pas en rampant tel un serpent effarouché, à l'abri du sombre couvert de la végétation. C'est debout que je l'affronterai, debout que je la traverserai, bien droite dans mes Rangers tout en prenant garde de ne pas abîmer mes dentelles.

Loin du refuge si attirant de l'ombre.

En pleine lumière.

Afin de préparer le terrain à la virgule qui grandit en moi. Lui servir d'exemple... Lui montrer qu'on n'aborde pas l'existence comme on porte un fardeau...

Dis, Sagesse, râle sa comparse, tu crois qu'elle va y arriver, notre grande petite ?

Diablotine piaffe d'impatience, assise à un guéridon voilé d'une soie bleu nuit constellée de croissants de lune et soleils d'argent. Une bougie se consume sous son nez, prodiguant une lueur avare dont la nappe s'abreuve chichement. Autour de l'îlot luminescent règne une épaisse pénombre. Un bâtonnet d'encens, arôme bois de santal, brûle dans un coin. Les volutes odorantes de sa combustion s'effilochent, nonchalantes, en flottant au-dessus de la table miniature. On devine Sagesse dans le noir, qui va et vient, vient et va... Elle ouvre des tiroirs, farfouille dedans, ne trouve rien, les referme...

Comment veux-tu que je le sache, la grincheuse ? rouspète la sucrette tout en poursuivant la perquisition. Tant que je n'aurai ni mes tarots ni ma boule de cristal sous la pogne, je ne pourrai rien prédire !

Arf... Laissez tomber, les filles. Une seule façon de savoir si j'y parviendrai : inspirer un grand coup et me jeter à l'eau sans plus hésiter. Le temps est venu d'ouvrir la porte et de rejoindre *les autres*.

Go ! Go ! Go ! scandent dans mon dos les squatteuses chéries. Courage, Daphné la Grande, on est avec toi !

Oh bordel...

CLAP DE FIN

Image : iconfield, Flaticon.com

BONUS

Tortilla de Consuelo aux pommes de terre et oignons, version allégée.

INGRÉDIENTS POUR 2 PERSONNES

3 ou 4 belles pommes de terre
1 oignon
4 œufs
Sel, poivre

PRÉPARATION

Cuire les pommes de terre avec la peau. Attendre qu'elles aient un peu refroidi avant de les éplucher puis couper en rondelles.
Pendant ce temps, émincer l'oignon, le faire rissoler dans une poêle avec 2 cuillères à soupe d'huile d'olive.
Battre les œufs dans un saladier, saler et poivrer à votre goût.
Verser les pommes de terre et l'oignon bien rissolé dans les œufs, mélanger le tout puis verser dans la poêle préalablement huilée et chauffée. Pour obtenir une *tortilla* plutôt épaisse, choisir une poêle de diamètre moyen, voire petit. Couvrir et cuire à feu modéré.
Lorsque les bords sont bien colorés et que l'omelette commence à bien prendre, poser une assiette dessus pour la retourner et poursuivre la cuisson dans la poêle quelques minutes de plus.
À déguster tiède ou froide, avec des cornichons...

Le tome 1 de *Dentelles & Rangers*, édité en mars 2024 par BoD, est disponible en version e-book et broché sur la plupart des sites de vente en ligne et dans toute bonne librairie (sur commande).

Dentelles & Rangers est une œuvre de pure fiction. Par conséquent, toute ressemblance avec des situations réelles ou avec des personnes existantes ou ayant existé ne saurait être que coïncidence fortuite.

Merci d'avoir donné vie à mes personnages en lisant leurs aventures et mésaventures.

À bientôt sur de futures pages.

Marie Fontaine